꿈쓰는 아이들

아이들이 만든 6가지 이야기

일러두기

아이들의 글을 교정볼 때가 제일 힘들고 고민스럽습니다. 문맥이나 문법적으로 틀렸다고 생각해서 아이들에게 물어보면 대부분 제가 생각하지 못한 다른 의미가 들어있기 때문입니다. 이 글을 읽으시는 독자 여러분께 정중히 부탁드립니다.

오타나 문맥의 호응이 매끄럽지 못한 곳이 있더라도 틀림을 다름으로 생각해주시는 생각의 유연성으로 10대 작가들의 꿈에 동행해주세요.

꿈쓰는 아이들

아이들이 만든 6가지 이야기

이다연   이태은   장진혁

정서우   김윤   강민주

세상에는 쓰는 것만으로도 참 설레는 말이 있습니다.

그 중의 하나가 꿈이라는 말입니다.

꿈을 초대하고 그 꿈과 함께 자신의 삶을 만들어 가는 아이들이 모인 곳.

공간을 만드는 글쓰기, CA공글입니다.

CA공글을 소개합니다.

CA 공글은 CREATIVE AUTHOR 공간을 만드는 글쓰기의 약자입니다.

CA 공글은 소설 『에이스와 새우깡』을 쓴 성승제 작가와 Albert Chang 선생님이 내 자리를 만드는 것만큼 네 자리를 지켜 주는 것에도 관심이 많은 아이들과 함께 책을 읽고 한글과 영어로 소설을 쓰며 십 대 작가를 발굴, 육성하고 있는 곳입니다.

CA 공글은 대한민국 단 한 곳에서만 수업이 이루어지고 있으며 『후엠아이』『포화 속 사람들』을 출간했고, 2024년 봄, 『쉿, 꿈꾸는 중입니다』『꿈쓰는 아이들』을 출간합니다.

아이들이 소설 쓰기를 통해 세상과 타인을 알고 그 속에서 자신과 다른 사람의 자리를 만들고 지켜가길 바랍니다.

이 책을 읽는 모든 독자 여러분의 자리를 응원합니다.

2024. 4월

젤루다(jelluda) 성승제

책을 펴내며

일 년 동안 스물 한 명 아이들의 꿈을 지켜보며 아이들의 꿈이 자라는 모습을 보았습니다.

모두 함께 꿈을 심었지만 모두의 꿈이 똑같이 자라지는 않았습니다.

어떤 꿈은 싹을 틔우고 한참을 머뭇거리기도 했고 어떤 꿈은 하루가 다르게 부쩍부쩍 자랐으며 또 어떤 꿈은 한눈을 팔다가 넘어지기도 했습니다. 하지만 모든 아이들이 꿈을 버리지 않았습니다. 고등학교 때부터 버리지 않고 가지고만 있었던 작가의 꿈을 소설 '에이스와 새우깡'을 통해 수 십 년이 지난 후 이루는 모습을 공글 친구들은 옆에서 보았기 때문입니다. 아이들에게 보여주고 싶었습니다. 꿈은 버리지만 않으면 스스로 자라기도 한다는 것을.

글을 통해 아이들이 자라는 모습은 신비롭기까지 합니다.
천사가 되고 싶은 아이들이 모여 천사같은 마음으로 자라는 모습을 지켜볼 수 있는 제 직업을 사랑합니다.

세상 모든 일에는 처음이 있습니다. 바로 그 처음이 윤동주를 만들고 세익스피어를 만듭니다.

독자 여러분, 아이들의 처음을 응원해 주셔서 감사합니다.

2024. 4월

젤루다(jelluda) 성승제

My name is Albert Chang, the director of APPLE English, and I had the privilege of being the guiding teacher for these budding authors in the creation of this book. Each day was filled with enthusiastic writing, continuous refinement, and the infusion of new ideas into their books. I want to express that each student has done a magnificent job in crafting their stories. I hope this book becomes a stepping stone for them to showcase their own unique tales, fostering the growth of brilliant writers in the future. To everyone who reads our book, I hope you enjoy the creativity and effort poured into each page. Great work to all, and I extend my heartfelt appreciation to each one of you.

Albert Chang

공글

네이버카페   cafe.naver.com/gonggeul

인스타그램   www.instagram.com/gong.geul

메   일   sungseungje03@gmail.com

전 화 번 호   031.510.7007

　　　　　010.7773.9383

주   소   경기도 남양주시 순화궁로 343 한민프라자 6층

차례

CA공글을 소개합니다.
책을 펴내며

이 다 연

미로

사람들은 "미래는 지금보다 더 발전하지 않을까?"라는 생각을 합니다. 다른 사람들이 그런 생각을 할 때 저는 "혹시 미래는 지금보다 더 후퇴할 수도 있지 않을까?"라는 상상을 했습니다. 그런 상상을 계속하다 보니 하나의 이야기가 되었고, 그 이야기를 책으로 출판하게 되었습니다. 어린이들이 이 이야기를 읽으면서 깨달음을 얻고, 상상력을 키워 나갔으면 좋겠습니다.

프롤로그

2122년, 지금은 기지로 대피 중이다. 정확히는 살려고 뛰어가는 것이다. 사람들은, '바멜트' 병에 의해서 기지로 대피 중인데, 그 기지는 최대 150명까지만 수용할 수 있기에 사람들 모두가 서로의 손을 잡고 그곳으로 달려가고 있다. 나도 친구 리아와 리아의 아빠와 가고 있다.

✦ 루이 ✦

루이, 루이는 내 이름이다. 조금 특이한 이름이지만 우리 엄마가 내게 남겨준 몇 안 되는 것 중 하나다. 엄마는 내가 어렸을 때 돌아가셨다. 그때 언니는 열 살, 나는 여섯 살이었다. 아빠는 돈을 벌러 나가셔서 들어오신 적이 별로 없어서 나는 거의 언니와 같이 살았다. 1년 전쯤, 언니가 19살이 되던 해에 언니는 나프켈 회사에 취직했다. 나는 너무 기뻤다. 나프켈이란, 싸고, 만들기도 쉽고, 튼튼한, 새로운 화학 물질이다. 최근에 지어진 집은 나프켈로 지어진 집도 많았다. 나랑 리아는 나프켈로 만든 구슬을 자주 가지고 놀았다. 모양도 마음대로 바꿀 수 있고, 색도 예뻐서 예쁜 걸 좋아하는 리아에게는 구슬이 많이 있었다. 우리는 나프켈 구슬을 자주 가지고 놀았는데, 나프켈에는 1등급 위험물질이 포함되어 있었다는 걸 깨달았다. 나프켈에 노출이 많이 된 우리 언니가 바멜트에 걸려서 죽고 말았다. 리아는 그 구슬들을 모두 버렸고, 언니가 죽자 충격에 빠진 나는, 한동안 집에서 나오지 않았다.

2주 동안 우리 언니가 죽었다는 충격으로, 잠도 제대로 못 자고, 밥도 제대로 못 먹었다.

"최근 '나프켈병' 일명 '바멜트'로 인해 수많은 사람이 숨을 거두었습니다. 그래서인지. 연구진들이 바멜트로부터 피할 수 있는 기지를 개발했습니다. 기지의 수용인원은 최대 150명이기에, 이번 주 수요일경 선착순으로 사람들을 받는다고…"

나는 뉴스를 보며 리아에게 연락을 했다.

"여보세요?"

"리아야, 너 뉴스 봤어?"

"봤지. 화요일 자정에 만나서 가자."

"그래. 너희 아빠도 같이 갈 거지?"

"응. 각자 필요한 거 챙겨서 갖고 오는 거다?"

"알았어."

나는 잔뜩 긴장을 한 채 화요일 자정에 리아의 가족을 만났다.

사람들이 어디론가 뛰어가고 있었다.

"가는 건 가 봐!"

"빨리 가자!!"

우리는 빨리 뛰어갔다. 기지 앞은 이미 사람들로 붐볐다. 곧 문이 열리고 사람들이 우르르 들어갔다.

이윽고 몇 초 후 문이 닫혔다. 안에 있던 사람들 중에, 바멜트에 걸린 사람을 분류해서 내보내니 약 대여섯 명의 사람이 들어갈 수 있는 자리가 생겼고, 나와 리아는 빨리 그 자리를 채웠다. 하지만 리아의 아빠는 들어가지 못했다. 나는 리아 아빠가 리아에게 무엇인가 쥐여 주는 걸 보았다. 리아는 울면서 아빠를 보냈고 리아 아빠는 언젠가 다시 만나자는 말을 우리 모두에게 했다. 돔 안으로 들어가니 침대처럼 누울 수 있는 장치들이 있었고, 잠시 후 안내방송이 나왔다.

"10분 후 장치 가동 예정. 10분 후 장치 가동 예정."

우리는 장치가 뭔지 몰라 아무것도 못 하고 있었다. 그러자 안내방송이 한 번 더 나왔다.

"만 19세 미만은 103번 방으로. 만 19세 미만은 103번 방으로 모여 주시기 바랍니다."

"리아야, 여기가 102번 방이지?"

"응. 저기 쓰여 있어."

리아가 가리킨 곳은 102번, 19 - 50이라고 쓰여 있었다. 아마 뒤에 숫자는 나이인 것 같다. 우리는 103번 방으로 갔다. 103번 방으로 가는 동안에도 안내 방송이 나왔다.

"만 50세 이상은 101번 방으로 101번 방으로 가 주시기 바랍니다."

아마 이곳은 나이로 방을 나눴나 보다.

103번 방에 가니 우리 또래의 아이들이 있었고 나와 리아는 남은 침대로 갔다. 침대 모양의 장치 안에는 특수한 슈트가 있었다. 우리는 그걸 입고 장치에 누웠다. 아마 늙지 않게 해주는 장치인 것 같다. 한 개에 6개씩 붙어 있는데 나와 리아는 옆에 나란히 빈 곳에 누웠고, 내 옆엔 처음 보는 언니 또래의 남자가 누웠다. 나와 눈이 마주쳤는데 날 보고 당황한 듯 고개를 돌렸다. 몇 초 뒤, 우리의 입에 산소마스크가 씌워졌고, 침대처럼 생긴 장치 위에 유리 돔이 씌워졌다. 나는 긴 잠에 빠졌다.

✦ 260년 후 ✦

"23… 8… 2… 년… 지직… 기계… 지직… 오작… 지직… 지직…"

"2382년… 기계 오작동…."

"2382년 기계 오작동으로 인해 시스템 가동 중지."

"시스템 가동 중지합니다."

나는 눈을 깜빡이며 일어났다.

고개를 돌리니 내 옆에는 리아가 누워있는 것이 보였고, 고개를 반대로 돌리니 침대의 유리 돔이 깨져 있는 것이 보였다. 그리고 내 앞자리는 이미 비어있는 상태였다.

"어떻게 여는 거지…."

"그러게…." 리아가 대답했다.

리아도 방금 깨어난 듯했다.

"저 파란색 버튼을 눌러봐."

저번에 날 보고 당황했던 남자애였다. 자세히 보니 어디서 많이 본 듯했다. 일단은 파란 버튼을 누르고, 돔을 나왔다. 뒤이어 리아도 나왔다. 주위를 둘러보니 많은 사람들이 하나, 둘 일어나고 있었다.

"고마워. 음… 어디서 많이 본 것 같은데 이름이…."

"이안이야. 너는, 루이 맞지?"

"어? 어… 어떻게 알았…"

그때 리아의 목소리가 들렸다. "무슨 일이 일어난 거지…?"

"잘 모르겠어. 아마 기계 오작동인 것 같아…."

"그래? 그럼 102번 방이랑 101번 방도 가보자. 거기도 오작동일까?"

"그래. 가 보자."

나와 리아 그리고 이안은 문 쪽으로 다가갔다.

"안 열려." 이안이 말했다.

"문이 잠겼나 봐."

자세히 보니, 문 옆에 비밀번호를 누를 수 있는 장치가 있었다.

"여기 봐."

"이거 번호 알아?"

"내가 해 볼래." 이안이 비밀번호 2580을 누르니 문이 열렸다.

"어떻게 한 거야??"

그러자 그는 당황하며 말을 얼버무렸다.

"그냥 일직선으로 눌렀더니 되던데."

"우와! 멋진데?" 리아가 감탄했다.

문이 열린 걸 보고 사람들이 나오기 시작했다. 우리도 밖으로 나왔는데 밖으로 나오니 103번 방의 사람들만 있었다. 사람들이 다 나오자 문이 저절로 닫혔다. 다시 열리지도 않았다. 밖에서 안으로 들어가려면 키가 필요한 것 같았다. 102번 방도 그랬다.

✦ 창고 ✦

다시 저 문을 열려면 뭘 해야 하는지 고민하면서 걸어가던 중 우리 방에 있던 한 남자아이가 말했다.

"여기 방은 문이 열려요!"

사람들은 방으로 들어갔다. 나도 따라 들어갔고 마지막으로 들어간 사람이 방 문을 닫았다.

나는 다시 문 손잡이를 잡고 돌려보았다.

"뭐야! 문이 안 열려!"

이 문의 구조는 밖에서만 열리는 문이었다. 게다가 이 방이 캄캄해서 보이는 것도 없었다. 그때에 밝은 불이 하나 반짝이며 켜졌다.

"뭐지?"

리아였다. 이곳에 들어오기 전 리아 아빠가 주신 손바닥만 한 동그란 물건에서 빛이 나왔다. 사람들은 환호했고 나는 리아에게 물었다.

"뭐야? 어떻게 한 거야??"

"몰라… 내가 바닥에 떨궈서 주웠는데 불이 켜졌어…."

"그거 멋진데?" 이안이 말했다.

"고마워, 우리 아빠가 주신 거야… 여기에 들어오지 못하셨지만…."

"그래? 안타깝다."

그 불빛으로 주위를 비춰보니, 방의 구조가 보였다. 방은 꽤 넓었다.

"리아야, 저기 서랍이 있어."

"한 번 열어볼까?"

서랍을 열어보니 손전등과 로프, 휴대용 나이프가 여러 개 있었다.

"손전등이다. 이거 사람들한테 나눠주자." 리아가 말했다.

"그래."

내가 손전등을 껐다 켰다 하니, 사람들이 나를 쳐다봤다.

"여기 손전등 6개가 있어요! 이거 나눠 드릴게요!"

손전등을 사람들에게 나눠주니, 주변이 더 밝아졌다. 그리고 우리는 휴대용 나이프를 몇 개 챙겼다. 손전등을 들고 돌아다니면서 주위를 비춰보니 문이 하나 있었고, 그 문을 열어보니, 음식이 잔뜩 있는 창고가 있었다.

"여러분!! 여기 음식 저장 창고가 있어요!! 빨리 와 보세요!!"

사람들은 우르르 몰려왔고 손전등의 불빛이 그곳으로 향하자, 천장 쪽에 환풍구가 있는 걸 볼 수 있었다. 사람들은 배가 고팠는지 음식을 보자 빠르게 집었다. 나와 리아, 이안도 음식을 집어 갔다.

"이건 처음 보는데, 뭐지?"

"이거 캡슐 포장지 그림에서 본 적 있어." 이안이 말했다.

"이걸 캡슐에 담아서 물이랑 마시는 형태로 판 거야." 리아가 말했다.

"루이야, 네가 들고 있는 건 아마 포도인 것 같다. 내 껀 사과고."

"그래…?"

"응, 먹어봐, 맛있어." 리아가 사과를 한입 물어 먹었다.

나도 포도알을 하나 떼어 입에 넣었다. "오? 맛있다."

"내 말이 맞지? 이안, 너는 뭐야?"

"나는 배인 것 같은데."

"그거 오렌지야."

그는 오렌지를 한 입 먹더니 맛이 이상하다는 듯이 얼굴을 찌푸렸다.

"껍질을 까먹는 거야. 이렇게." 리아가 시범을 보였다.

"근데, 그거 알아? 저기 음식 저장고 위에 작은 환풍구가 있었어. 우리 정도는 들어갈 수 있는 크기더라."

"거기로 나갈 수 있는 건가?" 리아가 말했다.

"그러게. 어디로 이어진 건지만 알 수 있으면 이곳에서 벗어날 수는 있지."

이안이 말하고 누군가 가져온다 말했는데 지도를 이안이 가져왔다. 대답한 이가 가져와야 하기 때문에 리아로 바꿔야 한다.

"불 좀 비춰 봐."

나는 지도를 펼쳤다. 지도에는 방들의 이름과 환풍구 통로, 배수관이 그려져 있었다.

"그래! 이제 이걸로 탈출할 수 있어."

"근데 여기가 어디인지부터 알아야 하는데…." 리아가 말했다.

"여기는 창고야. 여기 봐 봐. 지도에 음식 저장고가 있다고 쓰여 있잖아."

"그러네. 그럼 여기 연결된 환풍구로 이동해서 여기로 가면 102번 방에 갈 수 있을 거야." 내가 손으로 가리켰다.

"리아야, 혹시 너 팬 있니??"

"아니. 이안 너는??"

"아까 지도 꺼내면서 갖고 왔어."

"고마워."

"그럼 내가 사람들을 불러올게."

이안이 말하며 사람들 쪽으로 걸어갔다. 곧이어 여러 사람들이 우리에게로 왔다.

"어… 여러분, 저기 환풍구가 있어요, 그러니까 식품 저장고에 있는 환풍구로 나가면 될 것 같아요…! 제가 앞장설게요."

"저 높은 곳에 어떻게 올라가죠??" 어떤 남자아이가 말했다.

"저기 사다리가 있어요." 이안이 말했다.

나는 그곳에 사다리를 설치하고 올라갔다. 내 뒤를 이어 리아가 따라왔다. 나는 앞장섰고, 리아는 사람들이 올라가게 도와주었다. 이안은 마지막까지 사람들을 보기로 했다. 쾅쾅쾅!! 누군가가 문을 세게 두드리는 소리가 났다.

"여러분 빨리 올라가세요!!" 이안이 소리쳤다.

나는 멀리 있어서 잘 못 들었지만 마지막으로 올라가는 사람에게 한 말인 것 같았다.

몇 분 후, 좁은 환풍구 안을 빠져나갈 수 있었다. 내가 내려온 곳은 102번 방이 맞았다. 하지만 사람들은 없었고, 바닥엔 유리 조각만 잔뜩 있었고, 102번 방의 문은 활짝 열려 있었다. 어쩌면 사람들이 밖으로 나간 것일 수도 있었다. 내 뒤를 이어 리아가 나왔다.

"어…? 어떻게 된 거… 앗…!"

리아가 리아 아빠가 주신 동그란 물건을 떨어뜨렸다.

"지직… 지금은… 21 3 지직…"

"어…? 루이야!!"

"왜…?"

"이거 봐…."

✦ 유에프오 ✦

리아의 아빠가 주신 동그란 물건에서 리아 아빠 형상의 홀로그램이 띄워졌다.

"지금은… 지직… 년…"

"우리 아빠야…." 리아는 울먹였다.

"그러네… 진짜 신기하다."

"리아야, 안녕. 아빠야. 이것의 사용법을 알아냈구나. 위에 볼록하게 튀어나온 부분 보이지? 연두색 부분. 그거 누르면 전원이 켜지고 꺼져. 그리고 옆에 노란 버튼을 누르면 불빛이 나. 이게 뭐냐면… 차차 알게 될 거지만 모양이 유에프오 같으니 유에프오라고 부르렴. 아빠는 네가 깨어나면 과거가 어땠는지 알려 주려고 이것을 만든 거란다…."

픽-

"꺼졌네…."

"그러게…."

"근데 여기 어떻게 된 거야?" 이안이 나타나 말했다.

"이안? 너 살아 있었구나!" 리아가 말했다.

"응… 당연하지…?"

"다행이네. 너는 아까 뭔 일이 있었던 거니?"

"루이. 아까 이상한 가면을 쓴 사람이 나타난 걸 봤어, 그래서 빨리 빠져나왔지. 아무튼, 여기 어떻게 된 거야?"

"나도 모르겠어. 근데, 확실한 건, 어른들은 여기 없다는 거야."

다른 사람들도 하나둘씩 놀라며 웅성거렸다.

"리아야, 너희 아빠가 주신 유에프오. 그거 다시 켜 보자."

"그건 왜?"

"너희 아빠가 과거가 어땠는지 알려주려고 만들었다고 하셨잖아."

"맞다!! 거기에 단서가 있을 거야!"

리아가 버튼을 눌렀다. 그리고 리아 아빠 형상의 홀로그램이 나타났다.

"2249년 지금 사람들은 어떻게 살아갈지 고민 중이야. 사람들은 2개의 집단으로 나뉘었단다. A 집단은 기지를 부숴서 쳐들어가자고 하고 B 집단은 숲속으로 가서 살자고 했단다. 사람들은 투표했지. 투표 결과는 B가 많았어. 그래서 사람들은 숲속으로 대피했단다. 거의맨 몸으로 말이야. 옷 몇 개만 챙기고. 그리고 그곳에서 살던 원주민을 만나 도움을 받게 되었단다.

생활이 바멜트 병에 걸린 사람은 모두 죽었어. 바멜트가 전염병도 아닌데 말이야. 거기 원주민들은 조금 난폭하단다. 그리고 A 집단의 사람들 중에 아직도 기지를 부수려는 사람들이 있는 것 같아. 조심하는 것이 좋을 거야.

2268년, 그들이 문을 부수러 갔어. A 집단이 말이야… 너희가 살아남 았으면 좋겠어. 지직 … A 집단의 사람들이 돌아왔어. 다행히 어른들만 데려왔다고 하더라. 근데 어디로 갔는지는 잘… 지직… 지직…"

픽-

"그러니까 어른들은 이미 잡혀갔다는 얘기지…?"

"응, 그런 것 같아. 일단 숲으로 가면 사람들이 있을 거야…"

"먼저 여기를 나가야 될 것 같은데." 이안이 말했다.

"방법이 있어…?"

"있어. 지도 좀 보여줘 봐."

나는 이안에게 지도를 건네주었다.

"일단 여기에 기지의 제어센터가 있어. 여기로 가면 밖으로 나갈 수 있는 문이 있을 거야. 여기는 여기를 관리하는 사람들만 들어갈 수 있는 것 같아."

"그러면 거길 어떻게 들어가지?"

"일단은 저기 밖으로 나가보자."

나와 리아, 이안은 제어센터를 찾아 나섰다. 가는 길에 벽이 망가진 곳도 있었고, 바닥이 망가진 곳도 있었다. 103번 방 근처 문에는 홈이 난 걸 보니 우리 방도 부수려 했던 것 같다.

그런데 왜 기계는 오작동한 것일까. 나는 도대체 이곳에서 무슨 일이 일어났는지 이해가 되지 않았다.

✦ 제어센터 ✦

얼마 지나지 않아 제어센터에 도착했다. 제어센터의 문도 망가져 있었고, 제어센터의 바닥에 사람의 피가 조금 있는 걸 보니, 아마 이곳을 관리하고 있던 사람들이 다쳤던 것 같다. 제어센터에 있는 버튼 중 망가진 것들이 종종 보였고, 103이라고 쓰여있는 버튼들이 여러 개 있었는데 그 버튼이 많이 망가져 있는 걸 보니, 아마 리아 아빠가 말했던 A 집단의 사람들이 버튼을 부수고, 제어센터에서 일하던 사람들을 해친 것 같다.

"바닥에 혈흔이 있어. 봐봐."

"여기에서 일하던 사람들이 다쳤나 봐…" 리아가 말했다.

나와 리아는 그 사람들이 조금씩 걱정이 되기 시작했다. 하지만 이안은 아무 말도 하지 않고, 혼자서 버튼을 이것저것 눌러보려 했다.

쾅쾅쾅-!!

그때, 제어센터에 있던 작은 문에서 소리가 났다.

"뭐지…?"

"그 이상한 사람들 아니야?? 네가!!"

리아가 말했다.

"잠시만." 나는 그 문을 열었다.

여자 한 명과 남자 한 명이 있었다. 그들의 입에는 사과가 물려 있었고, 손은 밧줄에 묶여 있었다.

"제어센터에서 일하시는 분들인가 봐…!"

"여기서 일하시는 분이 맞나요?"

그 사람 중 안경을 쓴 남자가 고개를 끄덕였다.

"혹시 모르니까 사과만 빼 주자." 이안이 말했다.

"그래."

리아가 사과를 입에서 빼니, 그 사람들이 말했다.

"어제 이상한 가면을 쓴 사람들 서른 명 정도가 나타났었어요. 그들이 저희를 이렇게 만들어 놓은 거예요. 유리는 피까지 난다고요…."

여자 이름이 유리인가 보다.

"그 사람들이 103번 방 문을 부숴 논 것 같아요. 백 년 전에 101, 102번 방 사람들을 납치했다는 컴퓨터에 기록이 있어요. 103번 방은 어린애들이 있어서 일부러 더 보안을 강화하고 문을 강하게 해 둔 거예요. 근데 그 사람들이 103번 방 작동 버튼을 망가뜨려 이렇게 되어버렸어요…." 유리라는 여자가 말했다.

"저기 저 동그란 홈 보이시죠? 저기에 마스터키를 꽂으면 103번 방은 작동이 다시 될 거예요. 마스터키는 작동을 마음대로 멈추거나, 작동하거나 할 수 있거든요, 103번 방은 그렇게 많이 망가진 것은 아니기 때문에."

"그럼 마스터키를 꽂으면 되나요?"

"저희는 마스터키가 없어요. 이곳을 만든 사람이 두 개를 만들었다고 하는데, 한 개는 이미 망가져서 못쓰게 되었고 남은 한 개는 이곳을 만든 분이 자기 자식에게 줬다고 알고 있어요."

"그렇군요…."

"루이야, 이 사람들 이상한 사람들 아닌 것 같아. 풀어주자."

"그래도 될 것 같네."

"감사합니다. 저는 유진이예요." 그 남자가 말했다.

나는 갖고 온 휴대용 칼로 그분들의 밧줄을 잘라 주었다. 그리고 이안이 어디서 찾은 건진 모르겠지만 붕대를 갖고 왔다. 리아가 그 붕대로 유리를 치료해 주었다.

"고마워요."

그러다가 리아의 주머니에서 유에프오가 빠져나왔고, 유에프오가 작동했다.

"지직…지지… 지직… 2270년 A 집단 사람들이 사라졌어. 알기론 아마 그들과 잡아 온 사람들을 데리고 가서 새 집단을 꾸려 산 것 같아. 지직… 지지직… 나도 지금 임시로 지어 둔 기지에서 살고 있어… 지직… 혼자는 아니고, '제이'라는 남자아이랑 같이 살아…. 지…지직… 제이는 내가 그 집단에서 나올 때 우연히 만난 아이야. 혼자 있길래 같이 살기로 했단다. 그는 할머니랑 같이 살았었는데, 할머니는 얼마 전에 잡혀가셨다고 그러더라. 이상한 가면을 쓴 사람들이 그랬대. 그 A 집단 말이야. 지지직… 아무튼 나는… 지직… 제이랑… 살고 있어… 지직… 지직…"

핏-

유에프오가 꺼졌다. 유리와 유진이 유에프오를 유심히 보더니, 말했다.

"저 남자아이, 제가 알아요. 아마 떠나지 않았다면 지금 제가 아는 곳에 살고 있을 거예요."

"그럼 가보면 안 돼요?" 리아가 말했다.

"조금 멀긴 하지만 일단 가 보죠."

"네."

우리는 문을 열고 밖의 햇볕을 쬐었다. 밝고 뜨거운 햇빛에 의해 눈이 찡그려졌다. 드디어 밖으로 나왔다.

✦ 밖으로 ✦

잠시 뒤 눈을 떴다. 내가 본 바깥 환경은 정말 많이 바뀌어 있었다. 우리 기지의 주변은 숲으로 둘러싸여 있었다. 유리는 이렇게 숲이 우거진 곳에서 어떻게 리아 아빠의 기지를 찾는다는 걸까.

"따라오세요." 유리가 말했다.

우리는 유리와 유진을 따라 기지로 향했다. 유리와 유진을 따라가니, 정말로 기지가 있었지만, 문이 잠겨 있었다. 그리고 비밀번호를 입력하는 키가 있었다.

"문이 잠겨있어."

"어떻게 열지? 비밀번호 알아?"

"리아야, 한번 유에프오를 켜 봐." 이안이 말했다.

"왜…?"

"너희 아빠가 비밀번호를 알려주실 수도 있잖아."

"그러네."

"지직… 지지직… 2273년 리아야, 나는 네가 기지를 찾았을 지직… 거라고 믿어. 비밀번호는 2112376이야… 지직… 아, 맞다. 지직… 요즘에 그 A 집단 말고 더 강력한 지직… 집단이 지직… 알려진 것 같아. 지직… 아… 내가 알기로는 바멜트가 생산될 때부터 지직… 있었다는데… 지직… 엄청 큰 조직인 것 같아. 지직… 그리고 그들 중 한 명이 너희가 들어간 곳에 있대. 조심해… 지직…"

"비밀번호를 알아낸 건 좋은데.. 그 사람들이 우리 기지에 있다니… 기지 사람들 다 죽이는 거 아니야…??" 리아가 말했다.

비밀번호를 입력하니 문이 열렸다.

"얼른 들어가자."

리아와 이안, 유리와 유진이 뒤따라 들어왔다. 기지로 들어가 보니, 기지 안은 컴컴했다.

"너무 어두워…."

"리아야, 너 손전등 갖고 왔어?"

"아니"

"괜찮아요, 여기에 스위치가 있거든요."

유진이 스위치를 켰다. 리아 아빠의 기지 모습이 보였다. 그 기지 안은 처참한 모습이었다. 벽과 바닥엔 핏자국이 있었고, 커튼이나 이불은 찢어져 있었고, 피에 젖어 있었다.

"무슨 일이 일어난 거지?"

유리와 리아는 놀랐고, 유진은 넋을 놓고 바라보고 있었다. 이안은 그 피를 만져 보려 했다. 나는 그걸 보고 깜짝 놀라 소리쳤다.

"잠깐! 만지지 마…!"

"왜…?" 이안이 물었다.

"장갑을 껴야 할 것 같아서."

"고마워."

나는 이안에게 책상 위에 있던 장갑을 건네주었다. 그리고 이안은 많이 해봤다는 듯이 바닥에 있던 피를 닦고, 커튼과 이불을 치웠다. 피에 젖은 이불을 치우니 바닥에 이상한 구덩이가 있었다. 그 구덩이 밑은 컴컴해서 보이지 않았다. 리아 아빠가 이런 곳에서 사셨다니 이해가 되지 않았지만 나는 리아와 같이 그 구덩이에 들어가 보았다. 손전등을 비춰 보니, 그 구덩이 안에는 사람 시체의 일부가 병에 담겨 있는 진열장이 있었다. 뭐에 쓰려고 하는 건진 모르겠지만 저 피 묻은 이불하고 바닥하고 연관이 있는 것 같아 보였다.

"거기 누구세요…?!!"

모르는 사람의 목소리가 들렸다. 그리고 나와 리아는 그곳으로 다가 갔다. 그곳에는 제이가 있었다. 그의 몸에는 상처가 많이 나 있었다.

"누가 이렇게 한 건지 아시나요?"

"잘 기억은 나지 않는데… 처음에 기절하고 약간 정신을 차려보니 남자 목소리가 들렸어요…."

"여자였나… 암튼 두 명인 건 확실해…."

"그렇군요…."

그의 말이 왔다 갔다 하니까 헷갈렸지만 리아 아빠가 말씀하신 그 조직이 벌인 일 같았다. 일단은 제이에게 궁금한 걸 물어보기로 했다.

나는 리아의 유에프오를 보여주며 말했다.

"혹시 이게 뭔지 아시나요…?"

"저도 처음 보는 물건인데…."

제이도 몰랐다. 일단은 제이를 치료해야 할 것 같아서 나랑 리아가 제이를 데리고 위로 올라갔다. 올라와서 보니, 방은 무슨 일이 있었냐는 듯이 깨끗했다. 아마 유진, 유리, 이안이 치운 것 같았다. 그들은 바닥에 이불을 깔아 주었고, 그 위에 제이를 눕힐 수 있게 해 주었다. 그리고 유리와 유진이 제이를 치료해 주었다. 제이는 붕대로 감긴 몸을 이끌며 침대로 올라갔다. 그들이 제이를 부축해 줬다.

"제가 그 박사님의 딸이에요." 리아가 말했다.

"그 리아요…?"

"네… 맞아요!"

"박사님이 이야기 많이 하셨어요."

"그렇군요…. 근데 여기서 그동안… 무슨 일이 일어났던 거죠…."

"박사님이 연구하다가 돌아가셨어요…."

"바멜트에 노출이 많이 되어서 그런 건가요…?"

"아마도 그런 것 같아요. 그 나프켈병을 치료하겠다는 사람들끼리 모여서 연구했는데 그중 박사님 포함 2명이 돌아가셨더라고요…."

말을 하는 제이의 얼굴이 어두웠다.

"그런데 조금 이상한 점이 있었어요. 시신을 안 보여 주더라고요."

나는 언니와 상황이 비슷한 것 같아 물어보았다.

"왜죠?"

"모르겠어요. 아마 나프켈 병에 노출이 될까 봐 그런 것 같아요."

"실은 저희 언니도 바멜트를 만드는 공장에 취직했다가 나프켈 병에 걸려서 죽었거든요. 근데 공장 측에서 시신을 보여주지 않더라고요. 그땐 저도 병 때문에 그런 줄 알았었는데, 지금 이야기를 들어보니까 뭔가 의심스러운 부분이 있네요…. 바멜트는 전염병이 아니니까요."

"근데 내가 볼 땐 나프켈병에 걸린 사람들 시신의 모습이 끔찍하다고 그래서 안 보여 준 것 같아." 이안이 말했다.

"그런 것일수도 있겠다…."

리아는 마음을 바꾸며 걱정하다가 맞는 것 같기도 하다며 안심을 했다. 나는 리아가 조금 순진한 편이라 걱정이 되었다.

"그래도 비슷한 상황이 두 번이나 발생했는데… 나는 걱정이 돼… 나프켈 병이 진짜로 사람을 죽이는 병이 아닐 수도 있잖아…."

내가 리아에게 말했다.

"근데 그게 가짜일 리가 없어. 전 세계가 다 나프켈 병 때문에 난리가 난 건데…." 리아가 말했다.

"그런가? 유리는 어떻게 생각하세요?"

"제가 나프켈 병 때문에 죽어가는 사람을 봤거든요. 하지만 본다고 해서 감염이 되거나 그렇진 않더라고요. 근데 좀 징그럽고 잔인했어요. 나프켈 병에 걸리면 심각하든 아니든 그냥 사람을 죽이거든요. 그 모습이 잔인하고 징그러웠어요."

"그래도 보고 싶으면 어떻게 보나요."

"유리관에 가둬놓고 멀리서 봐야 해요. 독성물질이 조금씩 나올 수도 있어서. 제가 알기로는 나프켈 병에 걸린 사람을 처리하는 단체가 있다던데, 거기로 가면 박사님의 시신을 찾을 수도 있을 것 같네요."

"그럼, 거기로 가보면 되겠네요!"

"그런데 제가 길을 몰라요."

"제가 알아요…!" 유진이 말했다.

"안내해 주실 수 있을까요?" 리아가 신나서 말했다.

"지금은 날이 어두워졌어요. 여기서 자고 내일 가세요." 라고 제이가 말했다.

✦ NRC ✦

다음날, 우리는 짐을 챙겨 길을 나섰다. 유진을 믿고 따라가니 나프켈 병을 연구하는 곳이 나왔다. 바닥에 꽂혀 있는 표지판에 'N(Naphkal) R(Research and) C(Cure)'라고 적혀있고 그 옆엔 버튼이 하나 있었다.

"이게 뭐야… 설마 이 숲이 연구소야?"

"아마 이 버튼을 누르면 입구가 나올 거예요."

유진이 버튼을 누르면서 말했다.

그러자 그 옆에 있던 판이 위로 올라가면서 입구가 나왔다. 우리는 차례대로 한 명씩 그 연구소로 내려갔다. 연구 가운을 입고 있는 한 남성이 "NRC에 오신 걸 환영합니다."라며 인사했다.

유진이 앞장서 갔고 그다음에 우리가 뒤따랐다.

유진이 직원에게 시신을 보여달라고 말할 때, 우리는 나프켈 연구소의 로비에 있었다. 그곳은 박물관처럼 멋지게 꾸며져 있었다. 벽에 보니 '나프켈의 역사'라고 쓰여있는 홀로그램 포스터가 있었다. 리아는 아빠를 볼 생각에 조금 들떠 있어 보였다. 리아는 아빠가 준 유에프오를 꺼내, 버튼을 눌러서 재생했다.

"지직… 2278년. 리아야 NRC라는 나프켈 연구소가 있는데 거기서 바멜트와 어떻게 하면 나프켈에 들어있는 유독 물질을 빼낼 지직… 지지직… 수 있을지를 연구하는 연구소가 우리 기지 근처에 생겼단다. 아빠는 너무 신나. 지직… 사람들이 바멜트에 걸리지 않… 지직… 게 되면 널다시 볼 수 있을 테니까. 아무튼 난 그곳에 이력서를 넣어 볼 거란다, 꼭합격했으면 좋겠다. 지직… 지지직….

2280년. 지직… 리아야… 지직… 아빠가 좋은… 지직… 소식을 가져왔단다. 바로 아빠가… 지직… 나프켈 연구소에 합격했… 지지직…다!! 꼭지직… 아빠가 치료법을… 지직… 찾아내서 너랑 루이도 다시 만나고싶… 지직… 다!… 오늘부터 갈 거란다. 제이도 취직을 축하해… 지지…지직… 주었단다. 오늘부… 지직… 터… 지직… 열심히… 할… 지직… 거란다…."

"너희 아빠가 여기서 일을 하셨었구나…"

재생이 멈추자, 이안이 리아에게 말했다.

"응. 그런가 봐."

그때 유진이 다가왔다.

"시신을 찾고 있대. 보여줄 수 있나 봐!"

"다행이네요!"

우리는 기대에 부푼 마음으로 기다렸다. 하지만 몇 시간이 지나도 시신을 찾았다는 소식은 전해지지 않았고, 이안도 유리와 유진을 따라가 버렸다. 그렇기 때문에 로비에는 우리밖에 없었다.

"도대체 언제 볼 수 있는 거야?"

기다리다 지친 리아가 말했다.

"너무 오래 기다리게 하는 거 아니야?"

"근데 유진은 어디 있는 거야?"

"그러게… 아마 같이 찾으러 간 거 아닐까…?"

"몇 시야?"

"모르겠어…"

연구소는 지하라 전기 불빛만으로 유지되는 곳인데 창문도 없는 곳이라 밤인지 아침인지 알기 힘들었다. 게다가 로비에 시계도 있지 않아서 몇 시인지도 알 수 없었다.

"졸려…" 리아가 내 어깨에 기대며 말했다.

나는 리아 쪽으로 고개를 돌렸다. 리아와 눈이 마주쳤는데, 리아의 눈은 잠으로 가득 차 보였다.

"잠이 오는 걸 보니까 밤인가 봐." 나는 리아를 바라보며 말했다.

"응…" 리아가 졸린 투로 말했다.

리아가 잠이 들자 나도 졸음이 쏟아졌다.

나는 내심 걱정이 되기도 했지만 끝내 잠이 들고 말았다.

"일어나 봐."

리아가 날 깨웠다, 그리고 유리, 유진이 따라오라고 손짓했다.

"시신을 찾은 거야?"

"그런가 봐. 나도 유리랑 유진에게 들은 게 별로 없어서 잘 모르겠어."

우리는 유리와 유진의 뒤를 따라가며 말했다. 10분 정도 걸었을 때, 유진이 어떤 실험실 문을 열고 들어갔다. 그곳엔 이안과 제이가 기다리고 있었다.

"우리가 시신을 찾아냈어."

리아 아빠의 시신이 유리로 된 방에 갇혀 있었다.

"저분이… 우리… 아빠야?" 리아가 말했다.

"알아볼 수 없을 정도로 시신이 망가져 있네. 더 가까이 가서 봐도 될까?

"어… 그건… 좀 어려울 것 같아. 지금 얼었다 녹아서 많은 병균이 있을 수 있거든. 병균에 감염되어 버리면 큰일이잖아."

"알았어…."

리아는 들어가지 못해서 아쉬운지 유리문 앞에 계속 붙어 있었다.

"어… 얘들아, 당분간은 여기서 머물러야 할 것 같아. 우리가 그 사람들을 잡아야 하잖아. 여기 연구소장님께 자료조사 허락을 받았어."

"아, 그래요? 그러면 저는 여기서 아빠를 더 봐도 되는 건가요?"

"그래. 그렇게 해도 좋다고 허락받았어. 연구소장님이 방도 주셨고."

"방은 어디예요?"

"따라와, 알려줄게."

유진을 따라 10분 정도 걸어가니 나무문이 있었고, 나무문을 열자 큰 방이 나왔다.

"여기야. 저기 작은 문 보이지? 저기가 화장실이고."

"이안이랑 여기서 셋이 지내면 돼."

나는 이안과 지내야 한다는 것이 그닥 내키진 않았지만 그래도 방을 내어 주셨으니까, 감사히 여기고 지내기로 했다.

여기서 지낸 지 3일째 되던 날, 리아는 자기 전 조용히 말했다.

"그… 오늘 내가 아빠를 보러 갔는데… 아빠 시신을 치우려고 그 유리방 안에 들어간 사람을 봤어."

"어…? 그게 왜?"

"근데 그 사람은 방역복이라든지… 마스크도 안 끼고 들어갔다니까?"

"그래?"

"내가 오니까 '앗, 잘못 들어갈 뻔했네…'라고 했다고! 누가 봐도 그냥 들어가려고 했었다니까."

"그럼, 너희 아빠 시신을 그냥 들어가서 봐도 되겠네?"

"그렇지. 다음에 들어가서 확인해 보자."

"들키면 어떡해?"

"조심히… 가야지…."

"그럼 언제 갈 건데?"

"내일 밤에 가서 보자. 그때 사람들 다 퇴근하잖아."

"알았어…."

다음 날 밤, 손전등을 챙긴 뒤, 방을 나왔다. 최대한 살금살금 걸어가면서 리아 아빠의 시신이 있는 곳에 갔다. 우리는 문을 열고 들어가려고 했으나 문이 잠겨 있었다.

"잠겼어… 어떡하지….”

"잠시만…" 리아가 주머니를 뒤적거리면서 유에프오를 꺼냈다.

"이건… 왜?"

"이걸 여기에다 대면 열리던데?"

"그래?"

리아가 카드를 대는 곳에 유에프오를 대었더니, 문이 열렸고, 우리는 방에 들어갔다. 나는 시신을 손가락으로 쿡쿡 찔러보았다. 느낌이 뭔가 사람 살을 찌르는 느낌과 달랐다. 나는 의심이 들었다.

"느낌이 이상해….”

"뭐가?" 리아도 시신을 쿡쿡 찌르며 말했다.

"그러네… 이상하네.”

그때 갑자기 손전등을 든 사람이 순찰하고 있었다. 우리는 몸을 낮춰 최대한 피했다. 나는 리아에게 속삭였다.

"리아야, 일단 내일 오자.”

"알았어.”

그 사람이 지나가고 난 후 얼마 뒤 우리는 조용히 방으로 갔다. 도착하고 나서 보니, 이안은 침대에서 뒤척거리며 자고 있었다.

5일째 되던 날, 이안이 우리에게 물었다.

"너희 혹시 밤에 뛰어다니는 소리 못 들었어? 나만 그런 것 같나 해서…"

"사실 우리…"

내가 리아의 팔을 꼬집었다. "우리도 들었다고"

"그래? 그럼, 뭐가 뛰어다니는 거지?"

"아마 순찰하는 사람 아닐까?"

"그렇겠지?"

밤이 되었고 우리는 또다시 그 시신을 보러 갔다.

"이 시신이 너희 아빠가 맞을까…?"

"왜?" 리아가 되물었다.

"아니, 느낌도 이상하고… 그냥 께름칙해서 한번 확인해 볼까?"

"어떻게?"

나는 칼을 꺼내든 뒤, 시신의 팔을 찔렀다. 그러자 솜이 튀어나왔다.

"역시…"

"그럼… 이건 우리 아빠가 아니야?"

"응…" 나는 인형에 손전등 빛을 비추며 말했다.

"여기 조금 이상한 것 같아."

"그러면 내가 지금까지 이 인형을 아빠라고 믿었던 거야?"

리아가 말했다.

"아마 그래서 시신을 찾는 데 오래 걸렸다고 한 것 같아… 그 사람들이 이 인형을 만들었어야 하니까." 한참 동안 정적이 흘렀다.

"일단 우리 여기서 나가는 것이 좋겠어." 리아가 정적을 깨며 말했다.

"내일 다시 얘기하자."

"그래"

우리는 아무런 말도 없이 방으로 돌아왔다. 방 문을 조심스럽게 열자. 이안이 방 문 앞에 있었다.

"놀랐잖아."

"너희 어디 갔다 왔어?" 이안이 우리를 똑바로 보면서 말했다.

"어… 그냥… 공기가… 답답해서…!! 잠깐 나갔다 온 거야."

" 다음에는 나도 같이 데려가주라."

"그래"

그 말을 뒤로한 뒤, 우리는 방으로 들어가서 다시 침대에 누웠다.

다음 날 일어나자마자 리아가 나를 화장실로 데려갔다. 리아의 얼굴은 창백해 보였다. 나는 문을 잠갔다.

"이안이 그러는데… 우리가 뭐 했는지 다 알고 있대."

"뭐? 그럼, 걔는 우리가… 시신을 보고 온 걸 다 아는 거야?"

"응… 자기도 여기가 이상한 것 같다고 여기 탈출할 거면 같이 하자고 하더라고…."

"그래? 일단 이따가 내가 이안이에게 다시 물어볼게."

"알았어."

"그리고… 내가 아까 이거 봤는데."

리아가 유에프오를 켜며 말했다.

"2282년 여기서 일 한지도… 지직… 지금 거의 2년이 다되어… 가는 구나, 아빠는 잘 지낸단다. 너… 지직… 희도 잘 지내지? 아빠가 바멜트를… 지지직… 치료하는 약 연구를 진행 중… 지직… 이란다. 이게 성공하… 지직… 면 우리는 만날 수 있을… 지지직… 거야! 228… 지직… 4년 연구가 성공적으로… 지직… 진행되는 것 같아. 어젠 바멜트에 걸린… 지직… 쥐 살리기에… 지지직… 성공했어. 2285년… 지직… 오늘은… 지직… 바멜트에 걸린… 강아지 한 마리와… 지지직… 토끼… 지직… 두 마리를 살렸단다…. 연구가 잘… 진행되는 것… 지직… 같아.

2286년··· 내일 벌써 새해야. 너희는 잘살고··· 지직··· 있는지 모르겠다···. 아무튼··· 지직··· 우리가··· 바멜트에 걸린··· 지직··· 원숭이를 살리는 데에 성공할 것 같다. 지직··· 동물 중엔 원숭이가··· 제일··· 지직··· 사람과 비슷··· 지직··· 하잖아··· 원숭이 실험을 허가 받는데··· 엄청··· 까다롭고··· 힘들었단··· 지직··· 다. 머지 않아··· 너희를 만날··· 수··· 있을거야.

2288년··· 드디어···! 아빠가··· 바멜트를··· 치료할··· 수 있는··· 지직··· 약을 만들··· 었··· 지직··· 단다!! 아빠가··· 아직··· 인간··· 에게 실험을··· 지직··· 못 해 봤지만··· 너희들을··· 곧! 만날···수···있을거야."

"봤지? 우리 아빠는 바멜트 치료제를 거의··· 만드셨던 거야. 수년에 걸쳐서."

"근데 왜 너희 아빠는 그 치료제를 사용하지 않으신 거야?"

"그러니까. 그게 말이 안 되지···"

"그래··· 여기 좀 이상해."

"여기서 나가는 게 더 나을 것 같아."

나는 화장실 문을 열었다. 문 앞엔 이안이 있었다.

"아, 깜짝 놀랐잖아···!!" 리아가 말했다.

"어··· 미안"

"아··· 괜찮아···"

"그럼··· 이만···"

"응..."

그 말을 끝으로 이안은 화장실로 들어갔고, 우리는 방에서 나왔다.

"아빠··· 보러 가자." 리아가 복도를 걸어가며 말했다.

"그래. 그러자."

"근데 아까 뭔가 이상했어."

"뭐가?"

리아가 나에게 작게 속삭였다. "이안 말이야."

"걔가 왜?"

"아니…! 너 좀 좋아하는 거 같아…."

"뭐라고?!"

내가 깜짝 놀라 소리쳤다. 그러자 주변 사람들이 우리를 쳐다보았다.

"아니 약간 말하는 거나 눈빛, 그런 거 보면 너 좋아하는 거라니까?!"

"그걸 네가 어떻게 알아?"

"딱 보면 알아… 예전에 너희 언니도… 내가 이어 줬잖아."

"… 그렇지…"

"아니… 언니! 그분이 언니 좋아하는 거 같다니까요?"

"그래…?"

"네…! 저 눈빛이랑… 말투… 그리고 언니에게 좋은 인상을 남기려고 애쓰는 게… 제 눈엔 다 보인다니까요…!" 리아가 흥분하며 말했다.

"그… 그런가…? 하하…"

"언니… 한 번 떠 봐."

"뭐? 너까지 왜 이래?"

언니 생각이 나니까 잠깐 정신을 잃었었다.

"야 그럼 그렇게 하는 거다."

"어… 어?"

"진짜지? 말 바꾸기 없기다!" 리아가 신나며 말했다.

"아니 그니까 그게 뭔데?"

리아는 내 말을 듣지도 않고 폴짝폴짝 뛰어갔다. 리아는 유리문 앞에서 인형을 바라보고 있었다. 이게 아빠 시신이 아니면 리아의 아빠는 어디 있는 걸까.

✦ 거짓으로 덮은 거짓 ✦

여기서 지냈던 것도 6일이다. 이젠 내 몸에서도 조금씩 이상하다는 신호를 보냈다. 머리가 자주 아프고, 밤에 침대에 누울 때면 이상한 냄새가 났다. 점점 나는 여기를 나가고 싶다는 생각이 커져만 갔다. '제이도 나 와 같은 상황일까.' 나는 제이가 머무는 방으로 갔다.

똑똑-

노크를 했는데도 아무런 대답이 없었다. 손잡이를 돌려 보았다. 문이 잠겨 있었다. 제이와 유리, 유진이 나갔나 보다 생각하고 그들이 돌아올 때까지 문 앞에서 기다리기로 했다.

'펑-!'

그때 갑자기 폭발음이 들렸다. 그렇게 큰 폭발은 아니어서, 문이 부서지진 않았다. 문 너머로 "아! 망했네…!" 라는 목소리가 들려왔다.

"괜찮으세요?" 나는 놀라서 문을 두드리며 말했다.

급한 마음에 문 손잡이를 돌리자 문이 열렸다. 나는 내가 보고 있는 광경을 믿을 수가 없었다. 유리와 유진이 제이의 머리 뚜껑을 열고 수리를 하고 있었다.

"제이가 로봇이었어요??"

"아, 아니 이건 제이를 본떠 만든 로봇이야."

"그럼 진짜 제이는 어디 있는데요?"

"화장실에… 갔을 거야….."

나는 말없이 제이를 바라보았다. 그때, 이안과 리아가 뛰어왔다.

"폭발하는 소리가 났던 것 같은데 괜찮…."

"저…저게 제이예요?" 리아가 놀라서 말했다.

"아… 저럴 줄은 몰랐는데… 실망이네요."

깊은 잠을 자고 일어난 뒤에 많은 것이 바뀌어 있었다는걸 우리는 미처 몰랐던 것이다.

"우리가 처음 만날 때부터 제이는 가짜였던 거예요??"

유진이 한숨을 쉬며 말했다. "미안하다….."

"그땐 진짜 사람이었고… 제이가 실험을 도와주다가 죽어서… 너희가 그리워할까 봐… 제이를 복제하려고 했던 거야….."

유진이 울먹이며 말했다.

"아…"

리아는 울먹이면서 고개를 푹 숙였다. 나는 리아를 달래주었다. 이안은 잠깐동안 그 둘과 이야기하더니, 우리를 방으로 데리고 갔다.

이안은 방문을 잠그고 나서 얘기를 했다.

"저들은 지금 우리한테 거짓말을 하는 거야. 유리랑 유진이 제이를 죽이고 안 죽인 척하려고…! 우린 여기서 빨리 나가야 해."

"뭐? 그게 말이 된다고 생각해? 유리랑 유진이 우리를 여기 데리고 온 거잖아." 내가 말했다.

"너는 제이가 죽었는데 슬프지도 않아?"

리아가 눈이 부은 채로 화를 냈다.

"좀 조용히… 해봐…. 너희 잘 때 혹시 이상한 냄새 나고 가끔 머리 아프고, 그러지 않았어? 그 이상한 냄새가 시체가 부패하면서 나는 냄새야. 너희 지금 머리 아프지 않아?"

"아… 그런 것 같기도 하고…." 리아가 대답했다.

"하지만… 그게 아니면… 우리가 괜한 사람만 오해하는 거잖아."

"그렇기도 하지… 근데, 나는 살아서 바멜트를 치료할 수 있게 하고 싶어… 우리가 여기서 안전하게 나가면 살아있는 리아 아빠를 만날 수도 있지 않을까…."

"그래?"

"그건 좋은데 혹시라도 모르니까 내일까지 고민해 보자."

"알았어."

다음날, 아침에 일어나니 머리가 깨질 듯이 아팠다.

나는 손가락으로 머리를 꾹꾹 누르며 겨우 일어났다. 일어나자마자 리아가 나를 붙잡고 꿈 얘기를 해 주었다.

"루이야 있잖아… 내가 어제 꿈을 꿨는데, 거기서 제이를 만났거든? 근데 갑자기 내 어깨를 붙잡고, 아빠 시신이 있는 곳 바닥에 헐거운 타일이 하나 있는데, 그걸 열어보라는 거야. 거기 내 시신이 있다고. 어쩌면 이안 말이 맞을 수도 있어."

"뭐? 그래서 거기 가서 열어 봤어?"

"응. 열어봤는데 머리카락 같은 게 나왔어. 그리고 거기서 이상한 냄새도 진동했고…." 리아가 머리카락을 보여주며 말했다.

"그래서 이거 이안이한테 말했어?"

"아니, 아직… 지금 여기 없어서 이따 보이면 말해주려고…."

"알았어."

그 말을 뒤로하고 리아는 이안을 찾으러 갔다.

지금 내 머릿속은 아주 복잡해졌다. 리아와 이안의 말이 사실이라면, 유리와 유진이가 제이를 죽인 게 맞다. 하지만 아니라면 나는 괜한 사람만 물고 늘어지는 꼴이 되는 것이다. 나는 나에게 이런 일이 생길 거라고 전혀 생각을 못 했다. '만약에 그들이 제이를 죽였다고 한다면, 그들은 제이를 왜 죽인 거지? 그리고 리아 아빠의 진짜 시신은 어디 있는 거지?' 많은 의문이 꼬리를 물었다.

"루이야!!" 리아가 이안을 데리고 나에게 뛰어왔다.

"응?"

"이안이랑 같이 봤어."

"뭘?"

"그거 말이야. 시신." 리아가 조용히 속삭였다.

"진짜 죽은 거 맞아?"

"그런 것 같아."

"같이 가 볼래?" 이안이 말했다.

"그래"

우리는 제이의 시신이 있다는 곳으로 가 보았다. 원래 있던 타일은 없고 그 위에는 회색 카펫이 깔려 있었다.

"누가 보지는 않을까?"

"여기로 지나다니는 사람은 거의 없어." 이안이 말했다.

"그래? 알았어."

리아가 카펫을 들춰내니, 흙바닥에 구덩이가 파여 있었고 그 안에 제이의 시신이 있었다.

"이거 너희가 판 거야?"

"응, 그렇게 깊이 묻혀있진 않더라고."

"그러니까 네 말대로라면 제이를 죽인 게 유리랑, 유진인 거지?"

"맞아, 걔네들이 죽인 게 확실해."

우리는 회색 카펫을 다시 잘 덮은 후 방으로 돌아왔다.

나는 언니가 죽었던 그날이 생각났다.

"언니가 죽었다고요?"

아빠가 말했다.

"그래… 공장에서 일하다가… 그 어린 나이에… 아… 바멜트에 많이 노출되어서 그런 거라고 그러더라고…."

"루이야."

"응?"

"그래서 넌 나가고 싶냐고…."

"그치."

"그러면 짐 챙겨. 지금 바로 나가게."

"뭐? 바로?"

이안은 짐을 다 챙긴 것 같았다.

나도 올 때 갖고 온 몇 안 되는 짐을 리아의 가방에 넣었다.

"근데 어떻게 나갈 거야?"

"그냥 나가도 돼. 어차피 아무도 몰라."

"그래? 나 햇빛 쐬러 밖에 나가고 싶었는데, 그럼 그냥 나가도 되는 거였어?"

"응"

"뭐야. 재미없잖아."

아마 리아는 영화에서 봤던 것처럼 멋지게 나가고 싶었었나 보다. 우리는 문을 열고 밖으로 나왔다. 오랜만에 보는 햇빛이었다.

✦ 유나 ✦

우리는 NRC 연구소를 나온 후로 계속 이안을 따라 걷기만 했다. 10시간 정도 걸었을까?

"이안, 언제까지 가야 해?" 리아가 힘들어하며 말했다.

"거의 다 왔어."

"거의 다 왔다고 한 게 지금 몇 번 짼 줄 알아?"

"조금만 쉬었다 가자." 나는 리아를 데리고 나무 밑동에 가 앉았다.

"그래. 이안 너도 이리 와."

이안도 우리가 있는 쪽으로 왔다. 나무 밑동은 아주 넓었다.

"엄청 크네."

"그러니까."

우리가 이야기하면서 쉬는 동안, 리아가 유에프오를 꺼내 버튼을 눌렀다.

"지직… 2289년 애들아…나는… 그 연구소에서… 잘렸… 지직…단다… 이유…는 나도 모르…겠어."

리아는 손으로 입을 막으며 놀란 표정을 지었다.

"아…직. 치료제 연구가 끝나지도… 않…았는데… 아무튼, 원…래 살던 곳으로 가서 연…구… 지직… 를 다시… 해…보려고 한단다."

"2290년. 리아야! 아빠가 드디어… 치료제를. 발명했단다!!… 그리고 아빠가 어제, 바멜트에 감염된. 제이를 치료해 주…었…지지직… 단다!!"

리아가 다시 손으로 입을 막은 채 놀란 표정을 지었다.

"이제 잘하…면. 우리가 만날 수도 있겠…구… 지직… 나… 지직…지직 아빠가 살아있도록. 노력할…게. 지직…지직…지지지직…"

픽-

"그러면 너희 아빠가 살아 있을 수도 있다는 거네?"

"그러니까!!" 리아가 놀란 얼굴로 말했다. 그때였다. 나이가 좀 많아 보이는 여자가 우리에게 다가와 말을 걸었다.

"그게 뭐야?"

"네?"

"그런 거 전에 본 적이 있거든, 그래서…"

이안이 일어나며 그 여자 앞으로 갔다. 그리고는 여자에게 물었다.

"누구세요?"

"나? 보면 몰라? 여자 사람이잖아."

"야, 이럴 땐 보통 이름을 말하지 않냐?" 리아가 작게 속삭였다.

"이름은요?" 내가 물어봤다.

"나? 이름? 기억이 안 나."

"아… 생각났다. 유나일 거야!!"

자신을 유나라고 생각하는 여자가 이름을 기억하고 신나 하며 폴짝 폴짝 뛰었다.

"집은 어디세요…?"

"집? 내 집? 집은 아마 멀리 있을 거야. 저기서 살았었어."

그녀가 손가락을 쭉 뻗더니 저기 멀리에 있는 뾰족한 파란색 탑을 가리키며 말했다.

"저기요? 저긴 우리가 머물렀던 기지 아니야?"

"맞아. 그럼 유나도 저기에 있었던 어른 아니야?" 리아가 말했다.

"아마 그런 것 같아."

"어? 너희도 저기서 머물렀었구나! 내가 깨어났을 때는 다들 자고 있던데… 아, 아무튼 지금은 그냥 여기저기 돌아다니고 있어. 너희는 어디 가는 길이니?"

"저희는 얘를 따라가는 중이에요." 리아가 이안을 가리키며 말했다.

"그래? 나도 같이 따라가도 될까?"

"음… 그렇게 해도 되려나."

"모르겠어. 넌 어떻게 생각해?" 리아가 이안에게 물었다.

"난 괜찮아."

"좋아요. 그럼 함께 가요."

우리는 유나라는 여자와 함께 이안을 따라갔다.

한참을 걷다가 이안이 여기라며 한 동굴을 가리켰다.

"여기? 동굴?"

"응, 여기서 지낼 수 있을 것 같아서."

이안이 들어갔다. 나는 조금 이상했지만 그를 따라 들어갔다. 동굴 안은 아주 컸고, 이미 멋지게 꾸며져 있었다. 커다란 침대도 두 개나 있었고, 의자와 식탁, 소파 등이 갖춰져 마치 집처럼 꾸며져 있었다.

"우와!! 멋지다!!" 유나가 말했다.

"그러네요!!" 리아도 따라 말했다.

밤이 깊어 우리는 잠을 자기로 했다.

나는 리아와 한 침대에서 잤다. 나는 누워서 리아에게 말했다.

"리아아, 유나는 어떤 사람일까."

"글쎄… 왜?"

"뭔가가 있는 것 같아."

"그러게…." 리아는 피곤했는지 잠에 들었다.

도대체 무슨 사연이 있는지 궁금했다. 나는 유나와 이안이 있는 침대 쪽으로 눈을 돌렸다. 이안은 아직 자고 있지 않았다. 유나는 아무것도 모르는 얼굴로 자고 있었다. 궁금했다. 그녀에게 무슨 일이 있었는지.

다음 날 아침, 동굴이라 그런지 일어나니 냉기가 느껴졌다.

"아, 추워…."

아빠가 살아 있을 수도 있다는 생각 때문인지 춥다고 말하는 리아의 기분이 좋아 보였다. 나는 어제 잠이 안 와서 뒤척인 탓에 눈빛도 탁하고, 기운도 없었다.

"루이야, 너 기운이 없어 보여." 이안이 물었다.

"진짜 그러네… 어디 아파?" 리아가 걱정된다는 듯이 물어보았다.

"아니, 어제 잠을 좀 못 자서 그래." 나는 마른세수를 하며 말했다.

"어머! 왜? 혹시 내가 코 골았어?" 그녀는 큰 목소리로 말했다.

"아니야, 그런 게 아니라… 유나가 어떤 사람일까 생각하다 보니 괜히 이런저런 생각에… 뭐 크게 신경 쓸 일은 아니지만…."

"하긴 그건 나도 궁금하긴 해."라고 이안이 말했다.

나는 아무것도 모르는 척하는 건지, 진짜 아무것도 모르는 건지 식탁에 앉아서 밥을 먹고 있는 유나를 바라보았다. 아무리 생각해도 숲에서 우리가 유나를 만나기 전에 분명 유나에게 무슨 일이 있었던 것 같다.

"그래? 그래서 너는 어떻게 생각하는데? 나는 유나가 스파이인데 모르는 척한다는 가설, 기지를 부순 사람이 유나일 수도 있다는 가설, 탑에서 같이 자고 있었던 어른이 유나라는 가설, 중간에 몰래 들어온 사람이 유나라는 가설, 유나가 유리, 유진과 한패였다는 가설…"

나는 잠 못 자며 상상했던 유나에 대해 늘어놓기 시작했다.

"아, 아니… 나는 그냥 네 말을 듣고 궁금해진 거야…."

그가 말을 버벅거렸다.

"그랬던 거야? 난 네가 무슨 생각을 했는지 궁금했는데."

리아가 말했다. 그러고는 나를 보며 말했다.

"루이야, 그냥 물어봐. 너 너무 힘들어 보여."

"그럴까?"

그러고 싶었지만 만나자마자 물어보는 것이 실례라는 생각이 들었다. 그래서 나는 더 기다려 보기로 했다. 동굴 밖으로 나와 신선한 공기를 마시며 심호흡을 했다. 그러고는 풀밭에 누워 구름을 바라보았다.

"언니, 저 구름은 꼭 별 모양처럼 생겼어."

"그러네. 저건 약간 코끼리처럼 생기지 않았어?"

언니는 별 모양 구름 옆에 있는 구름을 보며 말했다.

"그러네. 그럼, 저 구름은 코끼리 구름이라고 하자."

"그래."

"저 구름은 꽃님이라고 할래. 꽃처럼 생겼잖아."

나는 꽃 모양 구름을 가리키며 말했다.

"꽃님이 좋다."

"저건 동그라니 꼭 달 같다."

"아니야, 저건 언니가 구운 계란 프라이야. 그 옆에 찌그러진 구름은 아빠가 구운 계란프라이고…."

"뭐 하는 거야?" 이안이 누워 있는 내 옆에 와서 앉았다.

"구름 보고 있었어."

"아까 보니까… 생각이 많아 보이던데… 설마 유나 때문이야?"

"아니. 언니 생각이 나서… 예전에 언니랑 같이 이렇게 누워서 구름을 봤거든."

"그렇구나. 나도 누워서 구름 보는 거 좋아해…. 왠지 생각이 정리되는 거 같거든."

이안이 고개를 젖히며 하늘을 쳐다보았다.

"맞아. 마음이 한결 가벼워지는 것 같아."

나는 일어나 앉으며 말했다.

"너희 언니는 어떤 분이셨어?"

"음… 아주 똑똑하고… 착했어. 나를 정말 잘 챙겨 줬지… 내가 어렸을 적에 엄마가 돌아가셨는데…. 언니가 엄마처럼 나를 챙겼어…. 생각해 보면 그때 언니도 어렸었는데…."

눈가가 촉촉해졌다. 내 눈에서 눈물 몇 방울이 볼을 타고 흘러 내려 갔다. 나는 손으로 눈물을 훔치며 말했다.

"미안, 언니 생각이 나서."

"아, 아니야. 내가 괜히 물어봐서… 미안해할 필요 없어."

"그래…"

나는 고개를 돌려 리아가 있는 동굴 안을 바라보았다. 리아는 두 손으로 입을 막은 채, 방방 뛰고 있었다. 그리고는 나와 눈이 마주치자 엄지손가락을 치켜세우며 유나와 이야기했다.

"왜… 무슨 일 있어?"

계속 리아를 보고 있는 내게 이안이 물었다.

"아, 아무것도 아니야."

나는 풀밭에서 일어나 동굴 안으로 들어갔다.

리아가 나에게 말했다. "분위기 좋아 보이던데 왜 그냥 온 거야!!"

"좀 조용히 해…!!" 내가 속삭였다.

"알았어…. 그래서 뭐 둘이 좋았어?" 리아가 눈썹을 움직이며 말했다.

"그런 거 아니라니까!" 내가 소리쳤다.

이안이 우리를 바라보며 동굴로 걸어왔다.

"뭐가 아니야?"

"아… 그냥…" 내가 말을 얼버무리자, 리아가 팔꿈치로 툭툭 쳤다.

"네가 알 필요 없는 것 같은데."

"그래? 그럼 말고…."

그는 뒤돌아서 다시 밖으로 나갔다.

"리아야! 그러지 마…!"

"에이, 왜…"

"네 일이 아니잖아…! 그러니까 이런… 문제는 그냥 내가 알아서 할게…."

"알았어. 나는 너도 좋아하는 거 같아서 도와주려고 그랬지. 무튼 좀 아쉽네."

"그런 거 아니라고…!!"

다음 날 아침, 동굴 안이 칙칙한 것 같다는 유나의 말에, 우리는 밖에 나가 꽃을 꺾어 오기로 했다. "꽃들아 안녕?" 바구니를 들고 리아랑 유나가 폴짝폴짝 꽃밭으로 뛰어갔다.

"미안해 꽃들아…" 하며 유나가 꽃을 꺾었다.

리아도 꽃을 꺾어 바구니에 담았다. 둘은 꽃을 한 바구니 꺾어서 동굴로 들어갔다. 나도 동굴로 들어가 동굴 안에 있던 천으로 옷을 몇 벌 만들어야겠다고 생각했다. 이안은 이런 곳을 어떻게 알아냈는지… 동굴에는 작은 반짇고리도 있었다. 그 안을 열어보니 검은색과 흰색 실하고 바늘 하나랑 가위가 있었다. 반짇고리를 갖고 식탁으로 갔다. 천을 잘라서 리아와 내가 입을 옷을 만들었다. 시작은 원피스였는데 다 만들고 보니 판초가 되어 버렸다. 나뭇가지로 유나의 사이즈도 재서 그녀의 옷도 만들었다.

"리아야, 이리 와 봐."

나는 구석에 있는 리아를 불렀다. 대답이 없었다.

"리아야?" 나는 리아에게 다가가 그녀의 등을 톡톡 쳤다.

리아가 뒤를 돌아보았다. 그녀는 유에프오를 보고 있었다.

"2293년… 아.빠가. 치료 약을… 감… 지직… 염된… 지직… 사람들에게… 나눠주며… 지직지직… 치료… 지직… 를 해 주고 있다 그래.서… 지직… 요즘은… 마.많이. 바쁘구나… 지직… 이 시간이 지나… 면 곧… 지직. 너희와 만날 거… 지직… 같아. 뉴스… 지직… 라디오에서… 곧. 기지… 를… 개방할… 지직… 거라고 했으니… 까. 말이…다…지직…"

리아는 그 홀로그램을 보며 눈물을 흘리고 있었다. 마냥 밝아 보였던 리아가 매일 이걸 보며 울었다고 생각하니 리아가 너무 안쓰러워 리아를 꼭 안아 주었다. 나는 아빠 생각이 났다. 내 아빠는 잘살고 계실까.

✦ 감정 ✦

다음 날 아침, 나는 리아와 유나에게 어제 만든 판초같이 생긴 옷을 주었다. 둘은 구석에 가서 옷을 갈아입었다.

"우와, 이거 귀엽다. 어떻게 이런걸!"

"맞아! 진짜 예뻐!" 유나랑 리아가 마음에 들어 하는 것 같았다.

둘은 언제 만들었는지 꽃 화관을 머리에 쓰고 왔다.

"고마워. 언니랑 예전에 인형 옷을 많이 만들었거든. 그래서 한 번 해 봤더니 되네."

"너도 입어 봐."

"그래."

"뭐 해?" 그가 비몽사몽인 얼굴로 침대에 기대서 말했다.

"으악! 자고 있는 줄 알았어….."

"아. 그래…." 그렇게 말하고 그는 다시 침대에 누웠다.

나는 옷을 갈아입고 밖에 있는 리아에게 몰래 다가가 크게 소리쳤다.

"리아야!"

"으악!!!!" 리아는 정말 놀란 표정으로 나보다 더 크게 소리를 질렀다.

"너 깜짝 놀랄 때 표정 웃긴 거 알아?"

내가 깔깔대면서 웃으니까 리아는 약간 화가 난 듯한 표정을 지으며 말했다.

"너… 내가 얼마나 놀랐는데…!!"

"아 알았어. 미안해. 이젠 안 할게…."

"그래. 그나저나 이렇게 입으니까 우리 좀 귀엽지 않냐?"

리아가 손으로 브이를 만들며 말했다.

"그런 것 같아. 귀여워."

"맞아. 내가 좀 귀엽거든."

"난 안 귀여워?"

"응. 너는 하나도 안 귀여워…."

"너도 귀여워." 이안이 몰래 뒤에 다가와 말했다.

"으악! 깜짝이야!"

"거봐, 아까 나 놀라게 하더니 너도 이안한테 똑같이 당했네."

"아… 그러네…."

"근데 이안, 아까 뭐라고 한 거야? 루이가 귀엽다고?"

"응"

"뭐? 아, 맞다. 유나랑 아침 먹기로 했지. 나 먼저 갈게."

리아는 연기도 못하면서 아침을 먹어야 한다는 핑계로 자리를 떴다.

"야, 너 좀 전에 아침 먹었잖아."

"후, 후식 먹으려고."

"후식이 어디 있다고… 야…!!"

리아는 나를 두고 급히 뛰어갔다.

"아…"

이안과 둘이 남으니 괜히 어색한 기분이 들었다. 내가 어쩔 줄 몰라 안절부절못하자 그가 먼저 말을 꺼냈다.

"그 옷. 귀엽다. 잘 어울리네."

"그래? 고마워… 나 먼저 갈…게!!!"

나는 헐레벌떡 리아에게 달려가 말했다.

"야, 나만 두고 가면 어쩌냐?"

"아… 미안… 너희가 너무 잘 어울리는 거 있지…."

"아… 너 진짜…"

"아, 알았어. 니가 싫어하면 안 할게. 미안."

"그래 주면 좋겠어. 고마워."

그때 유나의 목소리가 들렸다.

"얘들아! 내가 이거 찾았어! 예쁘지?"

유나는 예쁜 끈을 들고 소리치며 다가왔다.

"우와, 이게 뭐예요?"

"몰라, 저 서랍에 들어 있더라고."

유나가 가지고 온 끈을 자세히 보니 예쁜 자수가 놓여있었다.

"그러네요…. 근데 이거 여기 허리에 묶으면 예쁘겠다. 루이야. 너 한 번 해 봐."

"그래? 알겠어."

리아는 내 허리에 그 끈으로 리본을 묶어 주었다. 그랬더니 판초가 드레스가 되었다.

"우와. 잘 어울린다. 우리도 이 끈을 허리에 묶자." 유나가 말했다.

"그래요!"

리아는 갖고 있는 휴대용 나이프로 끈을 잘라 허리에 묶었다.

"예쁘다. 여기 유나도."

리아가 유나의 허리에도 묶어 주었다. 유나는 미소를 지으며 고맙다고 했다. 나는 이안을 찾으러 밖으로 나왔다. 이안은 풀 밭에 앉아 있었다.

"뭐 해?"

"그냥 좀 생각을 정리할 겸… 앉아 있었어."

"그래…."

이안이 옆에 앉으라는 손짓을 했다. 나는 옆에 앉았다. 잠시 정적이 흘렀다. 이안이 먼저 입을 열었다.

"너는… 내가 싫어?"

"응?"

"나는 너 좋은데."

"어?"

"나는 너 좋다고."

"아니. 그. 그건 알아들었는데… 왜?"

갑작스러운 그의 고백에 나는 정신이 혼미해졌다.

"좋아하면 안 되는 거야?"

"아, 아니… 그건 아니지… 음…"

"그래서… 너는 나 좋아?"

"…어… 음… 그게…"

나는 말을 얼버무렸다. 무슨 말을 해야 할지 몰라 망설이면서 시간이 흘렀다. 아까보다 더 어색했다. 그가 나를 바라보는 시선이 느껴져 빨리 대답을 해야겠다는 생각이 들었다.

"…어…"

"좋다는 거야?" 이안이 나에게 한 번 더 물었다.

"응…" 내가 눈을 어디에 둬야 할지 몰라 눈알을 이리저리 굴리고 있을 때 이안이 나에게 말했다.

"여기 봐."

나는 이안의 눈을 쳐다보았다. 그러자, 이안은 두 손으로 내 양 볼을 잡았다. 나는 눈을 질끈 감았다. 눈을 감아서 앞이 보이지는 않았지만 그의 숨결이 아주 잘 느껴졌다. 그와 동시에 심장이 터질 듯이 뛰었다.

✦ 행방 ✦

"리아야."

"뭐야, 어디 갔다 온 거야?"

"그냥 이안이 없어졌길래 찾으러."

"그랬구나. 그건 그렇고 이것 좀 봐."

리아가 유에프오를 틀었다.

"2295년… 얘들…아, 내가 전에 일했…던. 지직…연구소에서. 날 왜… 지지직… 내쫓았는지 알게…되었단다… 그 연구소 사람들이 연구진…지직들을… 죽였더라고… 연구소에서 사람의 시신이… 몇 구…나왔다고… 지직… 하더라… 나는… 살리려고 일부러 내쫓은 것 같다… 지직…"

"들었지?"

"그런 일이 있었을 줄은 몰랐네…."

"무슨 얘기해?" 이안이 갑자기 나타나 말을 걸었다.

"우리 아빠가 그 연구소에서 쫓겨난 이유가 궁금해서. 너도 한 번 봐봐."

리아는 유에프오를 한 번 더 재생했다. 이안의 표정이 어두워졌다.

"왜 그래?" 나는 그의 표정을 살피며 말했다.

"아무것도 아니야."

리아는 유에프오의 다음 재생 버튼을 눌렀다.

"2297년… 아빠가 바멜트…에 걸린 사람…들을 치료해… 주다가… 바멜트에 감염…된 것 같…지직…지지직… 구나. 바멜…트가… 지지지직…

전염병이 아닌…지직…줄 알았는데… 신종 변이로… 감염이… 되…될… 지직… 수도… 있다는구…나.. 약투여도 여러번 해보았…는…데… 전보다 는 나아지…긴 했지만… 완치된 건… 아닌 것… 같…구 나….”

“어머 어떡해!” 리아가 놀라며 크게 소리쳤다. 유나가 우리에게 다가 와 유에프오에 띄워져 있는 리아 아빠의 홀로그램을 보며 말했다.

“어, 나 이 아저씨 알아! 근데 내가 봤을 때보다는 좀 늙어 보이네.”

“네? 본 적 있으세요?”

“응. 저번에… 전염병 치료해 주는 사람이라고 들어서… 나도 걸린 것 같아서 저 사람한테 치료받았어. 근데 감염된 게 아니더라고.”

“진짜요? 어디서요?” 리아가 물었다.

“몰라. 한참 전이라.”

“혹시 그때가 언젠지 기억나세요?”

“글쎄… 20년 조금 안 되었을 거야.”

“오? 진짜요?”

“유나가 너희 아빠를 만났다니… 만약에 감염이 되셨다 해도 치료하 셨으면 지금 만날 수 있는 거잖아!!”

“그러네!”

기분이 좋지 않아 보였던 리아의 얼굴에 다시 웃음기가 돌았다.

“우리 아빠 찾으러 가 보자…!!”

“어떻게 찾게…??”

“저기 유나, 혹시 치료해 준다는 곳이 둥그런 원통 모양의 집이었나 요?” 내가 물었다.

“아! 맞아. 원통. 맞아!”

둥근 원통 모양의 집이라면 우리가 제이를 만난 곳이었고 리아 아빠가 머물렀던 기지였다.

"그러면 거기로 일단 가 보자. 아마 너희 아빠가 계실 수도 있잖아. 혹시나 너희 아빠가 흔적을 남겨 두셨을 수도 있잖아."

"그럴 수도 있겠다…. 근데 거기 가는 길 알아? 난 모르겠어. 기억도 안 나고…."

"나도 몰라. 유나는 알아요?"

"그냥 가다 보면 나오지 않을까? 나 저번에도 봤는데…."

"진짜요? 우리가 저쪽 지날 때 동굴 같은 건 본 적 없지 않아?"

"맞아." 리아가 대답했다.

"그 기지 저쪽에 있던데."

유나가 꽃밭이 있는 곳을 가리키며 말했다.

"따라와."

나는 유나와 리아를 붙잡고 말했다.

"이안은? 걔도 데려가야 하지 않을까?"

"어디 있어?" 리아가 물었다.

"몰라?? 유나는 알아요?"

"아니, 여기 어딘 가에 있겠지. 금방 다녀오면 되니까 그냥 우리끼리 빨리 갔다가 오자."

"그래. 그리 멀지도 않다잖아." 리아가 나를 보며 말했다.

"알았어."

유나가 앞장섰고, 우리는 뒤를 따라갔다. 한 십 분쯤 걸으니 원통 모양의 건물이 나왔다. 오랫동안 사용하지 않아 보였는데도 깨끗했다.

"비밀번호가 뭐더라."

"나 알아." 리아가 말했다.

"이렇게 가까운 곳에 이게 있는 줄은 몰랐어."

리아가 비밀번호를 누르며 말했다. 문을 열고 방 안으로 들어갔다. 방안은 어두컴컴했다. 창문도 없어서 문을 열어 두고 전등 스위치를 찾기 위해 벽을 더듬거렸다. 갑자기 우당탕탕 하는 소리가 들렸다.

"으악!"

그리고는 문이 닫혔다.

"꺅!!"

나와 리아가 놀라는 와중에 유나는 스위치를 찾아서 불을 켰다. 불을 켜고 보니 협탁이 넘어져 있었다. 우리는 넘어진 협탁을 세우고 책 두 권과 컵을 협탁 위에 올려놓고 볼펜들을 주워서 컵에 담았다. 방 안은 특별히 이상한 점은 없었다. 있다면 컵에 있는 볼펜들이 다 똑같은 모양과 똑같은 검정색 볼펜인데 딱 한 자루만 파란색이고 다른 볼펜과는 다르게 뾰족한 뚜껑이 있었다는 거였다.

"왜 이 것만 파란색이지."

나는 방에 있던 책꽂이에서 아무 책이나 꺼내 책의 맨 뒤를 펼쳐 파란색 펜으로 글씨를 썼다. 그런데 잉크가 없는지 글씨가 써지지 않았다. 나는 펜 앞부분을 열었다. 그러자 둘둘 말아 놓은 작은 종이 조각이 나왔다.

"어? 리아야!"

나는 유나와 책장을 뒤지고 있는 리아를 불렀다.

"여기서 종이 조각이 나왔어."

"뭔데?" 리아와 유나가 내 옆으로 왔다.

나는 종이 조각을 펼쳐 보았다.

-나는 여기에 있어.-

"이게 뭐지?" 리아가 물었다.

"다시 넣어 둘까?" 유나가 말했다.

"혹시 모르니까 가져가자." 내가 말했다.

"알았어."

우린 불을 끄고 건물을 나왔다. 가지고 온 건 파란색 볼펜 한 자루였다. 손바닥에 볼펜을 올려두고 물끄러미 바라보았다. 볼펜의 모양이 무언가를 닮은 것 같았는데 그게 뭔지는 잘 모르겠다.

✦ 파란색 탑 ✦

동굴로 돌아오니 이안이 있었다.

"어디 갔던 거야." 이안이 물었다.

"그냥 어디 좀 갔다 왔어."

"나는 왜 빼고 간 거야."

"안 보이길래…."

정말 어색한 분위기였다. 난 그 분위기를 벗어나려고 리아가 앉아 있는 식탁에 앉아 사과를 먹었다.

"아, 루이야. 우리 거기 한 번 더 가보자."

"지금?"

"아니 이따가 다들 잘 때."

"둘이 가자고?" 나는 사과를 한입 베어 물으며 말했다.

"응. 제대로 보고 싶어서."

" 근데 너 다시 찾아갈 수 있어?"

"응, 갈 수 있을 것 같아."

우리는 침대에 누워서 다들 잘 때까지 기다렸다가 깜빡 잠이 들었다. 다시 눈을 떴을 땐 깊은 밤이었다. 나는 일어나서 옆에 누워 있는 리아를 깨웠다.

"리아야, 일어나…!"

"어… 그래… 가야지."

이안은 이불을 머리끝까지 덮고 자고 있었고 유나도 깊게 잠들어 있었다. 리아가 먼저 나가고 나는 그 뒤를 따라갔다. 리아는 정말 한 번도 헤매지 않고 건물을 찾아 번호를 누르고 문을 열었다. 방엔 이미 불이 켜져 있었다. 그리고 그 방 안에 이안이 있었다.

"이안?" 우리는 깜짝 놀라 동시에 그의 이름을 불렀다.

"어? 너 여기 어떻게 들어온 거야? 비밀번호도 모르잖아."

리아가 물었다.

"비밀번호? 그런 게 있어? 난 문이 열려 있길래 그냥 들어왔어."

"그래? 우리가 아까 제대로 문을 안 닫았나… 근데 이안, 넌 여길 어떻게 알고 이 시간에 여기 있는 거야?"

리아가 꼬치꼬치 캐 물었다.

"잠이 안 와서 나와서 여기저기 돌아다니다가 건물이 있길래 들어와 본 거야.

"그랬구나."

"그럼, 아까 나 빼고 다녀왔다는 데가 여기였던 거야?"

이안이 나를 보며 물었다.

나는 대답 대신 고개를 끄덕였다.

"너, 여기 기억나? 여기서 제이를 만났잖아."

리아가 이안에게 물었다.

"맞아. 그랬었지⋯."

"아직 깨끗한 거 보면 아빠가 여기 다녀갔을 거야."

리아는 아빠가 보고 싶다는 듯이 방안을 빙 둘러보았다. 그러고는 내 옆에 와서 작게 속삭였다.

"지금은 이안이 있으니까, 나중에 다시 오자."

"맞다. 너한테 말할 게 있는데."

이안이 리아에게 다가와 말했다.

그리고 갑자기 내 손을 잡더니 나를 끌어당겼다. 리아는 놀라서 눈이 동그랗게 커진 채 말을 했다.

"뭐야! 너희 둘이 사귀어?"

"응" 그가 대답했다.

"꺅! 드디어! 그럼 난 방해하지 않고 먼저 나가 있을게."

리아는 문을 열고 웃으면서 밖으로 나갔다.

"아니, 야!!" 난 리아를 불러 보았지만 이미 밖을 나간 뒤였다.

"미안, 나 가봐야겠어⋯."

내가 문을 열고 밖으로 나가려고 할 때 이안이 손목을 잡아끌었다.

"그냥 같이 있으면 안 돼?"

이안은 거의 애원하듯이 말했다.

"알겠어⋯."

아무 말도 안 하고 그냥 있기엔 정적이 너무 어색해서 나는 자료 조사도 할 겸 책꽂이에서 책 한 권을 꺼냈다.

꺼낸 책을 들고 책장 옆에 있는 커다란 빈 백 소파에 앉았다.

"무슨 책이야?" 이안은 내 옆에 앉으며 말했다.

"그냥… 재미있어 보이길래…"

나는 책을 펼치고 읽기 시작했다. 그가 내 어깨에 머리를 기대었다. 나 역시 너무 긴장하고 신경을 썼는지 책을 읽다가 그의 어깨에 기대어 잠이 들었다. 눈을 떠 보니 그는 사라지고 나만 방에 남아 있었다. 밖으로 나와 하늘을 쳐다보았다. 햇빛이 쨍하게 빛나고 있고, 그림자가 길게 진 걸 봐서 점심쯤 된 것 같았다. 그리고 우리가 머물렀던 기지의 뾰족한 파란색 탑이 보였다. 탑의 모양이 무언가를 닮은 것 같다고 느껴졌다.

"아! 생각났다!"

나는 동굴로 달려갔다. 그리고 어제 가지고 온 파란색 볼펜을 찾았다.

"루이야 뭐 해?"

나는 볼펜을 쥐고 다시 탑이 보이는 곳으로 달려갔다.

"야, 어디가!!" 리아가 뒤따라왔다.

나는 탑이 보이는 곳에서 볼펜을 높게 들어 모양을 비교해 보았다.

"뭐야! 모양이 똑같네!! 어떻게 안 거야?" 리아가 말했다.

나는 볼펜의 뒤를 열어 쪽지를 꺼냈다.

-나는 여기에 있어…-

리아는 쪽지와 볼펜과 탑을 번갈아 가면서 보았다. 그리고는 뭔가 깨달았다는 듯이 말했다.

"우리 아빠가 저기에 있다는 거네!!"

"맞아. 나도 같은 생각이야."

우리는 드디어 리아 아빠가 어디 있는지 알아낸 것 같다.

다시 동굴로 돌아와 짐을 챙긴 후, 유나에게 자초지종을 설명했다.

"뭐? 그래? 아무튼 같이 가자. 근데 이안은?" 유나가 물었다.

"같이… 있던 거 아니었어요?"

"아니, 어디를 갔는지 안 보이던데."

"그래요…?"

"야, 일단 가자…."

리아는 애원하는 눈빛으로 나를 쳐다보았다.

나는 거의 반강제적으로 따라갔다.

"알았어. 가자."

멀리 보이는 파란색 탑을 쫓아가다가 우리는 길을 잃었다.

"여기가 어디야?" 리아가 말했다.

"어? 저기 뭐가 있어." 유나가 뜬금없이 나무 쪽을 가리켰다.

나무에 끈이 묶여 있었다.

"뭐지?"

리아가 달려가서 끈을 풀었다. 거기에는 간단한 지도가 그려져 있었다. 하지만 알아보기 어려운 지도였다. 유나가 지도를 보고 말했다.

"이거 탑으로 가는 길을 그려 둔 지도야. 이 끈 내가 묶어 둔 거거든."

"진짜요??" 리아가 말했다.

"응, 예전에 묶어 둔 기억이 있어. 그니까 이거 보고 가자."

"그래. 유나가 알아볼 수 있다고 했잖아." 내가 말했다.

우리는 유나를 믿고 따라갔다. 유나의 말대로 우리가 260년 전에 들어갔던 기지가 있었다. 기지의 위치는 변하지 않지만 문은 다 부서져 있었고, 외벽은 찌그러져 있거나 금이 갔다. 덩굴식물들이 타고 올라와 회색보단 초록색이 더 많이 보였다. 내부 유리는 다 깨져 여기저기 바닥에 흩어져 있었기에 위험해 보였다. 더군다나 불이 들어오지 않아 더욱 위험했다. 나는 챙겨 온 손전등을 꺼내어 불빛을 비춰가며 기지의 꼭대기 탑으로 가는 곳을 찾았지만, 탑으로 가는 길은 어디에도 없었다.

"얘들아, 아까 돔 외부에 사다리가 연결되어 있는 걸 봤는데, 혹시 거기로 가는 것이 아닐까?" 리아가 말했다.

"그럴 수도 있겠다. 가보자."

나는 앞장서서 걸었고, 밖으로 나와 사다리를 찾았다.

"어, 저기에 있다."

리아가 손가락으로 가리켰다.

"근데 중간에 끊어져 있어. 누가 끊었나?"

"그래도 저기 덩굴 식물이 있잖아. 저거 잡고 올라가면 될 것 같아." 유나가 말했다.

"내가 먼저 올라갈게."

나는 앞장서서 올라갔다. 사다리에도 덩굴 식물들이 자라나 있었다. 오래 자랐는지 덩굴 식물은 사다리를 대신해 튼튼한 밧줄 역할을 해 주었다. 덩굴식물과 사다리를 잡고 돔 위의 난간에 도착했다. 탑의 꼭대기로 올라가는 사다리가 있을 법한데, 사다리는 위에서 끊어져 있었다.

"이거 누가 끊어 놓은 것 같은데." 리아가 말했다.

탑 주위를 빙 둘러보니 문이 있었다. 녹슬고 뒤틀려 있어서 문을 열기 힘들었지만, 세 명이서 힘껏 밀자 문이 열렸다. 문 안에는 엘리베이터와 계단이 있었다. 엘리베이터는 올라가다가 부서질 것처럼 낡았고, 계단은 끝이 안 보일 정도로 많았다. 계단으로 올라가기에는 너무 많아 보였지만 엘리베이터를 타다가 죽는 것보단 나을 것 같아서 우리는 계단으로 올라갔다. 계단은 올라가면 올라갈수록 어두웠다. 손전등도 써 보았지만, 탑의 중간쯤 와서 배터리가 다 되었다. 어둡고 무서워서 올라가기 싫었지만 이미 많이 와버려서 참고 올라갔다. 그때, 리아 주머니에 넣어둔 유에프오가 주머니에서 빠져 계단 아래로 굴러떨어졌다. 다행히 그렇게 멀리 굴러가지 않아 리아가 내려가서 가지고 온다고 했다.

그런데 30분 넘게 기다려도 봐도 리아가 오지 않았다.

"루이야 우리 내려가서 한번 보고 올까?" 유나가 말했다.

"나 왔어." 리아가 말했다.

"리아야! 왜 이렇게 안 오나 했네."

"아, 좀 멀리 떨어져 있더라고. 그래서 찾는 데 오래 걸렸어. 그건 그렇고 빨리 가자."

"아, 맞다. 리아야, 그거 손전등 기능 있지 않아? 켜 봐."

리아가 손전등 기능 버튼을 눌렀다. 그런데 켜지지 않았다.

"안 켜져!!"

"배터리가 다 된 거 아니야?"

"아니야… 우리 아빠가 이건 충전 안 해도 쓸 수 있다고 했어."

"아? 그래? 혹시 탑 위에 충전하는 게 있을지도 몰라. 그러니까 빨리 올라가 보자. 우리 거의 다 온 것 같거든." 유나가 말했다.

"네, 알겠어요."

우리는 한참 계단을 올라 꼭대기에 다다랐다. 문 앞에는 '외부 제어 센터'라고 쓰여 있는 표지판이 붙어 있었다. 문을 열고 들어가니 그 방 안에 또 이안이있었다.

✦ 진실 ✦

"너 뭐야?" 리아가 깜짝 놀라서 말했다.

놀라는 리아를 보고 유나가 얼굴을 내밀며 이안을 보았다.

"헐? 야, 너 어떻게 된 거야? 어디 갔나 했더니 여기 있었던 거야?" 유나가 말했다.

"아, 들켰네!"

"뭐? 뭘 들켜? 너 지금 무슨 말을 하는 거야? 여자 친구는 혼자 내버려두고 여기서 뭐 하는 거야?" 리아가 흥분해서 말했다.

"리아야, 진정해." 유나가 리아의 어깨를 토닥이며 말했다.

"너, 처음부터 알고 있었구나? 리아 아빠 비밀 기지 말이야."

"응." 내 말에 이안이 대답했다.

"이제 네가 알아버렸으니까. 어쩔 수 없네."

"뭐라고?"

"너희 언니 말이야."

그가 내 앞으로 천천히 다가오며 말했다. 눈빛과 표정 모두 전에 내가 보았던 이안이 아니었다. 무서웠다.

"어…?"

"내가 그런 거야."

"뭐라고?"

"기억 안 나? 너희 언니 죽었잖아, 나프켈 공장 연구소에서 일하다가."

"그걸 어떻게… 네가 우리 언니가 나프켈 공장 연구소에서 일한 건 어떻게 안 거야?"

나는 처음엔 아리송했지만 이내 이안의 정체를 알고 놀라지 않을 수 없었다.

"그러니까 우리 언니를 네가 죽인 거야?"

그는 대답 대신 고개를 끄덕였다.

"왜… 왜? 나는 우리 언니가 나프켈 병에 걸려서 죽은 거라 생각했는데… 왜 우리 언니를 죽인 거야?"

내 눈에선 눈물이 흐르고 있었다. 눈물이 뺨을 타고 목까지 내려와 옷을 적셨다. 믿었던 사람에게 배신을 당하니 정말 서러웠다.

"내 맘?"

말하면서 그는 미친 사람처럼 미소를 지었다.

"네가 우리 언니를 죽인 것 때문에 내가 얼마나 힘들었고 지금도 힘든지 알아? 넌 지금 한 사람의 인생을 망쳐 놓은 거라고!"

내 눈에 눈물이 마르지 않았고, 목이 터져라 그에게 소리를 지르며 말해도 그는 아무런 반응 없이 옅은 미소를 지으며 서 있었다.

"과연 한 사람의 인생만 망쳤을까?"

그의 말에 나는 온몸에 소름이 끼쳤다.

"너… 진짜…"

나는 말을 하고 싶어도 입술이 떨려 말이 제대로 나오지 않았고, 진정이 되지 않아 목소리도 떨렸다. 그때였다. '쿵' 뒤에서 뭔가가 넘어지는 소리가 났다. 나는 소리 나는 쪽으로 달려갔다. 리아가 머리에 피를 흘리며 쓰러져 있었다. 뒤이어 유나도 쓰러졌고, 고개를 들어 유나와 리아를 쓰러뜨린 사람을 보니 유리와 유진이가 있었다.

"헉"

나는 놀라서 숨이 멎는 듯한 느낌을 받았다. 진정이 되지 않아 숨도 제대로 쉬어지지 않았다. 나는 주머니에 있던 휴대용 나이프를 꺼내 이안을 향해 휘둘렀다. 내 옷이 붉게 물들었다. 유진과 유리가 다가와 나를 제압했다. 내가 휘두른 칼에 찔려 그들이 쓰러졌다. 정신을 차려보니, 다들 바닥에 피를 흘리며 쓰러져 있었다. 나는 리아에게 일어나라고 해 보았지만, 일어나지 않았다. 나는 리아와 유나를 껴안고 그대로 엉엉 울다 지쳐 쓰러졌다. 얼마나 지났을까. 나를 깨우는 귀에 익은 목소리가 들렸다.

"정신이 들어?" 유나가 말했다.

"유나? 리아?"

"루이야!" 리아가 나를 안았다.

"하아… 안 깨어나는 줄 알았잖아." 리아가 말했다.

"나야말로 네가 안 깨어나는 줄 알았어, 얼마나 세게 맞았는지 기억안 나?" 나는 기쁨의 눈물을 흘리며 말했다.

"아프긴 했지. 그렇죠. 유나?" 리아가 유나에게 말했다.

"맞아."

"저 사람들은 어떻게 하지."

유나가 이안과 유진, 유리를 바라보며 말했다.

"리아야, 이안이 뭐라고 했는지 들었지?"

"응… 내가 호수에 빠뜨려 버릴까."

"아, 그래도 그건 좀…." 유나가 우리를 말렸다.

"그건 좀… 아닌 것 같아."

"제 언니를 죽였는데요…. 제게 얼마나 큰 아픔을 줬는데요…."

눈물이 나왔다. 아까 그렇게 울었는데도 눈물이 멈추지 않았다.

"알았어. 울지 마." 리아와 유나가 나를 달랬다.

"왜 죽였는지 알려줘?"

이안의 목소리였다. 이안이 깨어났다. 소리가 나는 쪽을 보니 그가 벽에 기대어 말을 하고 있었다.

"못 들었어? 내가 왜 죽였는지 알려준다고."

"..."

"너희 언니는 바멜트에 걸렸었어. 초기 증상일 때 내가 치료 약을 만들었거든. 나는 바멜트에 걸린 사람한테 실험을 해야 했어. 너희 언니가 실험 대상이었지. 너희 언니는 바멜트 임상 실험을 하다가 죽은 거야. 물론 나는 너희 언니가 죽을 거라 예상했지만 생각보다 빨리 죽었어."

"뭐? 죽을 걸 알면서 왜 실험한 거야?"

"어차피 바멜트에 걸리면 죽을 테니까. 뭐 미리 죽인 거라고 할까?"

"그럼 너도. 이미 죽을 건데 지금 죽지 그래?" 리아가 말했다.

그리고는 방구석에 있는 산소통을 가지고 왔다. 이안은 이미 다쳐서 일어날 수가 없는 상태였다. 그는 자신이 죽을 걸 알면서도 손가락 하나 까딱하지 않았다. 리아는 있는 힘껏 소화기로 그를 내려쳤다. 그는 기절했다. 그가 깨어날까 봐 우리는 곧바로 내려갔다. 내려가면서 뒤를 돌아보았다. 처참히 쓰러져 있는 이안이 보였다.

"잠깐만?"

나는 이안에게 달려가 그의 주머니에 있는 유에프오를 꺼냈다.

"이거 유에프오 아니야?"

"맞아! 근데 그럼 이건 뭐지? 설마…"

리아가 나에게 건네받은 유에프오를 작동시켰다. 리아가 갖고 있는 것과는 달리 잘 작동되었다.

"이건 가짜인가 봐."

리아가 원래 가지고 있던 유에프오를 꺼냈다.

"뭐라고?"

리아가 가짜 유에프오를 이안의 주머니에 넣고 왔다.

"이러면 되겠다."

우리는 올라왔던 계단을 다시 내려갔다. 일 층에 도착하니 새벽이 되어 있었다. 탑 밑으로 내려와 보니 멀리서 흙먼지가 날아왔다. 멀리서 탈을 쓴 사람들이 말을 타고 이쪽으로 달려오고 있었다.

"우리 쪽으로 오는 것 같은데…."

✦ 탈을 쓴 부족 ✦

탈을 쓴 사람들이 점점 더 가까워지고 있었다.

"나, 저 사람들 알아." 유나가 말했다.

"어떻게요?" 리아가 물었다.

"예전에 내가 밖에 돌아다닐 때, 저 사람들이 구해 줬어. 날 아직도 기억하려나."

하면서 유나는 그들이 가까이 왔을 때 그들을 향해 손을 흔들어 인사했다. 그러자 그 부족의 우두머리인 사람이 유나를 안다는 듯 손을 흔들었다.

"절 기억하시네요!" 유나가 말했다.

"이름이…" 부족의 우두머리가 물었다.

"유나요!"

"맞다, 그랬지. 네 옆에 있는 사람들은?"

"얘는 리아고, 얘는 루이예요!!" 유나가 우리를 가리키며 말했다.

그러자 부족 우두머리는 놀란 표정으로 리아를 보며 말했다.

"뭐라고? 네가 리아라고?"

"네? 왜… 요?" 리아는 약간 겁에 질린 채로 말했다.

"너희 아, 아니다."

"저희는 여기 안을 조사하려고 해요. 원하시면 같이 가셔도 좋아요."

"그러자. 우리도 가려고 했으니까."

우리는 돔 안으로 들어가 우리가 머물렀던 곳으로 갔다. 그곳의 컴퓨터를 켜 자료를 보려고 했지만, 비밀번호 때문에 볼 수 없었다.

"잠깐만." 리아가 말했다.

"왠지 여기 동그랗게 홈 파인 곳에 유에프오 머리 부분을 끼우면 들어갈 것 같아."

"설마… 이거 너희 아빠가 만드신 건데 너희 아빠는 여기 계시지도 않았잖아."

리아는 유에프오의 머리 부분을 홈에 끼웠다.

잠시 후, 삐빅 하는 소리와 함께 잠금이 해제되었다.

"뭐야!"

"여기 방에 있었던 사람들 기록을 볼 수 있네."

리아가 이것저것 클릭하며 자료를 찾아보았다.

"어? 우리도 있다. 그리고 이안도 있고…."

"야, 잠시만, 이거 유나 아니야?"

나는 리아가 보고 있던 화면을 가리키며 말했다. 나는 '유나'라는 사람의 정보 확인을 눌렀고, 그러자 진짜 유나와 똑같은, 하지만 좀 더 어린 유나의 얼굴 사진이 있었다.

"뭐지? 유나도 여기 있었어?"

나는 멀리서 침대 안을 살피고 있는 유나를 바라보며 말했다.

그때 '쾅' 하는 소리와 함께 그 부족 중 한 사람이 뛰어와 우리에게 자신들이 사는 마을로 오라며 지도를 주고 떠났다.

"나 여기 한번 가본 적 있어. 나만 따라와." 유나가 말했다.

우리는 좀 더 돔 안을 살펴보고 유나를 따라 부족들이 사는 곳으로 향했다. 하지만 한참을 걸어도 마을은 나오지 않았다. 나는 유나가 의심스럽기 시작했다.

"여기로 가는 게 맞아요?"

"응." 유나는 짧게 대답하고 계속 걸어갔다.

그렇게 걷다 보니 한 마을이 나왔다.

"여기야! 내 말이 맞지?"

260년이 지난 후 이렇게 집이 옹기종기 모여 있는 마을은 처음 본 것 같다. 마을이 크진 않았지만 병원, 시장, 학교, 식당, 심지어 은행까지 있었다. 하지만 왠지 모르게 으스스한 분위기가 느껴졌다. 유나는 우리가 마을을 돌아다니며 만나는 사람들 모두에게 일일이 인사를 했다. 그러면서 족장의 집이 어디 있냐고 물었다.

"얘들아!! 나 따라와, 아까 본 족장의 집이 어디 있는지 알아냈어."

유나의 말을 믿고 그 족장의 집 문을 열고 들어갔다. 거기엔 아까 우리가 본 족장이 아닌 다른 족장이 있었다. 이 마을이 아니었나 보다. 나는 오히려 우리가 찾던 마을이 아니라 다행이라는 생각이 들었다. 나는 이 마을의 으스스한 분위기가 싫었다.

"너, 누구야." 그 부족의 족장이 말했다.

"누군데 내 집에 감히 함부로 들어오는 거지?"

"아, 저… 저희가 집을 잘못 찾았네요. 죄송합니다…!!"

우리는 문을 열고 밖으로 뛰쳐나왔다. 뒤이어 그 이상한 부족들이 창을 들고 쫓아왔다. 우리는 있는 힘껏 뛰었다. 숨이 차고, 다리가 아프다는 생각 따위는 들지 않았다. 그냥 저 부족에서 멀어져야겠다는 생각뿐이었다.

그때 어떤 사람이 작은 집에서 나와 이쪽으로 오라는 손짓을 했다. 우리는 생각할 겨를도 없이 그 집으로 뛰어 들어갔다. 고맙다는 인사를 하려고 그 사람을 쳐다본 나와 리아는 너무 놀라 그 자리에서 잠시 말을 못 하고 서 있었다. 우리를 불러들인 사람은 리아 아빠였다.

✦ 가짜 ✦

"아빠…!!" 리아가 울면서 아빠에게 안겼다.

"쉿쉿, 크게 말하면 들린다. 아, 루이도 있네."

"아빠… 보고 싶었어요."

"이분이 너희 아빠 셔?" 유나가 물었다.

"네"

"당신은 누구세요?"

"유나예요!"

"그렇군요, 만나서 반가워요. 유나도 돔에 있었던 분인가요?"

"네"

"그렇군요. 아무튼… 너희를 다시 봐서 기쁘구나. 배고프지? 내가 먹을 것 좀 가져올게. 여기서 기다리렴. 들키면 위험하니까."

아빠는 다락방으로 이어지는 사다리를 꺼내 우리에게 위층으로 올라가라고 하셨다. 위층 다락방은 밖에서 본 것보다 꽤 넓었다. 천장과 벽면에 작은 창문이 있어서 빛도 들어왔다. 유나는 창 너머로 밖에 있는 사람들을 보고 있었다. 무슨 생각을 그렇게 골똘히 하는지 내가 몇 번을 불러도 대답을 안 했다. 리아가 밥 먹으러 가자고 옆으로 다가가 말을 걸기 전까지 유나는 움직이지도 않고 아무 말도 없이 바깥만 쳐다보고 있었다. 나는 그런 유나가 이상해 보여 밥을 먹으면서 물어보았다.

"유나, 아까 제가 불렀을 때 왜 대답하지 않은 거예요?"

"어? 무슨 소리야. 내가 너 불렀는데 니가 대답하지 않았잖아."

"네? 저를 불렀다고요? 아니에요. 다락방에 올라가서부터 계속 아무 말 없이 창 너머만 보면서 앉아 계셨잖아요."

"너야말로 무슨 소리를 하는 거야? 네가 방구석에 앉아서 벽만 보고 있었잖아?"

"그만하세요. 왠지 무서워요." 리아가 말했다.

그때 리아의 아빠가 나에게 물을 가져다주었다.

"감사합니다."

갑자기 리아는 얼굴이 하얗게 질렸다.

"아빠 방금까지 제 옆에 앉아 계셨잖아요."

리아가 떨리는 목소리로 말했다.

"어, 그러네…."

방금까지 있었던 리아 아빠가 사라졌다.

"이게 다 뭐야?"

밖으로 나간 유나가 겁에 질린 표정으로 소리쳤다. 우리는 유나에게로 갔다. 나는 온몸이 오싹해짐을 느꼈다. 방금까지 햇빛이 쨍하던 하늘이 갑자기 어두컴컴해지고 금방 비가 올 것처럼 먹구름이 잔뜩 끼었다. 불과 몇 시간 전까지만 해도 멀쩡했던 집들이 폐허가 되어 있었다. 우리가 있었던 집도 그랬다.

"여기 마을에서 빨리 나가야 할 것 같아…."

리아가 떨리는 목소리로 말했다.

"그래… 빨리 나가자…. 여기 이상해…."

우리는 마을을 빠져나가기 위해 들어왔던 마을 입구를 찾아보았다. 하지만 마을 입구는 어디에도 없었다. 우리는 초초하고 무서웠다.

"저기 봐!"

유나가 손가락으로 마을의 출구를 가리켰다.

우리는 그곳을 향해 뛰어갔지만, 뛰어가면 뛰어갈수록 출구에서 점점 멀어져 가는 것 같았다. 그러다 우리는 무언가에 부딪혀 정신을 잃었다.

"너 괜찮아?"

먼저 일어난 유나와 리아가 나를 깨웠다

"응… 근데… 여긴 어디야?"

"아까 우리가 처음에 만난 부족들 기억나? 그 부족분들이 우리를 구해줬어. 우리가 갔던 마을은 이상한 소문이 돌아 지금은 사람이 아무도 살지 않는 마을이래…." 유나가 말했다.

"그랬구나. 그럼 아까 우리가 본 사람들은 다…?"

나는 하던 말을 그만두었다. 그리고 다행이라는 말로 끝을 맺었다.

"이제 다 일어났구나. 몸은 좀 어떠니?" 족장님이 물었다.

"괜찮아요."

"이걸 좀 마셔보렴. 약초를 달인 물인데, 진정이 될 거야."

그는 푸른빛을 띠는 약초 달인 물을 주셨다.

"감사합니다."

나는 족장이 준 약초 달인 물을 마셨다. 한결 나아졌다.

"좀 진정이 되니?"

"네. 좀 나아요. 감사합니다."

"루이야, 이것 좀 볼래?"

"뭔데?" 리아는 유에프오를 나에게 보여주며 말했다.

"이거 봐. 여길 누르니까 이런 게 나와."

리아가 유에프오 밑의 네모난 버튼을 누르자 한 건물의 지도가 나왔다.

"여기가 어딘지 알겠어?"

"음… 그러게… 어디지? 난 잘… 우리 유나한테도 물어보자."

"그래. 그러자." 우리는 유나에게 물어보았다.

"혹시 여기가 어디인지 아세요?"

"거기잖아. 그 돔." 유나는 보자마자 대답했다.

"여기가 그 돔이라고요?"

"응, 예전에 심심할 때 나 혼자 자주 보곤 했었어."

"그러면 우리 아빠는 왜 이 지도를 여기에 넣은 거지?"

"그러게… 우리 여기로 다시 가 보는 게 어때. 이 돔과 우리 아빠가 뭔가 관련이 있을 것 같아…. 여기에 이 지도를 넣어 두신 걸 보면…."

"그래."

우리는 그 마을을 빠져나와 우리가 있었던 돔으로 다시 돌아갔다.

✦ 번외 ✦

"이거 봐!!"

돔에 들어서자마자 리아가 유에프오를 보며 소리쳤다.

"뭔데?"

"이 지도에 지금 우리가 있는 장소가 빨간색으로 M이라고 표시되어 있어." 리아가 말했다.

그리고는 1미터 정도 앞으로 뛰어가면서 소리쳤다.

"근데 이 지도가 움직여! 여기 지도가 맞나 봐."

리아는 지도가 움직이는 것을 보기 위해 여기저기 뛰어다니다가 유에프오를 떨어뜨렸다. 그 바람에 홀로그램 형상이 나왔다. 그런데 홀로그램 속에 나온 사람은 리아 아빠가 아니라 제이였다. 몇 달 전에 이안이 죽인 그 제이가 홀로그램 속에 있었다.

"어? 이거 제이잖아."

리아는 홀로그램을 보며 말했다.

화면 속의 제이는 슬퍼 보였다. 애써 슬픔을 감추려는 듯한 표정이었으나, 슬픔의 크기가 너무 커 다 감출 수가 없었는지 슬픈 표정이 고스란히 드러났다. 홀로그램 속 제이가 말했다.

"믿기지…지직… 않겠지만, 리아야. 너…희 아버지께서… 지지직… 돌아가셨어…."

"어?" 리아의 동공이 흔들리고 입술이 떨리고 있었다.

"우리 둘 다 이런… 지직… 일이 일어날 줄 상상도 못했어 …지직…지직… 그냥 정말 한순간에 돌아가신… 지… 거야. 바멜트 병에 옮아서 그런 것이 아니라… 지직…너희 아빠가 일하시던 NRC 연구소…지직…지직… 있지? 거기 사람들이…지직…"

팟-

유에프오를 끈 건 유나였다. 유나는 유에프오를 끄고 리아를 꼭 안아주었다. 리아는 이미 펑펑 울고 있었다.

"흑, 흑… 루이야…."

내 눈에서도 눈물이 흘렀다. 살아계실 줄 알았던 리아 아빠가, 돌아가셨다니, 그것도 바멜트병이 아닌 다른 사람에게. 나도 리아를 안아주며 같이 눈물을 흘렸다. 해주고 싶은 말이 너무 많았지만 하지 않았다. 지금은 그냥 같이 안아주며 슬퍼하는 방법이 최선인 것 같았다.

"하아… 후우…"

리아가 숨을 들이쉬고 내쉬며 진정하려고 애썼다.

"이제 좀 진정이 되니?"

유나가 물을 가져다주면서 말했다.

"음… 네. 그냥… 제가 너무 기대를 많이 한 것 같아요. 그래서 그런지 충격이 크네요…." 리아가 말했다.

"나도. 너무 놀랐어. 그냥… 처음에 들었을 때 꼭 살아서 다시 만날 수 있을 것 같았거든. 너도 지금 모든 게 믿기지 않을 거야. 나도 그랬어. 엄마가 돌아가셨을 때도, 우리 언니가 죽었을 때도 믿기지 않았어."

"맞아… 아빠가 돌아가셨다니… 믿을 수가 없어. 그래도 유나와 네가 내 옆에 있어서 정말 다행이야. 고마워. 위로해 줘서."

우리는 그 자리에서 일어나 원래 하려던 돔 조사를 하러 갔다. 한참 조사를 하다가 이상한 점을 발견했다. 수면실마다 기록표가 있었는데 리아와 내가 머물렀던 방에 있는 한 개의 침대는 우리가 깨어나기 14년 전에 작동 중지가 되어 있었고, 나머지 두 개는 우리가 깨어나기 10년 전에 작동 중지가 되어 있었다.

"이게 뭐지?"

"그러니까 우리가 깨어나기 전에도 몇 명이 먼저 깨어났던 거야?"

"그런가 보네." 말하며 리아는 유에프오를 작동시켰다.

"지직…지직… 너희 아빠를 죽이고 시신을… 지직… 불태워 버렸어… 지직… 왜 그랬냐고 물.어보니까… 지직… 나프켈 병을 치료하…는 약을 개발해서… 지직… 그랬다더라… 지직… 사실… 지직… 거기는… 나프켈 병을 혼자서 연구하는 학자들을… 지직… 데리고 와 약을 개발하면… 지 지직… 죽이더라고… 지직…이미 너희 아빠… 지직… 전에도 두 명이 더 돌아… 지직… 가셨어… 지직… 왜냐하면… 지직… 나프켈병을…지직… 치료하는…지직… 약은 영생… 지직…을 살게… 지직… 해주거든… 그들만 사용하려고… 사람들을 죽인 거야… 지직…지직… 아. 그리고… 지직.. 지금 네가 가지고… 지직… 있는… 유에프오는… 지직… 사… 돔의… 지직… 마스터키… 야… 지직… 지직… 사실… 너희 아빠… 지직… 께서..이 돔을 짓는데에… 지직… 큰 도움을 주신 분이시… 거든… 지직… 그러니 얼른… 지직. 다시 작동시키고… 지직… 편히 지내길… 지직… "

"뭐라고? 들었어? 루이야? 이게 마스터키래."

"응… 이게 여기 마스터키 일 줄은 몰랐는데…. 아니 그것보다, 너희 아빠가 돌아가신 이유도 그렇고, 여기를 지을 때 도움을 주신 분이라니."

"근데 이거 어디다 꽂아야 작동하는 거야?"

"그러게… 나도 몰…"

"아마 저기 저 동그란 홈 보이시죠? 저기에 마스터키를 꽂으면 103방은 작동이 다시 될 거예요. 마스터키는 작동을 마음대로 멈추거나, 작동하거나 할 수 있거든요….'"

나는 유리와 유진을 처음 만났을 때 유리가 한 말이 생각났다.

"마스터키는 제어센터에 꽂는 거야. 그때 우리가 유리와 유진을 처음 만난 곳."

"뭐? 유리랑 유진을 알아?" 유나가 깜짝 놀라며 물었다.

"네?"

"아, 아니야. 일단 그냥 제어센터로 가자."

"알겠어요."

리아는 지도를 켜서 제어센터로 찾아갔다.

지도 덕분에 우리는 어렵지 않게 제어센터에 도착했다. 조작판이 복잡했음에도 불구하고 어디에다가 마스터키를 꽂아야 하는지 한 번에 보였다. 마스터키를 동그란 홈이 파인 곳에 꽂자, 만화에서 보던 것처럼 조작판에 불이 환하게 들어오면서 돔의 모든 등에도 하나둘씩 불이 들어오기 시작했다. 불이 완전히 들어오니 사람들도 하나둘씩 나타나기 시작했다.

"1분 후 시스템 재가동 시작. 60, 59, 58, 57…"

음성 메시지와 함께 돔이 재가동되었고, 우리는 서둘러 침대로 뛰어갔다. 그리고는 다시 깊은 잠에 빠질 준비를 했다.

"… 4, 3, 2, 1 재가동을 시작합니다."

2368년

자고 있던 침대를 덮고 있는 유리를 쾅쾅 내려치는 소리에 한 소녀는 잠에서 깨어났다. 그 사이 유리를 내려치던 사람들은 모두 도망갔다. 그들은 그 소녀만 깨워두고 돔을 빠져나갔다. 소녀는 도망가는 그들을 따라갔지만 넓은 돔 안에서 길을 잃었다. 남들보다 빨리 깨어난 소녀는 무서운지 소리를 지르며 돔 여기저기를 돌아다녔다.

그녀는 부모님이 자고 있는 방에 들어가 부모님을 찾으려 했지만, 이미 어른들의 방은 쑥대밭이 되어 있고, 어른들은 모두 사라지고 없었다. 소녀는 동생들과 또래처럼 보이는 아이들을 깨우려고 그들의 침대를 두드렸지만 그들은 꿈쩍도 하지 않았다.

이제 더 이상 아무도 깨울 수 없다고 생각한 소녀는 돔 안을 돌아다니면서 먹을 것을 찾았다. 그렇게 며칠이 지났다. 갑자기 많은 사람이 기지를 부수고 쳐들어왔다. 다행히 그 소녀는 몸을 피해 창고로 숨었고 기지를 부수고 들어온 사람들이 나가자, 그 소녀는 남아 있는 두 동생들을 깨웠다. 소녀는 안 열리는 유리를 억지로 부순 후, 유리를 열어서 그들을 깨웠다.

깨어난 그들은 영문도 모른 채 소녀의 손에 끌려갔다. 소녀는 두 동생들에게 모든 상황을 다 설명해 주었지만, 그들은 믿지 않는다는 듯 그녀를 무시하고 괴롭혔다. 돔에서 매일 괴롭힘을 당하며 살던 소녀는, 먹을 것을 챙겨서 돔을 빠져나왔다.

✦ 14년 후 ✦

소녀가 돔을 떠나고 난 후 14년이라는 시간이 지나고 그 소녀의 동생들도 돔을 떠났다. 그들이 돔에서 나와 도착한 곳은 원기둥 모양의 작은 건물이었다. 그들은 건물로 들어가 그곳에 있던 사람들을 건물 지하실에 가둬놓았다. 다시 기지로 돌아온 그 둘은 한 명의 남자아이를 깨웠다.

"아아… 누구야…."

그 아이는 짜증 난 말투로 일어나며 말했다.

"유진이랑 유리네. 유나는?"

"몰라, 갔어." 유진이 말했다.

"잘됐네."

"이안, 일단 우리를 묶어서 제어센터에 있는 창고에 가둬 놔."

"알았어."

"그리고 저거 다룰 줄 알지?"

유리가 기계를 가리키며 말했다.

"응"

그 말을 끝으로 그는 기계 판을 망치로 한 번 내려친 후 버튼을 마구잡이로 눌렀다. 이윽고 기계에서 오작동 음이 들렸다.

"23…8…2…년…지직…기계… 지직… 오작… 지직… 지직…"

"2382년… 기계 오작동…"

"2382년 기계 오작동으로 인해 시스템 가동 중지."

"시스템 가동 중지합니다."

Rabbit Hole

1. Jena

Little did I know that a fateful field trip to the ancient town would set in motion a chain of unforeseen events. Instead of the thrilling amusement park or captivating zoo, our school subjected us to this peculiar outing. I had my heart set on visiting the old well, unaware of the strange turn my life was about to take. Blame it on the school's poor planning, but destiny had its own agenda waiting for me.

2. Jena

During the field trip, an opportunity finally presented itself to explore the depths of the old well. Gia, my trusted friend, and I decided to seize this chance during our allocated free time, duly granted by Mr. Wheeler. To my dismay, Dena, a figure I despised, lurked in the shadows, casting an ominous presence over the scene. A premonition of impending trouble crept over me. And alas, my intuition proved true. As Gia and I leaned over the well, curiosity guiding our gazes, Dena's sudden push sent me hurtling into the abyss. Darkness enveloped me, and I felt the weight of impending doom. The well became my chamber of terror, etching its memory deep into my soul.

3. Jena

A sense of tranquility washed over me as I lay on the ground, embracing the vastness of the sky above. In that peaceful moment, a woman approached, her porcelain skin and flowing jet-black hair accentuating her ethereal presence. Her eyes, deep red like a rich wine, held a hint of fear as she inquired about my prone state. With childlike wonder, I shared my delight in gazing upon the billowing clouds. She kindly suggested I rise, acknowledging the mess that covered my clothes in muddy streaks. With reluctance, I heeded her advice, the dampness clinging uncomfortably to my attire.

Introducing herself as Chlorine, or Cl for short, she beckoned me to follow. As we walked, my senses were overwhelmed by the awe-inspiring beauty surrounding us. The gentle breeze caressed my skin, while vibrant flowers and majestic trees adorned our path. Eventually, we arrived at a place I had apparently forgotten—an idyllic utopia of my own making. The sight before me stirred emotions as if I were reuniting with a long-lost paradise. Nestled within the embrace of nature stood my home, a charming cottage embraced by a sprawling garden, complete with a serene lake and a menagerie of adorable animals, including rabbits, ducks, and a friendly dog.

Stepping inside, my heart swelled with joy at the sight of ivy vines delicately cascading along the bedroom walls. A closet filled with elegant clothes awaited, promising endless possibilities. In the kitchen, two playful kittens frolicked around a grand, vibrant table adorned with a flower pattern tablecloth. Every nook and cranny of this newfound sanctuary felt like a dream come true. A radiant smile graced Chlorine's face, a testament to her satisfaction in witnessing my newfound bliss within this utopian realm.

4. Jena

Within the confines of my utopia, I reveled in the freedom to live like a queen, indulging in my desires, savoring delectable meals, and adorning myself in the attire of my choosing. Little did I know, that my encounter with Chlorine would alter the course of my existence.

5. Jena

Initially, Chlorine, also known as Cl, appeared gentle and amiable, but it soon became evident that her true nature was far from kind. She possessed a captivating power of mesmerization, which she wielded under the guidance of her boss, Nialliv. Nialliv taught Chlorine not only the art of mesmerization but also how to mistreat others, using their abilities to manipulate and control.

6. Jena

Nialliv, a perplexing and enigmatic figure within my utopia, remains a mystery to me. Their gender eludes my understanding, and while they hold authority over this realm I once deemed my own, it is now clear that my utopia is not truly mine. Instead, it serves as an otherworldly realm, a place where departed souls find solace. Initially, I had imagined the otherworld to be a realm of darkness and despair, but its true nature proved to be more complex. As for Nialliv, they began taking people for inexplicable reasons, such as deeming them "ugly," finding their food "disgusting," or disliking their choice of attire. Nialliv's eccentricities and motives perplex me greatly.

7. Jena

Under the influence of Nialliv and Chlorine's mesmerizing powers, I found myself forcefully transported to their so-called "castle," which bore little resemblance to the grandeur one associates with such a structure. Instead, it resembled more of a prison, a place where freedom was stifled. Some sections vaguely resembled a castle, but the majority did not, leaving me to question the accuracy of its designation. Perhaps Nialliv's eccentricity extended to the very name they chose for their abode. I was unjustly brought here under the pretense of not being "fit" for my previous existence, only to be subjected to servitude and degradation. I refuse to accept the role of their slave. The conditions in which I reside are deplorable, as I am confined to a damp and squalid underground chamber, sharing my space with mice, bugs, and moldy fungi. The lack of proper ventilation only compounds the misery I endure. It feels akin to living a life reminiscent of Cinderella's.

8. Jena

Rumors have reached my ears, whispering tales of Nialliv's atrocities. It is said that they have taken lives simply because they disliked the individuals, even if they were proficient in their duties. Three innocent souls fell victim to Nialliv's wrath, merely for overheard conversations criticizing their actions. I had initially assumed these discussions revolved around Nialliv's malevolence, but it seems that malevolence is all they know. The rumors suggest that people voiced their concerns in the hopes of inspiring change within Nialliv. Alas, the change appears unattainable for Nialliv, and their dream remains unfulfilled. We mourn the loss of the departed and the three individuals who dared to speak out. My heart aches for Gia, my family, and my classmates. I yearn for the company of everyone, even Dana. Doubts now plague my mind as I contemplate the nature of this place. I long to escape its clutches, to unravel the secrets that lie within its confines. Where am I, and what mysterious forces have entangled me in their grasp?

1. Gia

I am Gia, Jena's best friend, and we embarked on a field trip to the serene countryside. Little did we know, this trip would take an unexpected turn. It all started when Jena accidentally fell into a well due to Dana's ill-fated attempt to surprise her. Despite Dana's claims that it was unintentional, doubts began to surface. We found ourselves facing the daunting task of rescuing Jena from the depths of the well. Determined to help our friend, I decided to seek assistance from our homeroom teacher, Mr. Wheeler.

Upon informing Mr. Wheeler about the incident, he promptly accompanied me back to the well. With the aid of a flashlight, he peered into the darkness, initially unable to locate Jena. However, my keen eyes managed to spot her lying on the well's floor. As I eagerly moved closer to her, fate took a cruel twist, and I, too, tumbled into the well, my mind filled with confusion and uncertainty.

2. Gia

When I regained consciousness, I found myself surrounded by the vast expanse of the sea. The sand beneath my feet felt coarse and damp, adorned with numerous starfish and scattered seashells. The crystal-clear ocean stretched out before me, its gentle waves lapping at the shore, accompanied by delicate white bubbles. Inhaling deeply,

I relished the refreshing coolness as I dipped my feet into the water, eventually succumbing to the urge to plunge into the sea. With my clothes drenched, I reveled in the tranquility that enveloped me. However, as I pondered my whereabouts, I noticed a woman nearby, also enjoying the soothing embrace of the sea. Curiosity getting the better of me, I approached her cautiously, inquiring about our current location. "Welcome to the Otherworld," she responded, sending shivers down my spine. "Is this where deceased individuals come?" I asked, to which she confirmed. Overwhelmed by the realization, I gasped, "So...am I dead?" Her answer only served to deepen my disbelief, causing me to sink into the ocean, my mind once again in disarray.

3. Gia

Upon regaining consciousness, I found myself confined within a damp and dreary room, unmistakably a jail cell. The chamber was teeming with fellow captives, all seemingly trapped in this peculiar realm. Suddenly, amidst the murmur of voices, a familiar call reached my ears - someone was calling my name. Startled, I responded, "Yes?" surprised that someone knew who I was. "Who are you?" I inquired, eager to identify the source of the voice. The reply that followed left me astounded: "It's me, Jena!" A mixture of confusion and astonishment washed over me, as I struggled to comprehend the impossible.

4. Gia

"Jena" We embraced tightly, a flood of emotions engulfing us as I realized how much I had missed Jena. "Did you fall into the well too?" I asked her, desperate for answers.

"Yes, I did. I came to find you," she revealed, her voice tinged with relief.

"Thank you, Jena. Seeing you here brings me such joy," I exclaimed, grateful for her unwavering friendship.

Jena explained that we had indeed entered the Otherworld, a realm where departed souls find themselves. The revelation struck me with disbelief and uncertainty, as I contemplated the nature of our predicament. Concern etched across her face, Jena expressed her fear of dying in this realm, as Nialliv, the ruler of the Otherworld, possessed the power to extinguish our spirits if we perished here

5. Gia

With our belongings hastily packed, we approach the door cautiously, wary of encountering Chlorine. Fortunately, she's nowhere in sight, allowing us to make our exit unhindered. As we venture outside, we sprint as fast as we can. I'm not the best runner, but with Jena's hand in mine, I find myself propelled forward. Finally, we arrive at the front door of the castle, unsure of what awaits us on the other side.

"Could Nialliv be there?" I inquire anxiously.

"I hope neither Nialliv nor Chlorine is present," Jena replies.

"Me too. Please..."

Jena pushes open the door, and to our relief, Nialliv is nowhere to be seen. We exchange glances, realizing that this is our chance to escape. We both agree to take the risk and seize the opportunity to return to Earth.

As we step through the door, we find ourselves in the outside world once again. The sun shines brightly, and the birds sing melodiously. I sit up, feeling the warmth of the sun and the coolness of the ocean. We have succeeded in leaving Nialliv's realm, or so we thought.

6. Gia

Excitedly, I call out to Jena, proclaiming our arrival in the outside world.

"Yes? We're outside," Jena responds.

"Yes, this is outside. We managed to escape Nialliv, right?" I inquire eagerly.

Jena's voice takes on an eerie tone as she utters, "No... not really."

Confused, I ask, "What do you mean?"

"Because..." Jena's voice trails off, and with a sudden revelation, she declares, "I am not Jena."

Stunned, I gaze up at her face, realizing that the person before me is no longer Jena, but Nialliv's own self.

7. Jena

In awe, I gaze at the home where I lived and the lush green grass of the familiar backyard. We have reached the outside world. Holding Gia's hand, I led her towards my house.

"Gia, this is my home, where I used to live," I share.

"Oh, it looks lovely. Your backyard is especially charming," Gia remarks.

"Wait, did I ever mention my backyard?"

"No," Gia responds.

Confused, I inquired, "Then how did you know about it?"

"A long time ago," Gia replies casually.

Perplexed, I questioned her, "Ah, so you saw it a long time ago... but who are you?"

Unexpectedly, Gia's appearance transforms, and she becomes Chlorine.

"Chlorine?" I exclaim in disbelief.

"Yes," she confirms.

"What...? I thought Gia and I had escaped the castle!"

Chlorine smirks and asserts, "No, you haven't. How could you think you could escape? We spent nearly five years building this castle. It's our creation, and I quite like it."

Panic rising within me, I demand to know Gia's whereabouts.

"Hmm... well, how would I know?" Chlorine retorts, seemingly unfazed.

"Don't toy with me! Tell me where Gia is. If you refuse, then..." I pause, grabbing a nearby knife from the kitchen.

Her expression remains unaffected as she challenges me, "Then what? What can you do?"

"...Yes, I will kill you with... this," I assert, brandishing the knife.

However, her lack of fear is evident.

"If you kill me, you won't find out where Gia is," she taunts.

Regrettably, she's right.

"But what if you genuinely don't know where Gia is?" I counter.

"No, I do."

8. Gia

"Where are we? Are we in Nialliv's realm?" I inquire.

"You don't need to know where we are, but..." Nialliv begins.

"But what? Tell me!" I insist.

"You need to understand that you haven't succeeded in escaping 'my' castle."

"Oh no... then where is Jena?" I plead.

"I don't want to tell you," Nialliv replies, smirking.

"What? You strange freak. I'll kill you," I mutter under my breath.

Nialliv hears me and asks, "How?"

Startled, I respond, "D... did you hear that?"

"Yes," Nialliv confirms.

"That's just a habit of mine. Forget it," I dismiss the comment.

"Okay," Nialliv acquiesces.

"So... why am I here?" I ask, seeking answers.

"Because you failed to escape 'my' castle," Nialliv explains.

"Ah, but why couldn't I succeed in escaping your castle?" I inquired further.

"My 'castle' is incredibly strong. You didn't stand a chance," Nialliv boasts.

"Why is your castle so strong?" I press for more information.

"Stop asking me! You will die by my hand," Nialliv threatens.

"Why...? Oh, I really want to know," I express my curiosity.

"Don't you know? You and Jena attempted to escape my castle, and you failed," Nialliv sneers.

"Okay... So what happens to us? I mean 'us' as in me and Jena," I inquire with trepidation.

"You will die," Nialliv replies bluntly.

"But 'we' are already dead. How can you kill us?" I question, confused.

"Do you think you're dead?" Nialliv counters.

"Yes... isn't that the case?" I respond.

"Yes," Nialliv confirms.

"So 'we' don't have to die?" I seek reassurance.

"Yes," Nialliv affirms.

Although Nialliv claims we don't have to die, I can't help but feel a sense of unease. I struggle to believe his words, and doubt lingers within me.

9. Jena

"Here," Nialliv says, pointing to our current location.

"What? This is the 'castle'!" I exclaim.

"Yes, Gia is here," Nialliv confirms.

"Seriously? Are you lying to me again?" I respond skeptically.

"No, it's true," Nialliv insists.

"Jena!" Gia calls out to me.

Her voice confirms the truth. Gia is indeed in Nialliv's 'castle.'

"Gia? Why are you here?" I ask in disbelief.

"I told you so! Stop suspecting me!" Chlorine interjects.

"Okay... this time, I'm sorry," I apologize, realizing that Gia's story was genuine.

Chlorine emits a scent resembling Nialliv's. Ugh!

Nialliv's expression grows increasingly angry, but I wonder why he isn't directing his anger at Gia. Nonetheless, I refuse to be afraid of Nialliv. I won't let his anger intimidate me.

"Hi," Nialliv greets me.

"Hi," I respond, approaching Gia.

"Jena, do you know what happened?" Gia whispers to me.

"I don't know... I thought we had succeeded," I admit.

"Stop whispering!" Nialliv interrupts.

"Why?" I question.

"Just shut up and follow me," Nialliv commands.

"Why..." I begin to protest, but Nialliv mesmerizes both me and Gia, rendering us unable to resist. All we can do is silently comply and follow Nialliv.

Our bodies move mechanically, and it feels as though our mouths have been sealed shut. Moreover, Nialliv manipulates our minds, playing with our thoughts. It's a helpless situation.

"Get in here," Nialliv orders, indicating a peculiar room.

I don't understand why, but the room is oddly clean and features a large window. The smells are not unpleasant, yet an inexplicable sense of unease lingers in the air. The strangest thing is that Nialliv doesn't lock the door. This peculiarity makes the room even more unsettling, and I can't help but suspect that Nialliv has planned something terrible for us.

However, Gia pretends not to know anything about our imminent demise.

"Gia... I think we're going to die soon," I confide in her.

"Me too..." she admits.

"Then why are you acting like you have no idea?" I question her.

"Because! Nialliv might be able to read my true thoughts," Gia explains.

"I didn't know he could use mind control... Right?" I respond, realizing the extent of Nialliv's powers.

"Ah, yeah... but maybe 'it' didn't use mind control on us," Gia suggests.

"Okay, I'll believe that," I agree, trying to maintain some semblance of hope.

We wander aimlessly around the room, consumed by fear. We may be dead, but our bodies remain, and time is running out. We don't have much time left to escape.

"How can we get out of here?" I mutter, feeling desperate.

"I hope someone saves us from this disaster," Gia whispers, her voice filled with longing.

Chlorine brings us food—a bowl of soup, some bread, and so on.

"Here. Eat it. Nialliv likes his prisoners well-fed," Chlorine comments.

"What do you mean?" Gia asks, puzzled.

"It means Nialliv will devour you," Chlorine clarifies.

"What the hell are you talking about?" I interject.

"Just kidding," Chlorine replies, attempting to pass it off as a joke.

"How can we trust you or Nialliv? We can't eat this food," I express my doubt.

"Yes, and we don't know what they've put in it," Gia adds.

"Then don't eat it. If you two don't eat anything, you'll die of hunger and starvation," Chlorine suggests.

"And that's good for us...!" she trails off, leaving us be.

"Ha! What's wrong with her? Can she do something special?" Gia asks angrily.

"Calm down, Gia. She's just trying to provoke us," I advise, attempting to diffuse the situation.

"Okay..." Gia acquiesces.

"...Will you eat this food?" Gia inquires, unsure.

I poke the bread with my finger, contemplating.

"Hmmm..." I mumble, then tear off a piece of bread and taste it cautiously.

"Is it good?" Gia asks, concerned.

"No poison?" she continues.

"No alcohol?" Gia adds.

"No drugs?" I conclude.

Gia bombards me with questions.

"Wait, Gia," I interrupted her.

"Okay... sorry," she apologizes.

"It's... not bad... But..." I trail off.

"But?" Gia prompts me to continue.

"I can't fully trust them," I admit.

"Okay, how about this? You eat the bread, and if the bread is fine, then only eat the bread for now," Gia suggests.

"Okay," I agree, taking another slice of bread. I take a bite, relieved to find no traces of poison, alcohol, drugs, or anything suspicious.

We receive our meals once a day, and although the taste leaves much to be desired, it's enough to keep us alive. We've been living here for nearly two weeks, constantly on edge. Today, however, they informed us that we should come out.

"What are they planning, Jena?" Gia wonders aloud.

"I don't know..." I respond, uncertainty clouding my thoughts.

Chlorine instructs us to follow her, leading us to Nialliv's room.

"Sit," Nialliv commands, pointing to a chair.

We obediently sit without uttering a word, fearing the consequences of defiance.

"I will set you guys free," Nialliv declares unexpectedly.

"Why?" Gia questions, sitting up in surprise.

"Gia... sit," I whisper to her.

"Okay," Gia whispers back, complying with my request.

"Well, it seems that you two didn't entertain the thought of dying. Typically, people we imprison tend to contemplate death because I make them believe it. But your minds were resistant to my powers. That's why I want to set you free," Nialliv explains.

"Okay...? But is this for real?" Gia probes cautiously.

"Yes, but I have one condition. Only one," Nialliv states.

"What is it?"

"It's simple. You guys just become my lackeys and live here forever. Easy, right?" Nialliv proposes.

"What? That's not setting us free," Gia protests.

"No, it is. If you don't want to, I won't do it," Nialliv responds.

"Yes, we wo—"

I quickly covered Gia's mouth with my hand.

"We will do it," I declare, trying to appease Nialliv.

"Okay, then sign here," Nialliv instructs, handing us some papers.

I carefully read through the documents, taking my time to understand their contents. Finally, I sign my name and hand it back to Nialliv.

"Finally," Nialliv says. "Now, follow Chlorine."

"Okay."

"Jena, why did you agree to that? Becoming Nialliv's lackey is terrible," Gia whispers to me.

"Yes, but do you know what I discovered?" I respond.

"What?"

"Stop talking. I can hear you," Chlorine interrupts.

"Okay. I'll tell you later," I assure Gia.

Chlorine leads us to a room that will be ours. Surprisingly, it's quite pleasant—a clean, well-lit room with no strange smells or signs of decay. It even has two comfortable beds.

"Much better than that weird jail cell, right, Jena?" Gia remarks.

"Yes," I agree.

"I'm going to leave you now," Chlorine informs us.

"So, Jena, what were you saying about—" Gia begins to ask.

"Ah, do you know that we are now Nialliv's lackeys?" I interrupt.

"Yes, I know!"

"Do you forget that we are free now?"

"Oh, yes..."

"So, being Nialliv's lackeys means..."

"We can go out and find our bodies!" Gia exclaims.

"Yes, exactly."

"So when do we get out of here? Can we leave right now?" Gia inquires eagerly.

"Yes, but I've noticed that Chlorine goes somewhere every Friday," I mention.

"That means we might be able to go out somewhere every Friday," Gia speculates.

"Let's ask Chlorine," I suggest.

"No, she'll become suspicious if we reveal our intentions," Gia cautions.

"Oh, right. So how can we find out?"

"Let's just wait a few more hours. She might tell us," I propose.

"Okay."

And so, the days pass by with us waiting in uncertainty. Gia grows increasingly frustrated.

"Ugh! When will she tell us? You know what? I'll just ask her," Gia declares, unable to contain her impatience.

"Okay..." I reply, feeling tired of waiting as well.

Suddenly, Chlorine enters the room.

"Today, we can go out and explore. We have some free time," she announces.

Finally!

"How many hours do we have?" I ask eagerly.

"We have five hours. If you're late, Nialliv will kill you," Chlorine warns.

"Okay... What if we don't come back here?" I inquire.

"I don't think Nialliv would care... I didn't think about that. By the way, I'm going shopping. Do you guys want to come along?"

"Yes!" Gia exclaims.

"Okay, come with me," Chlorine invites.

Why is Chlorine being so kind to us? I can't help but feel suspicious. Perhaps she has some ulterior motive planned for us.

10. Gia

Gia was in a state of self-reflection, questioning her decision to agree to Chlorine's proposal. She turned to Jena with regret etched across her face. "Jena, why did I say yes to her? What have I done? We were planning our escape back to the real world. Now, Jena's going to hate me. Ugh."

"Gia, why did you say yes to her? Do you realize what could happen?"

"I'm sorry, Jena. I got carried away with the thought of shopping. I was surprised to find a shopping mall here."

"Ha... Alright, but don't fully trust her. We have no idea what she's planning."

"Okay, I won't."

Gia had expected Chlorine to lead them to some bizarre place, but to her surprise, they found themselves in a real shopping mall.

"Here we are. The building may look small, but it's much bigger on the inside. You see, this is the otherworld.'"

"Oh my goodness, did she take us to a real shopping mall?"

"But, Gia, we must stay cautious. We don't know what awaits us here," Jena advised.

"Alright, I will."

"Shall we go inside?" Chlorine asked.

They entered the shopping mall, and it was vast, even more expansive than Nialliv's castle.

"Wow, it's enormous."

"Yes."

"So, what do you guys want to buy?" Chlorine inquired.

"Well, um, we don't have any money," Jena admitted.

"Nialliv gave us money for shopping," Gia added.

"Oh..."

"Fine, let's shop then," Jena reluctantly agreed.

"Shall we grab something to eat?"

"Okay, I'm hungry," Jena admitted.

They ventured to a food store with a remarkable 43 floors.

"What would you like to eat?"

"I'll have some pizza and a strawberry milkshake."

"I want a hotdog and a mango yogurt ice cream," Jena said.

"But you need to remember, this is the otherworld. The food here won't be the same as what we know."

"Ugh! So what kind of food do they have here?"

"Look around," Chlorine replied.

Together, they explored the food store and observed people consuming strange "dishes." The majority of the items appeared more like plastic or rubber toys than actual food.

"What is this? 'Jump-Rope Spaghetti'? 'Strawberry Shortcake'? So bizarre." Jena complained.

It became evident that the food names and their appearances were peculiar, and they wouldn't be able to eat any of it.

"Ugh... What's that? Is this food? This can't be called food!"

"Okay, I've heard that there's a pizza place here. Follow me."

After searching for nearly 30 minutes, they finally found the real food they'd been craving.

"Finally, The real food!" Jena exclaimed.

As they began to eat, they noticed Chlorine hadn't joined them.

"Aren't you hungry? Do you want some?" Gia asked.

Chlorine hesitated before revealing her intentions. "You two find me a bit odd for inviting you here. You thought it was strange that I wanted to hang out with you, right?"

"Not just a bit, a lot," Jena confirmed.

"Alright, let me propose something. What if we get rid of Nialliv?"

"What?" Gia and Jena shouted in disbelief.

"Shh, calm down. Here's my plan: now that we're here, we'll eat this and locate our bodies."

"How will we find them?"

"Between B8 and B22 in this mall. We can make our way there."

"Okay, but wait. If we find our bodies, we can return to our normal lives. But you've been living here for a long time. Even if you find your body, you might not be able to return to normal life," Gia pointed out.

"Oh, we can buy our way back to the real world with a bit of money," Chlorine explained.

"How much are we talking about?"

"It's only $500."

"Alright, let's eat quickly."

Once they had finished their meal, they made their way to B11-16, where they would locate their bodies. Jena ventured to B13, Gia to B16, and Chlorine to B12. The moment they located their bodies, they received large plastic bags and were instructed to place their bodies inside. Afterward, they had to go to B17, where they expected to find the path to return.

Jena initially thought that Chlorine's words were just another trick, but it soon became apparent that her plan was very real. The path to get out was complex and time-consuming, taking an entire day.

Finally, they made their way back to their normal lives.

11. Jena

As they returned to the normal world, they were met with a gathering that included the police and their families. Mr. Wheeler explained the incident, how they had been thrust into the well, and how they miraculously survived.

Jena was quick to reunite with her mother, the relief evident in her tearful hug. "Mom!"

"Jena! You're alive!"

"Yes, I thought I was gone..."

"What happened to you?"

Jena hesitated for a moment, trying to decide how much to reveal. "Um..."

Dena approached Jena, expressing her remorse. "Jena, I need to apologize. I never intended to push you into the well. It was an accident. I admit, I used to dislike you, and you might think I did it on purpose. But I promise, it was an accident. Please, believe me. I'm so, so sorry."

"It's okay, Dena," Jena replied, her voice filled with emotion. "I'm alive now, and I'll accept your apology."

"Thank you."

"Alright, now I think I understand what happened," her mother chimed in.

"Yes, Mom."

Dena seemed to be sincerely sorry for her actions, and Jena felt a sense of relief.

12. Jena

The question now lingered, "Where's Gia?"

"Gia!" Jena shouted. "Where are you?"

"Mr. Wheeler, do you know where Gia is?" Jena asked in a panic.

"I'm not sure... did she get lost? Let's find her together."

"**Gia!**"

They searched for Gia for over an hour but couldn't find her. Perhaps she had returned to the real world ahead of them, or maybe she was still in the otherworld with Chlorine, or...worst of all, maybe she was being held captive by Nialliv.

"Oh no..." Jena's eyes welled with tears.

"In the end, we couldn't find her," she mumbled, heartbroken.

Then, unexpectedly, they heard Gia's voice. "Me?"

"Gia, is that you?"

"Yes!"

"I thought you might still be in the otherworld."

Gia embraced Jena, and tears welled up in her friend's eyes. "Wait, are you crying?"

"Yes, Gia. I can't believe it. I'm alive!"

"Me too. But where's Chlorine?"

"Ah..."

"I'm here!" Chlorine called out.

Jena and Gia embraced her with tears of joy streaming down their faces.

"It's so good to be back," Chlorine said with a deep sigh. "Breathing this air and feeling the humidity... it's been a long time."

"Alright, alright," Jena chuckled. "I feel the same way. I'm happy we've come back."

"By the way, Gia, where's your dad?" Jena inquired.

"Well, they're not here. I don't think my dad will be coming."

"What about your mom?" Chlorine asked.

"Oh, my mom passed away last winter. It was a car accident."

"Oh no... why didn't you tell me? Gia, that's so sad. I'm so sorry."

"It's okay, Chlorine. I wanted to see my mom in the otherworld but couldn't. I had hoped for that."

"I understand, Gia. I went through something similar when I was younger," Chlorine confided.

"Well, when I was around your age, I went on a field trip here and fell into the well by accident. Around the same time, my mom died in a car accident. The first time I heard about the otherworld, I wanted to see my mom. Then I was abducted. Many years passed before you two arrived here and helped us come back. Thank you."

"Thank you, Chlorine. You've helped us return."

"Yeah. If we hadn't met you, we might have been stuck there forever."

"You should thank Nialliv."

"Because Nialliv employed you?" Gia asked.

"Exactly."

…

Life gradually returned to normal for the three friends, but their adventure had left a permanent mark. They were no longer ordinary teenagers. In school, they were known as the "zombie" trio, having returned from the dead. Despite the unusual circumstances, they were relieved that Nialliv did not follow them into the real world. Life had its quirks, too. Their bodies seemed to age rapidly, their hair grew longer, and their nails didn't stop growing. Yet, they felt safe.

이태은

메리골드

요즘 유명인들과 연예인들이 출처조차 불분명한 가짜 뉴스 등으로 고통받고 있다는 사실을 알고 계실 거예요. 저는 그런 이슈들을 재밌게 소설로 풀어내고자 이런 이야기를 쓰게 되었습니다. 직접 보지 않았음에도 불구하고 SNS에서 떠도는 소문들만 믿고 누군가를 싫어하지 않았으면 좋겠다는 저의 작은 소망이 소설로 만들어져서 기뻐요. 이 글을 쓰기 전에 저는 다른 내용을 주제로 한 글을 많이 썼었는데, 써도 써도 계속 이야기가 이어지지 않아 많은 고민을 했습니다. 그러다가 정말 많은 유명인이 인터넷에 떠도는 근거 없는 글들 때문에 우리가 생각하는 것보다 더 많이 힘들어하고 있다는 것을 알게 되어 '이런 내용으로 글을 써야겠다.'라고 생각했습니다. 저의 글을 읽고 직접 보거나 듣지 못한 일들은 이제 믿지 않으셨으면 좋겠습니다. 그래야 우리가 더 행복한 세상에서 살 수 있을 테니까요.

✦ 1. 나의 세계가 무너졌다 ✦

"띠리리링"

"아, 큰일 났다. 숙제하다가 그냥 자 버렸네."

나는 서둘러 책가방을 챙기고 현관문으로 나갔다.

"학교 다녀오겠습니다."

"수연아, 아침 안 먹고 가?" 엄마가 말했다.

나는 식탁 위에서 사과 한 쪽을 집어 들고 나가면서 말했다.

"엄마, 미안. 늦었어."

새 학기 첫날이다. '이번에는 제발 같은 반이 아니길…' 나는 온 마음으로 기도하며 학교를 향해 뛰었다.

"야, 왔다. 또 같은 반인가?"

"의자 밀어! 넘어지게 ㅋㅋ"

또 시작이다. 이번에도 역시 같은 반이었다. '행운은 도대체 언제쯤 내 편이 되어 줄까?' 중학교 1학년 때부터 빵셔틀을 비롯해 온갖 나쁜 짓으로 유명한 저 박수현 무리와 또 한 해를 보낼 생각을 하니 벌써부터 숨이 안 쉬어지는 기분이 든다.

"꽈당!"

나는 넘어졌다. 교실 문을 열 때 이미 그 아이들의 속셈을 알아차렸지만 내가 눈치챘다고 달라지는 것은 없다. 나는 넘어지는 역할을 맡은 배우처럼 그 아이들 앞에서 넘어지면 되는 것이었다.

"어? 미안ㅋ"

얼굴과 말이 일치되지 않는 묘한 말투로 그들 중 한 아이가 말했다.

우리 반 아이들 모두가 나를 쳐다보았다. 나는 얼굴이 화끈 달아올랐다. 기대 반, 걱정 반이었던 새 학기 첫날은 이렇게 시작되었다.

국어 시간 선생님께서 '이골'이라는 단어의 뜻을 설명해 주셨다. '이골-아주 길이 들어서 몸에 푹 밴 버릇' 어쩌면 그 아이들이 나를 대하는 행동에 이골이 났는지도 모르겠다고 생각했다. 점심시간. 귀에 꽂은 에어 팟에서 최서하의 노래가 흘러나왔다. 최서하는 내가 좋아하는 배우 겸 아이돌 가수로, 힘든 학교생활의 유일한 버팀목이다. 최서하는 올해에 아이돌 그룹 'SL'의 멤버로 데뷔했다. 3년 전 한 TV 프로그램에 텅 빈 연습실에서 온몸에 땀범벅인 채로 혼자 연습을 하고 있는 아이돌 가수를 소개해 준 적이 있었다. 나는 그때 '열심히'라는 말을 눈으로 볼 수 있다면 바로 저 모습일 것 같다는 생각을 했다. 그때부터였다. 내가 최서하를 좋아하기 시작한 것이.

'헐, 라방이다. 예정도 없이 무슨 라이브 방송?'

나는 재빨리 최서하가 켠 방송에 들어갔다. 방송국인 것 같았다. 상황은 혼란스러웠고 SL의 멤버들이 줄줄이 서 있었다. 카메라 셔터 누르는 소리가 여기저기서 들렸다.

"활동 중단을 하게 된 계기는 무엇인가요?"

"활동 중단의 특별한 이유가 있나요?"

"누가 그런 결정을 내렸나요?"

기자들이 질문을 퍼부었다.

"다시 돌아올 계획은 있으신가요?"

"..."

최서하는 아무 말도 없었다.

'라이브 방송이 중단되었습니다.' 이 짧은 문장이 핸드폰에 뜨자마자 나는 심장이 '쿵' 하는 소리를 들었다. '그럼, 앞으로 다시는 최서하를 볼 수 없는 걸까?' 라이브 방송이 중단된 뒤, 인터넷 뉴스 창은 SL의 활동 중단에 대한 얘기들로 가득했다.

'활동 중단, SL의 최서하가 결정…'

'SL의 활동 중단 이유'

팬클럽 사이트에 들어가 보니 탈퇴해야 한다는 팬들과 지켜야 한다는 팬들이 이유와 함께 자신들의 주장을 하고 있었다. 나는 너무 급작스러워 어찌할 바를 모른 채 올라온 글들을 눈으로 읽어 내려가고 있었다.

"야, 빵 사 오라는 말 못 들었냐?!"

"…"

나는 대답하지 않고 밖으로 뛰쳐나갔다. 아무 생각 없이 복도 끝 쪽으로 계속 달리다 보니 학교 옥상이었다.

"이대로 교실로 들어가면 걔네가 가만두지 않을 텐데…"

생각만으로도 온몸에 아픔이 전해졌다. 몸이 기억하는 고통은 절대 지울 수 없는 것이다.

'아… 그냥… 이 세상에서 사라졌으면 좋겠다. 서하라도 내 곁에 있어 줬으면….'

어느새 나는 옥상의 끝에 서있었다. 아래를 보았다. 운동장에는 점심시간을 즐기고 있는 아이들의 모습이 보였다. 나는 눈을 감았다.

그리고 한 발을 허공으로 내딛으려는데 갑자기 눈앞이 까매지고 하얘짐이 반복되더니, 내가 'SL' 멤버들과 같이 방송국 안에 앉아 있었다. 최서하, 한율, 그리고 다른 멤버들 모두가 내 앞에 서 있었다.

'죽은 건가… 아… 어지럽다.' 그대로 나는 쓰러졌다.

다음 날 아침, 나는 처음 본 방에서 눈을 떴다.

'여기가 어디지…?'

"얘들아, 일어났어!"

'누구지?'

믿기지 않았다. 최서하와 SL의 멤버들이 나를 보고 있다. 나는 꿈이라 생각하고 다시 눈을 감았다. 꿈에서 깨기 싫었다. 다시 잠이 들기를 바랐지만 그건 불가능한 일이었다. 당연하다. '지금 내가 제일 좋아하는 아이돌 멤버들이 눈앞에 서 있는데 잠을 자는 게 오히려 이상한 일이지. 그럼 이건 꿈이 아닌가?' 나는 벌떡 일어나서 거울 앞으로 갔다. 거울에서 본 나의 모습은 내가 아니었다. 조그만 얼굴에 눈, 코, 입 빼면 남는 공간이 없을 정도로 작은 얼굴에 길쭉한 팔과 다리, 그리고 무엇보다 전신 거울에 다 담기지 않을 정도의 큰 키. 정말 근사했다. 모두가 바라는 완벽한 모습이었다.

"어…?"

자세히 들여다보니 거울 속의 내 모습이 눈에 익었다. 아까 라이브 방송에서 한율 옆에 서 있었던 여자애였다.

"야! 어디가?" 누군가 나를 불렀다.

'야… 라고? 나를 아나?'

분명 이건 꿈은 아니었다. '뭐지? 내가 바라던 대로 내가 다시 태어난 건가? 아님, 순간 이동? 시간 이동?' 머릿속이 답을 낼 수 없는 질문들로 가득 찼다.

'그래, 어찌 됐든 나는 지금 최서하와 같이 있다. 이건 내 인생에 다시 오지 않을 순간이야. 꿈이면 어떻고 아니면 어때?' 나는 생각을 정리한 후 그래도 만약 꿈이라면 깨지 않기를 바라며 주위를 둘러보았다. 한쪽 벽면 가득 그동안 사고 싶었지만 다 팔려서 사지 못한 수많은 앨범이나 피규어, 포토카드 등이 전시되어 있었다.

"형, 쟤 좀 이상하지 않아?"

"저… 그러니까 제가….'"

내가 말을 꺼내려는데 최서하가 내 말을 끊었다.

"서린아 됐어. 하지 마."

'서린? 내 이름이 서린인가?'

✦ 2. 바뀐 나의 모습 ✦

"인기 아이돌 그룹 SL이 지난 12일 기자회견에서 활동 중단을 공식으로 발표했습니다."

"뉴스에 온통 우리 얘기밖에 없구만."

"관심도 받고, 나쁘지 않잖아?"

"어차피 끝인데 굳이 관심?"

TV 뉴스를 보던 멤버들이 서로 말을 주고받았다.

"서린아, 나 교복 새로 사야 할 것 같아. 키가 계속 크는지 바지 길이가 너무 짧아." 서하가 나에게 말했다.

"어? 어… 교복…"

나는 일단 상황이 익숙해질 때까지 상대의 말을 받아 다시 그 말로 대답을 해야겠다고 생각했다.

"나, 이제 잘 거야. 내 방으로 차 좀 부탁해."

최서하가 교복에 이어 나에게 차를 부탁했다.

"어…? 방으로…? 혹시 차는 어떤 걸로…"

최서하는 아무 대답 없이 방으로 들어갔다. 나는 나와 최서하의 관계가 몹시 궁금했다

"저… 혹시…제가 이 집에서 무슨 도우미… 이런 건가요…?"

내가 묻자 멤버들이 모두 나를 쳐다보았다.

"의사 선생님이 너 깨어나면 일상으로 돌아오기까지 조금 시간이 필요하다고 했는데 이런 상황을 말씀하신 거구나."

박태율이 말했다. 그리고 한 마디 덧붙였다.

"뭐… 최서하 한테만… 그런 거… 일 수도 있지. 그럼 가는 김에 나도 물 한 잔만 가져다줄래?"

"참나… 아직 정신없는 애한테 물 한 잔 좋아하네." 한율이 말했다.

"혹시, 서하 오빠가 마시는 차는 어디 있을까요?"

"서하 오빠? 언제부터 서하가 오빠가 됐지? 하하하… 아무튼 최서하는 이거 마셔. 차는 내가 타서 갖다줄게."

'아, 오빠가 아니구나….'

"몸도 안 좋은데, 가서 쉬어." 한율이 덧붙였다.

"아… 네. 제 방은 어디?"

"최서하 방 안에 룸이 또 하나 있거든. 거기야."

"네? 헐, 아… 네…."

"서린이, 쟤 진짜 괜찮겠지?"

방으로 향하는 내 등 뒤에 한율의 목소리가 작게 들렸다.

최서하의 방에는 벽면 가득 사진이 걸려 있었다. 모두 서린이와 함께

찍은 사진이었고, 그 옆에 한율이 조금 떨어져서 이 둘을 지켜보고 있었다. 크리스마스 때 케이크를 만들며 찍은 사진부터 놀이공원에 가서 찍은 사진까지 모두 둘을 찍었지만 셋이 찍혀 있었다. 최서하는 모든 사진에서 웃고 있었다. 카메라 앞에서 팬들에게 잘 보이려고 짓는 가짜 웃음이 아닌, 진짜로 행복해서 웃는 웃음이었다.

'정말… 그렇고 그런 사이일까? 팬들한테는 연애에 관심 없다고 했으면서….'

"내일 학교 가야 하니까 얼른 자."

내 생각이 들리기라도 한다는 듯이 최서하가 말했다.

"아… 네… 아니, 응."

'만약… 학교에서 원래 나를 만나면 어떻게 되는 거지…? 혹시… 다시 몸이 바뀌고 뭐 그러는 건 아니겠지…. 아니야. 무슨 일이 있어도 다시는 원래대로 돌아가지 않을 거야.'

나는 지금 설명할 길 없는 이 상황에서 벗어나고 싶지 않다고 스스로에게 말하고 있었다.

✦ 3. 첫 등교 ✦

나는 일어나자마자 거울 앞으로 달려갔다.

'아직 유서린이야. 몸이 바뀌지 않았어. 나는 유서린이다!!' 나는 속으로 만세를 불렀다.

'정말 하느님께서 나에게 예전 삶에서 벗어날 수 있는 기회를 주신 걸까…? 지금 내가 처한 이 알 수 없는 상황이 아무리 이상하다 해도, 이전의 내 삶보다 더할 순 없다. 더 이상의 바닥은 없을 테니까.'

불과 어제까지만 해도 절망적이었던 삶이 하루 사이에 180도 바뀌어 버렸다. 예전처럼 일어나서 옷을 입고 아침을 먹고 하루를 시작했지만 모든 것이 달랐다.

"굿모닝!" 나는 멤버들에게 밝게 인사를 했다.

"그래. 굿모닝이다."

'아침부터 서하의 목소리를 들을 수 있다니… 진짜 귀호강이다.'

"서하야, 같이 가!"

학교에 도착했다. 나를 째려보는 일진 무리는 없었다. 나는 당당하게 운동장에 서서 하늘을 올려다보았다.

"악!"

내 머리로 뭔가가 날아왔다.

다행히도 맞지는 않았지만, 아이들이 나를 향해 학용품과 종이 뭉치들을 던지고 있었다.

"우리 멤버들을 빼앗아 가지 마!!"

하늘을 올려다보며 상상했던 모든 것은 나만의 착각이었다. 현실은 내 생각과는 정반대로 흘러가고 있었다. 학교 내에서 내가 최서하와 사귄다는 소문이 떠돌고 있었다. 사실 소문이 아닐 수도 있다. 최서하의 방에 있는 사진들을 보면 누가 봐도 둘은 연인 사이처럼 보이니까. 내가 이런 생각을 하며 날아오는 것을 피하고 있을 때, 멤버들은 이 상황이 익숙한 듯 학생들을 밀고 학교 안으로 들어갔다. 그리고 나는 학생들이 던지는 것들을 맞으며 떠밀려 갔다.

✦ 4. 무지개 ✦

학교 운동장에서 나에게로 날아오는 것들 사이로 무지개가 보였다. 정말 희미했지만, 분명히 무지개였다. 이런 상황에서 나에게 온 한줄기의 희망 같았다.

"야, 누가 어떻게 좀 해봐!" 박태율이 말했다.

"그만해." 연이어 최서하가 소리쳤다.

최서하의 한마디에 모두가 동작을 멈췄다.

"아, 우리가 좀 심했네. 최서하가 하지 말라잖아. 그만하고 가자!"

주동자처럼 보이는 여자아이가 말했다.

"야, 기다려. 같이 가!" 교문을 지나며 한율이 최서하와 나를 보고 소리쳤다. 우리는 운동장에 서서 한율을 기다렸다.

"아, 교복 어제 샀는데 흙 다 묻었네. 참, 서린이 너 괜찮아?"

최서하가 다정하게 물었다.

"그럼, 이 정도야 뭐, 항상 당하던 건데."

유서린으로 바뀌기 전에 내가 매일 당했던 일에 비하면 오늘 일은 아무것도 아니었다.

"항상 당하던 것이라고? 서린아, 그게 무슨 말이야?"

나는 뭐라 답해야 할지 몰라 최서하의 말에 대답하지 않고 그냥 교실로 뛰어갔다. 최서하는 한율을 기다리느라 여전히 그 자리에 서 있었다.

"어? 아침에는 오늘 학교 못 온다고 했잖아?"

나는 최서하를 지나쳐 나를 따라 뛰어온 한율에게 물었다.

"어, 그게… 아, 맞다. 스케줄에 변동이 생겨… 아니, 그냥 학생이 학교 오는 게 당연한 거지 뭐." 한율이 변명을 하듯 어색하게 말했다.

"아니, 나는 그냥 안 오는 줄 알아서 물어본 거야."

"서린아, 그러니까… 너 그때 그 이후로 모든 기억이 다 사라진 거야?"

'그때 이후…? 무슨 일이 있었나….'

"어…? 어… 그런 것 같아. 뭐가 뭔지 솔직히 잘…"

"그렇구나. 혹시 궁금한 거 있으면 나한테 말해. 최서하 말고."

"최서하는 왜? 무슨 이유라도 있어?"

"아니, 그런 게 아니라… 그냥 나한테 편하게 말하라는 뜻이야."

"알았어."

한율과 최서하 그리고 내가 교실에 들어가자, 아이들의 곱지 않은 시선이 나에게로 향했다.

"저… 서하야…!"

"응? 왜?"

"아, 아니야. 수업 잘 들으라고. 나 양호실 좀 갔다 올게"

나는 최서하에게 말하려다 그만두었다. 양호실은 복도의 왼쪽 끝에 있었다. 교실에서 양호실까지 10미터도 안 되는 짧은 거리였지만, 나를 째려보는 시선 때문인지 100미터보다도 멀게 느껴졌다. 모두의 시선이 나를 쿡쿡 찌르는 것 같았다. 어쩌면 이런 시선보다 예전의 삶이 더 편했던 것 일수도 있다. 그때는 몇몇 아이들의 괴롭힘만 견디면 됐으니까.

"신경 쓰지 마." 한율이 내 뒤에서 속삭였다.

"앗, 깜짝이야!"

"유서린. 너, 양호실 가는 거지? 같이 가자."

한율이 복도로 나오자, 아이들이 복도에 몰려들었다.

"나 혼자 갈게. 오해하면 안 되잖아." 내가 말했다.

"오해라니…? 무슨…"

나는 한율의 말을 듣지 않고 양호실 쪽으로 뛰어갔다. 수업을 시작하는 종이 울렸다. 나는 종소리를 들으며 양호실로 들어갔다. 보건 선생님이 안 계셨다. 다시 교실로 가렸는데 커튼 뒤에서 아이들의 대화 소리가 들렸다.

"야, SL 봤냐? 진짜 잘생기긴 했더라ㅋㅋ"

"근데 유서린 걔 뭐냐? 무슨 사이길래 맨날 SL이랑 같이 다니지?"

"듣기로는, 연습생이었다는데?"

"아! 그래? 그거 보면 민수연은 얼마나 배가 아플까?"

"걔 있었으면 지금 SL 왔다고 난리 쳤을걸?"

너무나 익숙한 목소리다. 박수현이었다.

"유서린?" 박수현이 커튼을 걷고 나오다가 나를 보고 말했다.

"어머 안녕~ 네가 유서린이야?" 이윤슬이 말했다.

"너 SL이랑 무슨 사이야?" 박수현이 말했다

"너희 둘은 무슨 사이야? 이윤슬, 넌 쟤 따까리야?"

"뭐? 따까리?" 이윤슬이 기분 나쁜 목소리로 말했다.

"아니야~ 그냥 한 말이야. 니들이 하도 뇌를 안 거치고 말하는 거 같길래 나도 한번 따라 해 봤어."

"야, 너 진짜 막 나가는 애구나? 완전 우리 과네! 우리 친하게 지내자, 너 친구 없잖아."

'친구를 하자고? 나랑?' 나는 '친구 하자'는 박수현의 말 앞에서 우물쭈물하고 싶지 않았다.

"좋아. 친구 하자. 그럼, 나중에 봐."

✦ 5. 기회 ✦

"간만에 재밌게 한번 놀아볼까?" 박태율이 신나게 말했다. 최서하, 한율, 그리고 나 이렇게 셋은 박태율을 따라나섰다.

"어디 갈래? 거기 갈까?"

"그러지 뭐."

거기가 어딘지 모르지만, 함께 거리로 나갔다. 걸어가도 되는 곳이면 숙소에서 그리 멀지 않은 곳인가 보다. 그때, 한 여자가 맞은편에서 우리에게 손을 흔들며 다가왔다.

"애들아, 안녕? 은퇴 축하해."

최서하의 표정이 안 좋아 보였다.

"축하는요, 덕분에 먹고살기 더 힘들어졌는데." 최서하가 말했다.

"어머? 서린이도 있네?"

"네? 아… 네"

"서린아, 오늘 어땠어? 애들이랑 같이 학교 갔다고 들었는데."

"어… 네… 오늘 좀 힘들었어요…. 맞기도 하고, 뒷담화도 듣고…."

"서린아, 힘들면 모든 걸 놓아버리는 게 도움이 될 때가 있어. 어쨌든 지금은 힘내. 응원할게."

"네, 감사합니다. 저… 언니라고 불러도 돼요…?"

나는 최서하가 존댓말을 하는 것을 보고 말했다

"뭐? 나보고, 언니라고? 그래 좋아. 그럼, 우리 언니, 동생 사이 된 기념으로 사진 찍을까? 나랑 서하랑 사진 한 장 찍어줄래?"

'뭐지? 이 상황은? 나랑 사진을 찍는 게 아니라 나에게 사진을 찍어 달라고?'

"네…? 아…네…!"

"누나, 내가 찍어 줄게요. 여자 친구한테 그런 부탁하는 게 어디 있어요? 자자, 같이 서 봐요."

상황 파악이 안 돼서 어찌하나 고민하는 내 앞으로 한율이 나서며 말했다. "와! 멋지다! 역시 최고네!"

나는 사진을 찍는 한율의 카메라를 보며 최서하와 언니 사이에 어색하게 끼어 있었다.

"고마워. 근데 언니 정말 예쁘다."

나는 사진을 찍고 나서 한율에게 말했다.

"야, 너 호구냐?" 한율이 나를 보고 어이없는 얼굴로 물었다.

"뭐?"

"너도 예뻐."

'이럴 땐 뭐라 해야 는 거지? 고마워? 아니야, 니가 몰라서 그래?' 한율의 말에 적당한 대답을 고르고 있는데 언니가 우리들을 보며 말했다.

"얘들아, 나 잠시 우리 동생이랑 할 얘기가 있는데, 니들 잠시만 비켜 줄 수 있을까?"

최서하와 한율, 그리고 박태율이 동시에 나를 쳐다보았다.

"그래, 그럼 나 언니랑 잠시만 이야기하고 갈게. 어디로 갈지 메시지 남겨 줘."

나는 언니를 따라 언니가 타고 온 차로 갔다. 매니저 오빠가 자리를 비켜줬다. 둘만 남게 되자 언니가 말을 시작했다.

"나는 왜 우리 서린이만 보면 불쌍할까? 목적도, 꿈도 없이 친구 따라… SL 애들 그림자처럼… 서린아, 넌 네 인생이 아깝지 않아?"

"네? 아… 언니, 제가 아직… 그러니까 뭐가 뭔지 모르겠어서 좀 더 시간이 필요할 것⋯."

"무슨 시간이 더 필요해?" 내 말을 자르며 언니가 다시 말을 이었다.

"서린아, 이번에 내가 촬영 중인 영화가 하나 있는데, 나와 볼래? 물론, 큰 역할은 아니지만, 그래도 하고 싶다는 사람들은 많거든. 생각 있으면 이번 주말에 촬영하러 와, 내가 감독님께 말해볼게."

"네? 영화요? 제가요? 아⋯ 그건 좀⋯."

"기회는 항상 우연히 찾아오는 거야. 이런 기회가 자주 있는 것도 아니고. 잘 생각해 봐."

'내가 연기를⋯? 진짜 유서린이라면, 이럴 때 뭐라 대답할까?'

✦ 6. 민수연에게 생긴 일 ✦

"야, 유서린? 안녕?"

인사하는 소리에 뒤를 돌아보니 그들이었다. 내가 민수연일 때 나를 지옥 끝까지 쫓아와 괴롭혔던 무리. 박수현도 그중 한 명이었다.

"올~ 유서린, 뭐냐? 친구 생겼네." 박태율이 빈정거리며 말했다.

'친구 아니야.' 나는 마음속으로 소리쳤다.

딩동댕동~

4교시가 끝나고, 점심시간이다. 아이들은 끝나는 종이 울리자마자 좀비 떼처럼 교실 밖으로 뛰쳐나갔다. SL과 나도 점심을 먹으러 급식실 쪽으로 향했다. 그러자 모든 아이들이 조금씩 발걸음을 뒤로하며 길을 내주었다. 선생님들도 앞으로 가라며 길을 열어 주었다. 우리는 특별 대우를 받고 있었다. 시간이 지날수록 급식 줄이 계단으로 길게 늘어졌다. 특별 대우 덕분에 다행히 우리는 좀비 행렬에서 벗어나 빠르게 내려갈 수 있었다. 그때, 한 여학생이 우리를 막고 길을 내주지 않았다. 이름은 생각이 나지 않지만, 어디서 많이 본 얼굴이었다.

"어…? 너 아까 그… 박수현… 무리에 끼어 있었던…?"

그 아이는 내 말을 무시한 채, 그대로 길을 막고 가만히 서 있었다.

"저기, 친구야, 좀 비켜줄래?"

옆에 있던 급식 지도사 선생님이 그 아이에게 말을 걸었다. 여전히 그 아이는 아무 말도 하지 않은 채 우두커니 서있기만 했다. 선생님은 그냥 지나쳐 가라는 듯한 손짓을 했고 우리는 비켜서 내려갔다.

"아악!"

그 아이가 내 발을 걸었고, 나는 앞으로 넘어졌다. 최서하와 한율이 나를 일으켜 세웠다.

"이거, 다 박수현 무리가 시킨 거지?"

내가 계속 묻자, 그 아이는 돌아서서 다시 계단으로 올라갔다.

"야!! 거기 서! 어디가!"

나는 그 아이를 따라갔다. 어느새 나는 옥상에 와 있었다. 옥상에 도착했을 때 먼저 옥상에 와있던 그 아이가 나에게 말했다.

"맞아, 박수현이 시킨 거. 나도 어쩔 수 없었어. 너도 들어봤을 거잖아. 걔네 무리 무서운 거. 걔네가 괴롭히던 어떤 애는 옥상에서 뛰어내리려고 까지 했어. 지금 그 애는 학교에도 나오지 않아. 학교에서 그냥 사라진 사람이 되어 버렸어. 박수현 말을 안 들으면 나도 걔처럼 될지 몰라. 나는 걔처럼 되는 건 싫어."

"너, 혹시 그 친구 이름 알아?"

"민수연. 그 아이가 사라진 이후로 걔네 엄마가 매일 학교 앞에서 시위하고 그랬는데, 박수현 일당의 보복도 무섭고, 민수연이 친구도 없다 보니까 그 일에 관심 갖고 도와주는 사람이 아무도 없었어."

"그래서? 지금 어떻게 됐는데?"

"말했잖아. 그냥 사라졌다고! 근데, 나는 봤어… 옥상에서 민수연을 처음부터 끝까지 다. 민수연이 누군가에게 쫓기듯 옥상으로 뛰어가는 걸 보고 뒤따라갔는데 그 애가 옥상 끝에 서서 눈을 감더라고. '혹시 뛰어내리려는 건 아니겠지….' 하며 숨을 참고 보고 있는데, 갑자기 밝은 빛이 번쩍하더니 민수연이 옥상 바닥에 쓰러졌어. 나는 깜짝 놀라 민수연에게 달려갔는데 그때, 민수연이 눈을 떴어. 그러더니 여기가 어딘지도 자신이 누구인지도 모르는 것 같은 표정으로 나를 쳐다봤어. 나는 민수연을 부축해 옥상에서 내려왔어. 민수연을 보건실로 데리고 가고 싶었지만 민수연이 원하지 않았어. 민수연은 학교 앞 병원으로 가는 것이 좋을 것 같다며 내 손을 놓고 혼자 교문을 나갔어. 그 이후로 민수연은 학교에 오지 않았어. 민수연이 누군지 모르는 아이들이 더 많아서인지 그 반 아이들 말고는 민수연에 대해 궁금해하는 사람은 없었어."

나는 그 말을 듣고 퍼즐 조각이 조금씩 맞춰지는 것을 느꼈다.

"마지막으로 하나만 더 물어볼게. 박수현… 걔네 무리는 어떻게 그런 짓을 하고도 저렇게 웃으면서 학교에 다시 다니는 거야? 학교에서 아무런 처벌도 받지 않았어?"

"증거가 없는데 무슨 처벌을 받아? 근데 요즘 박수현이 좀 이상해졌어. 학교도 전보다 더 많이 안 나오고 쉬는 시간에 보면, 항상 식은땀을 흘리면서 손톱만 잘근잘근 뜯고 있더라고. 마치 죄지은 사람처럼."

나는 옥상에서 내려와 그 아이가 말한 학교 앞 병원으로 갔다.

✦ 7. 만남 ✦

병원에 도착해 민수연이 입원해 있는 병실을 찾았다. 나는 병실 문을 열고 들어갔다. 순간 숨이 멎는 줄 알았다. 엄마가 거기 있었다.

"엄마…?" 나는 엄마를 보며 말했다.

"응? 엄마? 너는 누구니?"

나를 바라보는 엄마의 눈동자는 말 그대로 내가 누군지 몰라 묻는 의문의 눈동자였다.

'아… 엄마가 정말 나를 못 알아보네….'

"아, 엄마. 우리 반 친구야! 걱정 마, 엄마."

병실에 누워 있던 민수연 아니, 유서린이 나를 보고 놀라며 말했다.

"아… 안녕하세요…. 저희 엄마와 너무 똑같으셔서…."

"아, 그래? 우리 수연이 친구구나. 예쁘게도 생겼네. 아줌마는 나가 있을 테니까 편하게 대화해."

아줌마라니. 나를 보며 아줌마라고 하는 엄마를 보며 나는 아무 말도 할 수 없었다.

"뭐 하는 짓이야? 네가 지금 민수연인 줄 알아?"

경계하는 눈빛으로 민수연이 말했다.

"도대체 이게 어떻게 된 거야? 넌 누구야? 나는 누구고?"

"그걸 왜 나한테 물어?"

"나는 불안하고 혼란스러운데, 너는 너무 평화로워 보이잖아. 넌 뭔가 알고 있지? 네가 유서린이야?"

"그럴 수도 있고 아닐 수도 있지. 정확히 말하면 난 유서린이었고, 지금은 민수연이니까."

"야, 넌 억울하지도 않아? 나 같은 애랑 몸이 바뀌었는데, 너는 원래 좋은 집에서 살고 이렇게 예쁜 얼굴에, 학교에서 찐따도 아니었잖아."

"너, 나에 대해서 알아낸 게 아무것도 없구나? 뭐, 모른 채 그대로 살면 행복하긴 하겠네. 잘됐다. 그 지옥으로 들어간 애가 어떤 앤지 불쌍해 죽겠다고 생각했는데 정말 다행이야."

"뭐?"

"난 회복이 되는 대로 이사 갈 거야. 그러면, 우연이라도 우리가 마주칠 일은 없을 거야. 엄마 아빠한테도 말씀드려 놨어. 아빠도 내 사정을 듣고 그쪽으로 회사도 옮기셨고."

"엄마, 아빠… 내 엄마, 아빠?"

"이제, 내 엄마, 아빠야. 넌 유서린이잖아."

"너, 지금 제정신이야? 그게 말이 된다고 생각해?"

"어. 당연하지. 누가 봐도 나는 민수연이니까."

"너는 민수연이 아니야!"

나는 나를 닮은, 아니, 민수연이 된 유서린에게 소리쳤다.

"…"

잠시 정적이 흘렀다. 바뀐 민수연이 말했다.

"너도 그랬겠지만 나도 처음엔 이 모든 상황이 너무 혼란스러웠어. 하지만 나에게 가장 중요한 건, 내가 예전의 내 삶으로 돌아가고 싶지 않다는 거야. 더군다나 내 옆에 엄마가 있는 삶이라면 나는 아무래도 좋아. 그래서 유서린으로 바뀐 민수연을 찾지 않은 거야. 그래도 우리가 한 번은 만날거라 생각했는데 그게 오늘이네. 민수연은 그냥 사라졌다고 생각하고 살아. 그게 우리 둘 다에게 좋아. 나, 내 모습으로 서 있는 너 보는 거 힘들어. 우리 이제 다시는 보지 말자."

"너는 지금, 이 상황이 어떻게 된 건지 아는 거야…?"

"아니, 나도 몰라. 하지만 더 이상 궁금해하지 말고 각자의 바뀐 인생을 살면 된다는 건 알아."

"그게 말이 된다고 생각해? 난 네가 아닌데?"

"누가 아니래? 주변 사람들이 너를 민수연이라고 부른 적이 있어?"

"그니까…그게 아니니까…."

"넌 유서린이야. 이제까지 아니었더라도, 이제부터는 유서린 맞아." 민수연이 내 말을 자르며 말했다.

"좋아. 아니, 사실은 그렇게 인정하지는 못하겠지만…."

나는 큰 한숨을 내뱉고 말을 이어갔다.

"우리 학교에 나를, 아니 민수연을 괴롭히는 무리가 있었어. 내가 이렇게 극단적인 생각을 하게 된 건 그 아이들 때문이었는데, 그 아이들과 내가 학교에서 엮이지 않을 수 있게 도와줘."

"그건 네가 민수연이였을 때 해결했어야지! 이젠 나랑은 상관없는 일이야. 그만 가."

"왜 상관없는 일이야! 넌 민수연이라며! 민수연을 가장 괴롭힌 장본인인데 왜 너랑 상관이 없어!"

"그건 다 옛날 일이야. 그저 지난 일. 넌 유서린이니까 모르는 척 그대로 살아가. 그게 지금 우리 둘에게 좋아."

"아니, 그건 아냐. 너 죽을 뻔한 적 있어? 난 있다고. 불쌍한 우리 엄마가 학교 앞에서 시위도 했대. 난 못 참겠어. 아니, 이제 안 참을 거야. 네가 안 도와준다고 하면, 내가 어떻게 해서든 도와주게 만들 거야."

"관둬! 관두라고, 네가 지금 유서린으로 뭘 할 수 있을 것 같아? 네가 설치고 다니면 피해 보는 건 우리가 아닌 다른 사람들이야."

"이렇게 된 게 그 애들 때문일 수도 있는데, 너는 왜 그렇게 태평한 건데! 다시 돌아가고 싶지 않아?" 나는 민수연에게 소리쳤다.

큰 소리 이후, 병실은 고요한 정적만이 흐르고 있었다.

"… 그래. 난 돌아가고 싶지 않아."

"…?"

"안 돌아갈 거라고. 난 이대로 민수연으로 살고 싶다고. 아무리 학교에서 왕따 취급받는 민수연도 엄마, 아빠 없이 혼자인 유서린보다는 행복하니까."

"혹시… 너… 너도 이 세상에서 사라지고 싶다고 빌었어…?"

"…"

똑. 똑.

간호사 선생님이 엄마와 함께 문을 열고 들어왔다. 엄마는 나를 여전히 못 알아봤다. 간호사 선생님이 민수연에게 주사를 놓는 동안 엄마는 나를 보고 나가자고 눈짓했다. 나는 민수연에게 답을 듣지도, 제대로 더 물어보지도 못하고 병실을 나왔다. 엄마가 나에게 물었다.

"우리 수연이에게도 찾아오는 친구가 있었네. 이름이 뭐니?"

" 네, 저는 수… 수연이 친구 유서린…입니다…."

"서린이. 참 예쁜 이름이구나. 서린아, 병문안 와줘서 고마워. 그동안의 일은 수연이가 다시 이야기 꺼낼 때까지 묻지 않기로 했어. 수연이가 다시 일어난 건 기적이니까. 난 이 모든 일이 불행이 아닌 행운이라는 생각이 들어. 수연이는 이제 퇴원해도 될 것 같아. 수연이에겐 자연이 주는 위로가 필요할 것 같아서 시골로 가서 살려고 해. 서린이도 가끔 놀러 와. 날이 많이 추워진대. 감기 조심하고. 그럼 조심히 가렴."

엄마는 묻지도 않았는데 마치 내가 알아야 할 것처럼 차근차근 이야기했다. 나는 엄마의 이야기가 아니라 엄마의 목소리를 음악처럼 듣고 있었다. 나는 차마 엄마에게 안녕히 계시라는 인사를 할 수가 없어서 고개만 숙이고 병원을 나왔다.

✦ 8. 팬들보다 더 중요한 존재 ✦

현관문을 열고 들어가자 최서하가 나를 기다리고 있었다.

"유서린, 너 핸드폰도 다 두고 어디 갔다 와? 내가 아까 학교에서 너를 얼마나 찾아다녔는지 알아? 어떤 애가 친구가 입원한 병원에 갔을 거라 하더니, 너 진짜 병원에 갔던 거야?" 최서하가 물었다.

"응. 그게 병원에 꼭 가야 할 것만 같아서…"

"너, 제정신이야? 본 적도 없는, 모르는 여자애 말을 어떻게 믿고… 너, 왜 이렇게 오지랖이야?"

"뭐? 오지랖? 말이 너무 심한 거 아냐? 그리고 모르는 여자애라고? 걔도 너를 좋아하는 사람 중의 하나야! 네 팬이라고."

"내 팬인 게 뭐? 난 내 팬보다 네가 더 중요해!"

"그래도 팬이면 네가 지켜줘야 하는 거 아니야?"

"야, 이제 둘 다 그만해!"

한율이 우리를 말렸다. 최서하는 머리 좀 식히겠다며 밖으로 나갔다. 나는 소파에 털썩 소리를 내며 앉았다. 한율이 물컵을 건넸다. 물을 마시고 나니 좀 진정이 되는 것 같았다. 그때 초인종이 울렸다. 일어나서 인터폰을 보니 대표님이었다.

"대표님, 여기는 어쩐 일이세요?" 한율이 물었다.

대표님은 한율의 물음에 답하지 않고, 나를 보고 물었다.

"서린아! 너 이유리한테 영화 출연 제의받았다며? 우리 그거 하자!"

"네?"

"그게 이번에 이 감독이 하는 영화인데, 스케일도 크고, 너도 잘 알잖아. 이유리 나오는 영화는 다 잘되는 거. 서린아, 할 거지?"

"아… 네"

"오케이~ 이렇게 좋은 기회가 또 어디 있겠어. 내일 9시에 픽업 올게."

"야, 지금 대표님이 뭐라는 거야? 이유리가 너랑 영화를 같이 하자 했다고?" 한율이 물었다.

"응. 고민해 봤는데 대표님 말씀처럼 다시 오기 힘든 기회 같아서 큰맘 먹고 한 번 해보기로 했어. 나 해도 되는 거겠지?"

"너, 진짜 그날 이후로 좀 많이 달라진 것 같다."

"그날이라니…?"

"우리 은퇴하고, 네가 쓰러진 날. 그러니까 그때부터 뭔가 많이 달라졌어. 혹시 어디 아프거나 그런 거 아니지?"

"어?"

"아니, 오해하지 마. 뭐 더 당당해진 것 같아서 보기 좋기도 해. 근데, 너 진짜 괜찮겠어?"

"뭐가?"

"이유리한테 출연 제의받은 거잖아, 정말 괜찮겠어?"

"왜 자꾸 괜찮냐고 물어? 좋은 기회잖아."

"그게, 이유리니까 그렇지. 이유리가 너 싫어하는 거 너도 잘 알잖아."

"어? 그게…."

"너, 무슨 다른 생각이 있는 거야?"

"아니야. 그게… 그니까… 싫은 거는 개인적인 거고 일하는 건 공적인 거잖아…." 나는 상황을 넘기려고 대충 둘러댔다.

'아, 그러니까 유서린과 이유리 사이가 안 좋았구나. 그럼 혹시 이유리가 유서린을 싫어하는 이유가 최서하 때문?' 나는 여러 가지 생각으로 머리가 터질 것 같았다.

"야, 유서린! 내 말 안 들려?" 한율이 내 얼굴을 보며 소리쳤다.

"어? 그래. 맞아. 다 맞다고. 나도 뭐라도 해야지! 아까 대표님이 말하는 거 못 들었어? 좋은 기회라고."

한율을 보고 말했지만 그건 사실 나에게 하는 말이었다.

"그야 그렇지만… 난 네가 또 상처받을까 봐…."

"아니야, 난 괜찮아, 정말이야! 오히려 내일 찍을 영화가 너무 기대되는 걸? 어? 시간이 벌써 이렇게 됐네. 늦었다. 자야겠다. 너도 어서 가서 자. 잘 자"

"응? 응… 그래 너도 잘 자."

나는 한율의 대답을 듣기도 전에, 일어나 방으로 들어갔다.

✦ 9. 구출작전 ✦

드라마 출연장은 내가 생각했던 것보다 훨씬 컸다. TV에서만 봤던 유명 연예인들이 다 한자리에 모여 있었다.

"야, 여긴 내 구역이라고, 아무도 건들지 마." 이유리가 말했다.

"오케이~ 컷!"

이유리는 세트장 위에서 빛나고 있었다. 모든 관심이 그녀에게 쏠렸다. 이유리는 연기할 때 제일 빛나 보이는 것 같았다.

"유서린 씨?" 스탭 중 한 사람이 내 이름을 불렀다.

"네!"

"여태 환복 안 하시고 뭐 하시는 거예요! 지금 바로 촬영 들어가야 하는데."

"네…? 지금 바로요?"

"아, 진짜! 빨리 갈아입고 나와요."

스태프들은 내가 상상했던 것과 달랐다. 말소리에 찬바람이 일었다.

"유서린 씨? 다 갈아입었으면 따라와요."

세트장에 올라서니 스탭이 나에게 대본을 주었다.

"별로 안 기니까 빨리빨리 진행합시다."

'밀쳐지는 역할…?'

대본을 보니 내 이름 옆에 (학생 2, 밀쳐진다)라고 쓰여 있을 뿐 아무 대사도 없었다. 대본이 잘못된 것으로 생각했는데 아니었다. 내 역할은 대본에 있는 그대로 밀치면 넘어지는 역할이었다. 나는 감독이 오케이를 할 때까지 계속 이유리에게 밀침을 당했다.

"아악!"

"NG! 다시! 서린 씨, 소리 내지 말라니까. 그리고 저기 저 바닥에 깐 거 치우자. 화면에서 보니까 지저분해 보인다."

나는 감독의 수도 없는 NG 소리를 들으며 바닥에 밀쳐지고 넘어짐을 반복했다.

"컷! 오케이~"

"아으…"

"어머! 서린아, 괜찮아? 어떡해… 피가 많이 나네!"

이유리가 사람들 앞에서 호들갑을 떨었다.

"아, 괜찮아요….."

"서린아, 너 많이 힘들었구나. 내가 제안하는 영화에 출연을 다하고…" 이유리가 내 옆으로 오더니 내 귀에 대고 속삭였다.

"네? 뭐라고요?"

"너, 혹시 잊…"

"유서린 씨?" 모자와 마스크를 쓴 사람이 말했다.

"짐 다 챙겨서 빨리 따라오세요."

"네!" 내가 일어서자 이유리가 그 사람을 보며 말했다.

"잠시만요? 지금 얘기 중인 거 안 보여요? 기다리세…"

"안 됩니다."

그 사람이 단호하게 이유리의 말을 잘랐다.

"네? 그게 무슨…."

"유서린, 뛰어! 한율, 차 가져와!"

최서하였다. 나는 엉겁결에 최서하와 함께 차에 올랐다.

"니들 여긴 어떻게… 근데 이게 뭐 하는 짓이야?"

나는 최서하와 한율을 보며 말했다.

"너야말로 뭐 하는 짓이야! 너 진짜 몰라? 이유리가 너한테 무슨 짓을 했는지. 너 정말 다 잊은 거야?"

최서하가 어이없어하며 소리쳤다.

✦ 10. 다시 또 만남 ✦

"누구지?" 인터폰이 울렸다. 이유리였다.

"하, 내가 이럴 줄 알았어. 유서린 여기 있지? 서린아, 너 이러면 안 되는 거 아냐? 너 때문에 촬영장은 박살 났는데 넌 여기서 이렇게 노닥 거리고 있다고? 그리고 아니, 그러니까… 스태프로 분장해서 유서린 빼 돌린 게 최서하 너야?"

"지금 다짜고짜 찾아와서 무슨 소리야?"

박태율이 이유리에게 소리를 질렀다.

"야, 박태율! 감쌀 걸 감싸, 내가 유서린 쟤 때문에 얼마나 깨졌는지 알기나 해? 기껏 이 감독한테 소개해놨더니만!"

"죄송한데요, 제 역할에 대해 말씀 안 해주신 이유가 뭐예요?"

나는 이유리에게 물었다.

"뭐? 제대로 안 물어본 건 너잖아!"

"언니가 기회라고 하셨잖아요. 그래서 그냥 믿었어요. 전 언니가 그런 역을 소개할 거라고는 생각도 못 했어요. 언니, 저 싫어하세요?"

"그만해!" 최서하가 나를 보며 소리쳤다.

"나? 지금 너 나한테 그만하라고 한 거야?"

나는 최서하에게 다시 물었다.

"…"

"나한테 한 거 맞네… 유리 언니가 아니라 나한테 한 거네."

"하…" 최서하가 크게 한숨을 내쉬었다. 그 소리가 내 심장을 짓눌렀 다. 나는 현관문을 열고 밖으로 나갔다. 미처 닫히지 않은 문틈으로 "유 서린!"이라는 목소리가 들렸지만 애써 무시하며 문밖으로 나갔다.

갈 곳이 없는 나는 이 상황을 조금이나마 이해하기 위해 민수연이 입원해 있는 병원을 향했다.

"야, 너 또 왜 왔어? 내가 다시는 보지 말자고 했잖아!"

"부탁이 있어서 찾아왔어. 제발 한 번만 들어줘"

"뭔데?"

"나에게 박수현이 있었다면, 너에게는 이유리가 있었어. 너한테 상처준 사람, 이유리 맞지?"

"나랑은 이제 상관없는 일이야. 신경 꺼."

"어제 이유리가 촬영하는 영화에 엑스트라로 나갔었어. 알고 보니까 이유리가 일부러 나를 함정에 빠트린 거였어. 넌 이미 알고 있었지? 내가 어제 너한테 영화촬영 간다고 연락까지 했었잖아. 왜 말리지 않았어? 왜 아무 말도 안 한 거야?"

"내가 말렸으면 뭐가 달라졌을 것 같아? 내가 말했지. 나랑 상관없는 일이라고."

"너도 겪어봐서 알잖아. 난 알아. 이유리가 아직도 너에게 큰 상처라는 거. 그저 너는 잊고 넘기려는 것뿐이고. 근데 나는 그러고 싶지 않아. 나는 박수현에게 복수하고 싶어. 진심이야. 네가 내 복수를 도와준다면, 나도 네가 이유리 복수하는 거 도와줄게."

"말했잖아. 난 이유리에게 복수하고 싶지 않아. 난 그냥 지금 이대로가 좋아. 힘들게 얻은 행복한 인생, 다시 망치고 싶지 않아. "

"부탁이야…."

나는 참으려고 할 겨를도 없이 떨어지는 눈물을 흘리며 말했다.

"휴… 그럼, 조건이 하나 있어. 이것만 끝나면 다시는 찾아오지 않는다고 약속해."

"약속할게. 복수 끝나면 다시는 안 와."

"다시는 예전으로 돌아가지 말자."

민수연이 병실에 서있는 내게 말했다.

✦

"어디 갔다 오는 거야?" 최서하가 말했다.

"산책." 나는 최서하의 물음을 애써 피하며 지나쳤다.

"뭐 하자는 건데." 최서하가 내 팔을 붙잡으며 물었다.

"산책이라고 했잖아." 나는 최서하의 손을 뿌리치며 말했다.

"난 이제 갈 곳도 없는데 자꾸 왜 그러는 거냐고!"

"왜? 난 산책도 못…"

"너 때문에 은퇴까지 한 내게 도대체 뭘 원하는 거야!"

뿌리치려는 나의 손을 다시 잡고 최서하가 외쳤다.

"뭐라고?"

"너랑 같이 있고 싶어서 은퇴까지 한 나는 이제 어떻게 해야 하는데…"

'나… 때문이라고? 민수연… 아니, 유서린 나 때문에?'

대충 알고는 있었지만 최서하의 입으로 직접 들으니 심장이 덜컹했다. 정말 은퇴한 이유가 유서린 때문이라니… 팬보다 유서린이 중요하다고 말한 게 사실이었다. 멋있고 강한 최서하의 표정은 온데간데없고, 툭치면 부러질 것 같은 눈망울을 하고 있는 최서하를 뒤로한 채 나는 방으로 들어갔다. 최서하가 따라 들어왔다.

"미안해. 요즘 학교도 그렇고… 새로운 곳에 적응하느라 힘들었나 봐. 나 그만 자야겠어. 잘 자."

"민수연! 수연아, 엄마 잠시 밖에 나갔다 올게."

'민수연? 민수연이 누구지?'

푹신하지 않은 침대, 따뜻하지 않은 이불. '여기가 어디지? 내가 왜 이런 곳에 누워 있는 거지?' 나는 침대 하나와 책상 하나가 겨우 들어갈 정도의 좁은 방에 누워 있었다. 내 옆에는 쿠키 색의 강아지가 팔에 안겨 잠들어 있었다. 강아지를 안고 있는 것은 나였지만, 왠지 강아지가 나를 꼭 껴안고 있는 것 같은 느낌이 들었다. 이런 느낌은 정말 오랜만이었다. 늘 사람들을 피해 도망 다니는 것이 내 일상의 전부였는데 뭔가 일상에서 벗어난 기분이 들었다. 나는 침대에서 벌떡 일어났다. 화장실이 가고 싶었다. 욕실 문이 열려 있었다. 나는 화장실 거울에 비친 내 모습을 보았다. 내가 아니었다. 분명 나는 거기에 있는데 거기엔 내가 없었다. 나는 너무 놀라 집 밖으로 뛰어나왔다.

무작정 골목이 있는 곳으로 뛰었다. 얼마를 뛰었을까? 숨을 고르며 섰는데 환한 햇살이 나를 비추었다. 그리고 땅바닥엔 작은 화살표들이 있었다. 나는 나도 모르게 작은 화살표들을 따라갔다. 따라가다 보니 화살표가 끝난 곳에 숲이 있었고, 그 가운데에 우물이 덩그러니 놓여 있었다. 그 우물에는 '기억'이라는 글자가 새겨져 있었다. 나는 우물 옆에 있는 바가지로 물을 한 바가지 펐다. 그리고 바가지에 손을 담갔다. 나는 손으로 그릇을 만들어 손에 물을 담아 마셨다. 울창한 나무들이 만든 그늘 가운데에 있는 우물이어서 그랬을까? 생각보다 정말 시원했다. 더 신기한 건 물이 손가락 틈 사이로 흘러내리지 않는다는 것이었다. 나는 잠시 큰 나무둥치에 앉았다 일어나 나무 사이사이로 나있는 숲 길을 따라 걸었다. 숲의 향이 내 코를 찔렀다. 상쾌했다.

숲을 계속 걷던 나는 어느 나무 앞에 멈추게 되었다. 숲의 짙고 푸르른 향기 속, 따뜻한 꽃향기가 나는 나무였다. 분명 어디선가 맡아본 향기였다. 나는 홀린 듯 손을 가져갔다.

'메리골드'

나무에서 나는 향기가 메리골드라는 사실을 깨닫자마자 숲에서 보았던 우물이 생각났다.

'우물에 적혀 있던 말이 있던 것 같은데. 무엇이었지… 기억이 나지 않는다…. 기억이…'

✦

"서린아!"

엄마가 나를 불렀다.

'엄마? 엄마가 어떻게 여기에?' 나는 한율이와 걷던 길을 멈추고 뒤를 돌아봤다.

"엄마? 여긴 어떻게 왔어? 엄마 오늘 바빠서 입학식 못 온다고 했잖아? 무슨 일 있어? 엄마, 안 바빠?"

"서린아, 천천히 하나씩 물어봐. 엄마 아무 일 없고, 당연히 서린이 입학식 보고 싶어서 왔고, 입학식 끝나고 오랜만에 딸이랑 데이트나 할까 하고, 또… 어? 율이도 있었네? 율이 오랜만이네. 잘 지냈어?"

"네, 안녕하세요! 아줌마!" 한율이 내 팔을 잡고 엄마 앞으로 나를 돌려세우며 말했다.

"오늘 서린이랑 같이 놀기로 했는데, 오늘은 특별히 양보드리겠습니다! 두 분이서 행복한 시간을 만드시길! 저는 너무 추워서 먼저 들어갈게요! 뭔 놈의 3월 날씨가 영하로 떨어지냐…."

"야…! 한율!"

나는 한율을 불렀지만 한율은 벌써 사라지고 없었다.

엄마와 나는 입학식장으로 들어갔다. 엄마는 뒤쪽 의자에 앉았고 나는 내 반이 적힌 곳으로 가서 앉았다. 고개를 돌려보니 옆에는 한율이 앉아 있었다. 한율과 나는 부모님들끼리 친구 사이라서 어릴 때부터 친했다. 한율은 중학생 때 아빠가 운영하는 소속사에서 캐스팅 제안을 받았고, 아빠 회사에 들어가게 되었다. 2년 뒤에 그룹이 만들어졌고 그룹의 이름은 SL(StarLight)로 정했다.

'아이돌이 이렇게 돌아다녀도 되나?'라는 생각을 하며 한율을 바라보고 있는데, 시선을 느꼈는지 한율도 나를 어딘가 얄미운 표정으로 바라보았다. 나는 한율을 살짝 꼬집고는 다시 입학식에 집중했다. 오랜만에 하는 엄마와의 데이트가 설레고 기대되어서 그런지 교장 선생님의 말씀이 잘 들리지 않았다. 아마도 교장선생님께서는 늘 그렇듯이 안전과 학교생활에 관련된 이야기를 하셨을 것이다.

입학식이 끝나고 나는 한율에게 인사하고 엄마에게 달려갔다. 우리는 학교 앞 짜장면집으로 점심을 먹으러 갔다. 짜장면집 앞 화분에는 여러 꽃이 심겨 있었다. 분홍색 꽃들 가운데에, 눈에 확 띄는 노란색 금잔화가 있었다.

"엄마, 저 꽃 금잔화 아니야? 엄마가 좋아하는 꽃!"

"맞아, 메리골드라고도 하지. 오늘 딸 입학식이라 폈나? 꽃도 기뻐해 주네."

"메리 골드? 금잔화보다는 메리 골드가 더 이쁜데? 이제부턴 메리골드라고 불러야겠다."

우리는 짜장면을 시켰다. 벽에 '물과 단무지는 셀프'라고 쓰여 있었다. 엄마가 단무지를 가지러 자리에서 일어났다. 엄마는 단무지를 접시에 담아서 우리가 앉은 식탁 쪽으로 오다가 어떤 아저씨의 발에 걸려 넘어졌다.

"아이씨… 더럽게! 신발에 단무지 국물 다 묻었잖아!"

"아이고! 죄송합니다."

엄마는 굽신거리며 더러운 아저씨의 신발을 급하게 휴지로 닦았다. 나는 분명히 아저씨의 발이 밖에 나와 있었고 아저씨가 실수로 엄마에게 발을 거는 것을 보았다. 무조건 먼저 사과하는 엄마가 이해되지 않았다.

"아저씨, 지금 저희 엄마가 사과할 일은 아닌 것 같은데요. 아저씨가 발 거는 거 제가 분명히 봤거든요? 저희 엄마에게 사과하세요."

"아니, 얘가 왜 이래? 아니에요. 죄송해요."

엄마가 내 말을 막고 나서며 말했다.

"어쭈? 아이고 잘한다. 어미아비가 자식 교육을 어떻게 했길래 머리에 피도 안 마른 게 이렇게 대들어!"

"뭐라고요? 지금 뭐라고 하신…!"

"서린아, 엄마 괜찮아. 응? 그냥 신경 쓰지 말고 가자. 죄송합니다."

"아니, 우리 아직 먹지도 않았잖아. 나온 걸 그냥 내버려두고 가자고?"

"사장님! 여기 계산할게요. 얼마예요?"

엄마는 내 손을 잡고 급하게 계산을 마치고 중국집을 나왔다.

"엄마!" 나는 사과만 하는 엄마에게 짜증이 났다.

"아이고, 배고프겠다. 엄마가 오늘은 집에 가서 서린이가 제일 좋아하는 김밥 만들어 줘야겠다. 맛있겠다. 그치?"

애써 모르는 척해주길 바라고 있는 엄마의 표정을 보니 나는 더 이상 말을 이어나갈 수 없었다.

"김밥 재료 다 사야 하잖아."

"우리 애기 해주려고 진작에 다 사뒀지."

조금은 누그러진 내 표정을 보고 엄마는 팔짱을 끼며 차로 향했다. 어제 비가 와서 그런지 바닥이 미끄러웠다. 어둑어둑해진 풍경 속 귀에 익은 음악소리가 들려왔다. 베토벤 교향곡 9번, 운명이었다. 내가 어렸을 때 엄마가 매일 아침 틀어주던 노래였다. 차 안에는 운명 교향곡이 무겁게 울려 퍼졌다.

"서린아, 이거 기억나?"

무거운 정적 때문이었을까. 나는 엄마가 하는 말에 대답하기 싫었다. 포장된 도로가 아니어서인지 차가 덜컹거렸다. 엄마가 말을 꺼냈다.

"엄마, 오늘 회사 그만두기로 했어."

"진짜? 그래도 돼?"

"그럼 안 될 게 뭐 있어. 그냥… 서린이랑 더 있고 싶어서. 이제 경제적으로도 좀 안정이 된 거 같고… 엄마 이제 그동안 바빠서 함께 하지 못했던 시간 꽉꽉 채워서 서린이랑 보낼 거야."

나는 그렇게 말하는 엄마의 눈빛에서 어딘가 모를 슬픔을 읽었다. 나는 안다. 우린 아직 집주인에게 갚지 못한 돈이 있고, 돌아가신 아빠가 도박을 해서 잃은 3억이란 빚도 다 갚지 못했다는 것을. 나는 엄마에게 아무것도 묻지 않았다. 창밖으로 눈에 익은 거리가 보이기 시작했다. 나는 옷을 입으려고 옆에 놓아둔 패딩을 들추었다. 패딩을 집으려는데 노란색 서류봉투가 열린 채로 놓여 있는 것이 보였다. 서류봉투 안에는 몇 개의 작은 봉투가 또 들어 있었다. 봉투 겉면에는 '해고 예고 통지서'라고 적혀 있었다.

"엄마, 이게 뭐야?"

엄마는 백미러로 나를 보며 말했다.

"서린아. 그거 중요한 서류야. 거기 그냥 둬."

나는 그냥 두라는 엄마의 말을 듣지 않고 봉투를 열었다.

-귀하는 아래의 이유로 OO 년 OO 월 일자로 해고되므로 예고 통지합니다. 사유 : 질병-

통지서 안에는 이렇게 적혀있었다.

"엄마, 어디 아파?" 나는 깜짝 놀라 물었다.

"아니야, 엄마 많이 아픈 거 아니야. 많이 쉬고 많이 자면 괜찮대."

당황한 엄마는 운전을 하면서 앞 유리창과 백미러로 나를 번갈아 보며 말했다.

"근데, 엄마 해고 봉투가 왜 이렇게 많아? 엄마 마트에서만 일 한 거 아니었어?"

"응, 그게… 마트 말고 몇 군데 더 다녔어. 잠깐씩. 별로 신경 쓸 일 아니야. 이제 집에 거의 다 왔네. 서린아, 아까 그냥 나와서 배고프지? 우리 집에 가기 전에 떡볶이 사서 갈까? 김밥 싸려면 시간 걸리니까 떡볶이 먼저 먹자."

엄마는 운전하며 가방에서 급하게 지갑을 꺼내려 했다.

"어? 지갑이 뒤에 있나 보다. 서린아, 엄마 가방 좀 줄래?"

지갑을 찾아보라는 엄마의 말을 뒤로한 채, 나는 나머지 다른 봉투와 병원 진단서를 꺼내 읽기 시작했다.

"췌장암…"

나는 너무 놀라 소리쳤다.

"엄마, 엄마가 암이라고? 도대체 이게 무슨 소리야?"

"그만!"

그때였다. 들어본 적 없는 엄마의 고함과 함께, 차가 왼쪽으로 꺾였다. 엄마의 고함보다 큰 굉음을 마지막으로 나는 다급한 의사의 목소리와 함께 눈을 떴다. 본드가 묻은 듯 눈이 잘 떠지지 않았다. 다급한 의사와, 간호사의 표정.

"환자분 정신 차리세요!"라는 말이 들린다. 몸에 힘이 빠진다.

'아, 그냥… 이 세상에서 사라졌으면 좋겠다…. 엄마, 아빠, 율이라도 내 곁에 있어 줬으면…' 나는 그대로 눈을 감았다.

✦ 12. 유서린(2) ✦

다시 눈을 뜬 곳은 큰 나무 앞이었다. 꿈을 꾼 걸까? 큰 나무는 여전히 다른 나무들과 다르게 향긋한 꽃내음을 풍기고 있었다. 익숙한 향기. 메리골드였다.

'반드시 오고야 말 행복…' 메리골드를 좋아하던 엄마는, 사실 메리골드가 무슨 꽃인지 모르셨다고 했다. 그저 꽃말이 좋아서 먼저 좋아하게 되었다고 했다.

"반드시 온다며… 반드시라는 단어가 주는 희망 때문에 하루하루 버틸 수 있던 엄마도 이젠 내 곁에 없는데, 언제쯤 난 그 행복을 느낄 수 있는 거야… 엄마…"

나는 엄마를 불렀다. 눈에서는 하염없이 눈물이 흘렀다.

엄마가 돌아가시고 나서 나는 자신을 제외한 그 누구도 믿지 못했다. 나는 심각한 우울증을 앓았고 여러 번 자살 시도를 한 까닭에 그 흔적이 온몸에 남아 있었다. 그리고나서 선행성 기억 상실증이라는 불치병을 얻게 되었다. 하룻밤 자고 나면 전 날에 있었던 일을 기억하지 못하는 병이었다.

'혹시 이것도 꿈인가?'라는 생각에 소매를 걷어 팔을 바라본 나는 손목에 그어진 선명한 흔적들을 보고 현실을 직시했다.

"꿈이 아니네…."

손목에 그어진 상처를 바라보며 내가 누구인지 잊지 않기 위해 노력했다. 잊힐 것 같은 엄마의 추억을 놓지 않기 위해. 하지만 엄마를 떠올리면 떠올릴수록 결국은 엄마가 내 곁에 없다는 것을 인정할 수밖에 없었다. 엄마가 떠난 후 나는 아무것도 하지 않고 2L짜리 병에 커피와 에너지 드링크를 섞어 맛도 느끼지 못한 채 물처럼 벌컥벌컥 들이마시는 생활을 했다. 자는 것이 두려웠다. 자고 나면 잊힐 것 같은 엄마와의 추억을 기억하기 위해 내가 할 수 있는 것은 잠을 자지 않고 버티는 것뿐이었다.

숲속은 아직도 밝았고, 어느 것도 변하지 않았다. 나무는 여전히 메리골드 향을 피우고 있었다. 나는 잠시 메리골드 향이 나는 나무를 바라보며 속삭였다.

"엄마. 보고 싶어. 이 향기의 꽃말처럼 되었으면 좋겠어. 보고 싶다, 우리 엄마."

나를 위로라도 하듯이 바람은 내 어깨를 쓰다듬어주었고, 나무는 따뜻했으며, 구름은 잠시나마 나의 우는 모습을 세상에 보여주지 않기 위해 그늘을 만들어주는 것 같았다. 나는 손을 둘러 나무를 안았다. 따뜻해진 나무 때문이었을까? 아님 선선한 바람 때문이었을까? 흘러가는 자연의 법칙들은, 외로운 나를 달래주기 위해 있는 것 같았다. 나는 잠이 들었다.

"유서린…!" 누군가 나를 부르는 소리에 눈을 떴다. 한율이었다.

"한율…? 여긴 어떻게 알고 왔어?"

"병원에 있다는 소리 듣고 왔지. 괜찮은 거야?"

"병원?" 주변을 둘러보니 지금까지 있었던 환경과는 너무 다른 새하얀 벽들이 가득한 병원이었다.

"맞네… 병원…."

"미안해…."

"뭐가 미안해."

"그냥… 미안해…."

율이는 나와 예전에 있었던 추억들을 이야기하며, 내가 없는 고등학교 생활은 어떤지, 소속사는 어떤지에 대해 말해주었다. 나는 율이의 이야기를 들으며 율이가 옆에 있어 다행이라는 생각을 했다.

✦ 13. 한율(1) ✦

서린이는 오래된 소꿉친구다. 부모님끼리도 친구였지만 우리 역시 같은 병원에서 태어나 같은 초등학교, 중학교를 다녔고 고등학교도 같이 재학 중이다. 내 평생을 함께한 친구이고, 나에겐 없어서는 안 될 정말, 정말 소중한 친구이다. 고등학교 입학식 날, 서린이 어머니가 돌아가셨다. 서린이는 어머니의 장례식장에서 울음을 참고 웃으며 사람들을 맞이했다. 어쩌면 그게 서린이었을지도 모른다. 겉으로는 밝고 맑은 성격이지만, 집에 들어와 밤이 되면 방에 들어가 숨죽이고 우는, 그런 아이였다. 눈에 눈물을 가득 담고서도 울지 않고 담담하게 문상객들을 맞으며 서린이는 어머니를 하늘나라로 보내 드렸다. 서린이와 서린이 어머니에게는 서로가 가족의 전부였다. 나는 서린이에게 더 이상 남은 가족이 없다고 생각하니 더욱 서린이를 지켜주고 싶었다.

"서린아!"

"어? 왔어? 저기 앉아 있어. 곧 갈게."

장례를 모두 마치고 정리를 끝낸 뒤 서린이가 내 옆에 와서 앉았다.

"도와줘서 고마워." 서린이가 말했다.

"괜찮아?"

"아니, 그게 괜찮으려 해도 괜찮아지지가 않네…."

"미안…"

"네가 미안할 게 뭐가 있어."

밖에는 소나기가 쏟아지고 있었다.

"소나기다…." 밖을 바라보며 서린이가 말했다.

"서린아, 잠깐만 내가 우산 가지고 올게."

내가 일어서려 하자 서린이가 내 팔목을 잡으며 말했다.

"그냥 이렇게 잠시만 있자."

나는 서린이와 한참을 그렇게 앉아 있었다.

"율아. 비 맞고 싶지 않아?" 서린이가 침묵을 깨고 말했다.

"어? 비?"

"어? '어'라고 한 거 맞지? 우리 같이 비 맞을까?"

장례식장의 불이 그렇게 밝지 않았다면, 난 서린이의 말을 그저 비를 맞고 싶어 하는 장난기 가득한 아이의 말이라고밖에 이해할 수 없었을 거다.

"어. 맞아. 비 맞자. 우리." 나도 밝은 척 서린이를 보며 답했다.

처음에는 한 방울씩 가늘게 떨어지던 빗줄기가 거세게 얼굴을 타고 흘렀다. 한참을 서있던 서린이는 고개를 들어 하늘을 바라보았다.

"이것 봐. 율아. 이렇게 고개 들고 있으니까 빗물이 눈물처럼 흐른다? 그치? 나 우는 것 같지 않아?"

"그러네… 꼭 우는 것 같다."

떨리는 서린이의 목소리에 나는 아무것도 해줄 수가 없었다.

"그치… 나 막 우는 거 같지. 빗물인데… 소나기인데… 그저 소나기인데 눈을 타고 흐르니까 꼭 우는 것 같아…."

나는 그제야 서린이가 비를 맞자고 한 이유를 알았다. 나는 서린이 마음이 느껴져 마음이 아팠다. 그렇게 서린이는 한참 동안 같은 자리에 주저앉아 울고, 또 울고, 울었다. 나는 어쩔 줄 모르고 서린이 앞에 계속 서 있을 수밖에 없었다. 한참을 울던 서린이는 나를 바라보며 말했다.

"한 번쯤 아무 생각 없이 그냥 비를 맞고 울고 싶었는데, 율이 니 덕분에 내 소원을 이뤘네. 고마워."

한참 비를 맞으며 울던 서린이와 나는 비를 피해 장례식장 안에 있는 의자에 앉았다. 비는 여전히 세차게 쏟아지고 있었고 우리는 소리 없는 영화를 보듯 그 비를 보고 있었다. 나는 의자 옆에 마련되어 있는 자판기에서 따뜻한 캔 커피 하나를 뽑아 서린이에게 건넸다.

"고마워. 되게 따뜻하다."

"다 젖었는데 안 추워??"

"응. 괜찮아. 율아 혹시… 혹시라도 내가 엄마가 아프다는 걸 미리 알았으면 이런 일은 없었을까?"

"…"

나는 아니라고 말하려다 그만두었다. 지금은 그 어떤 말도 위로가 되지 않을 것 같았다.

"진짜 다시 한번 고마워. 너 아니었으면 더 힘들었을 거야."

서린이는 일어나면서 말했다.

"이제 어디 갈 거야? 날씨도 추운데, 우리 집에 갈래?"

"아니야, 나 그냥 집으로 가려고…." 고개를 저으며 서린이가 말했다.

"그럼, 나랑 같이 가. 내가 데려다줄게."

"아니야, 괜찮아. 혼자 갈 수 있어. 나중에 시간 될 때 한번 보자."

"아… 알았어. 학교에는…"

미처 말을 끝내기도 전에 서린이는 빗속으로 걸어가고 있었다. 아직 따뜻한 커피를 의자에 두고.

✦

서린이는 다음날, 그다음 날에도 학교에 오지 않았다. 나는 한참 동안 서린이의 소식을 듣지 못했다. 그 후로는 서린이의 연락만을 기다리며 연습생 생활을 했다. 학교에서 아무리 인기가 많고 모든 아이들과 두루두루 친하게 지내도 서린이와 함께 있는 것과는 달랐다. 나는 서린이가 없고 나서야 서린이의 자리가 얼마나 컸었는지 알 수 있었다.

"차라리 유서린랑만 노는 게 좋은데…." 내 입에서 혼잣말이 나왔다.

"응? 뭐라고? 유서린? 혹시⋯ 그⋯ 정신병원에 있는 유서린?"

혼잣말을 들었는지 뒤에서 김가빈이 말했다.

"뭐? 정신 병원?"

"응. 유서린. 너 몰라? 애들이 유서린 ○○정신병원에 있대. 진짜 미친 것 같지 않아? 걔 엄마 죽었다 하지 않았었나?"

나는 너무 당황해서 아무 말도 못 하고 뛰쳐나갔다. 서린이가 정신병원에 있다니 나는 내 자신이 너무 원망스러웠다. 그러지 말았어야 했다. 그때 그렇게 서린이를 혼자 가게 내버려두는 게 아니었다.

✦ 14. 유서린(3) ✦

병원에서 나와, 나는 내 하루하루를 기억하기 위해 일기를 쓰기 시작했다. 모두가 내 인생에서 잊히는 것을 바라지 않았고, 모두의 인생에서 내가 잊히는 것을 바라지 않았다.

2024. 06. 13

율이가 나에게 왔다. 율이에게 내 상황에 대해 말하지 않았는데. 아, 또 남연주인가 보다. 남연주가 김가빈한테 말했을 게 뻔하다. 김가빈의 귀에 무슨 말이 들어가면, 그다음 날에 전교생이 알게 된다. 난 그런류의 애들이 너무나도 싫다. 굳이 평범하게 살고 있는 아이의 인생을 망쳐놓을 필요는 없다. 남연주와 나는 긴 역사가 있다.

중학교 1학년, 우리는 같은 초등학교를 졸업해 한율과 셋이서 다니던 무리였다. 율이와 나는 어릴 때 서로 이미 알고 있는 사이였지만, 남연주는 초등학교 6학년 때 같은 반이 된 이후로 친해졌다. 남연주와 나는 성격도 비슷했고, 식성도 비슷했고, 좋아하는 것도 모두 비슷했다. 나는 6학년 때, 지금의 모습과는 정말 달랐다. 끼고 있으면 눈이 정말 작아 보이는 크고 두꺼운 뿔테 안경에, 얼굴에 턱과 치아를 교정하기 위해 교정용 헤드기어를 쓰고 다녔다. 내 외모 때문에 친구는 많이 없었지만, 율이와 남연주가 내 옆에 있었기에 초등학교 6학년은 내 인생 다섯 손가락 안에 드는 정말 행복한 1년이었다. 남연주는 인기가 많았다. 예쁜 외모에 친절한 성격, 공부도 잘하고, 혼혈이라 약간의 이국미가 풍기는 분위기 덕분에 선생님과 아이들의 사랑을 듬뿍 받았다.

반면 나는… 달랐다. 모두가 남연주를 이해하지 못했다. 왜 나 같은 애와 친구를 하는지. 찐따와 노는지. 하지만 나는 알고 있었다. 남연주가 나와 노는 진짜 이유는 한율을 차지하기 위해서라는 걸.

그때 남연주는 남자 친구가 있었다. 2반에 있는 남자애였다. 그 남자애는 평범한 외모에 평범한 성적, 모든 게 다 평범했다. 같이 붙어 다니는 친구들이 대여섯 명 정도 있었고, 특별한 매력도 없었다. 학교 오케스트라를 했는데 그다지 악기를 잘 다루지도 않았다. 그 아이와 남연주가 사귄 지 몇 달 정도 되자, 남연주는 헤어졌다며, 나에게 같이 떡볶이를 먹으러 가자 했다. 항상 남연주와 내가 떡볶이를 먹으러 갈 때에는 나는 먹지 않고 지켜만 봤다. 남연주는 그런 나를 이해할 수 없다는 듯 항상 왜 안 먹냐고 물어보았다. 그럴 때면 나는 배가 고프지 않아서 먹지 않는 것이라고 대답했다. 교정기 특성상 나는 떡이나 젤리, 사탕, 초콜릿 같은 것들을 먹지 못한다. 나는 이렇게 태어난 내 자신이 너무 싫다.

2024. 06. 14

죽고 싶다. 어제의 일들이 기억나지 않는다. 율이가 왔다 갔나 보다.

2024. 06. 15

아무래도 제일 싫어하는 애를 좋아하게 되면 안 되니까 다시 남연주 이야기를 써야겠다. 남연주는 2반 남자애와 헤어진 후, 한율에게 더욱 들러붙기 시작했다. 항상 나에게 한율의 관심사, 좋아하는 것들을 물어보곤 했다. 그럴 때마다 나는 바보 같이 답을 해줬다. 왜 그랬을까. 아직도 후회된다.

중학교 1학년이 되고 나는 3년간의 치아 교정과 식단관리, 운동, 그리고 피부관리 끝에 날씬한 몸매, 170의 큰 키, 맑고 하얀 피부, 가지런히 정리된 치아에 청순한 느낌의 큰 눈을 갖게 되었다. 나는 많이 달라져 있었다. 어디를 가도 이제 당당하게 다닐 수 있었다. 그때부터였던 것 같다. 남연주는 예뻐진 나를 거리두기 시작했다. 나는 남연주 없이도 잘 지낼 수 있었기 때문에 우리는 점점 멀어져 갔다. 그리고 남연주 옆자리를 김가빈이 차지했다. 김가빈은 다른 아이들에게 나의 뒷담을 하기 시작했다. 하지만 아무도 김가빈을 믿지 않았다. 오히려 김가빈의 뒷담 덕분에 나는 더 유명해졌다. 이를 계기로 우리나라 사람들이 얼마나 외모지상주의인지 알게 되었다. 내가 교정기를 착용했을 때는 땅 저 끝까지 밟고 때리고 괴롭혔지만, 중학교에 올라와서는 언제 그랬냐는 듯이 나와 친해지려고 온갖 노력을 해 댔다. 정말 이상했다. 같은 사람인데….

2024. 06. 16

글씨체가 점점 흐려진 걸 보니 어제 너무 졸려서 일기를 다 못 쓴 것 같다. 일기를 쓰니 어제의 일이 기억나는 것만 같아서 기분이 좋아진다. 언제쯤 일기를 쓰지 않아도 어제의 일을 기억하는 날이 올까? 내 앞날이 너무 막막하다. 계속 이렇게 환자처럼 누워서 걷지도 않고 움직이는 침대와 책상만 의즘해서 살아간다는 나 자신이 너무 싫다. 요즘은 기분이 자꾸 오락가락한다.

✦ 15. 한율(2) ✦

서린이 아빠가 도박으로 진 빚을 갚지 못해 돌아가시고 회사는 다른 사람 손에 넘어갔다. 새로 온 대표는 SL 이름 그대로 우리를 데뷔시켰다. SL이 데뷔하자 행복한 연습생 시절은 끝났다. 데뷔하면서 연습생 시절부터 유명했던 최서하의 인기는 급상승했고, 우리는 일정 때문에 밤늦게 들어오는 최서하를 기다리는 일이 많아졌다. 그렇게 최서하의 인기에 힘입어 SL 역시 3세대 아이돌로 유명세를 타면서 바빠지게 되었고, 최서하는 가수 겸 배우로 숨 쉴 틈 없이 바쁜 일정을 소화해야 했다. 이때 SL 멤버들의 버팀목이 되어준 게 서린이었다. 서린이는 아빠가 돌아가신 후 우리 회사에서 SL 멤버들을 도와주게 되었다. 대표님은 혼자 남은 서린이를 챙겨주고 싶어서라고 하지만 나는 안다. 서린이가 돈 한 푼 안 받고 우리를 도와주고 있다는 것을. 서린이는 내가 연습실에 혼자 남아있을 때면, 달려와서 말동무가 되어주고 새벽에 연습이 끝나면 저녁밥을 들고 숙소까지 찾아와 멤버들과 함께 밥을 먹었다. 서린이가 있어서 버틸 수 있었다. 서린이는 나를 이해해 줄 수 있는 유일한 사람이었다. 그래서 최서하와 서린이의 열애설이 떠돌았을 때 나는 조심스레 서린이에게 물었다.

"서린아, 최서하랑… 사실이야…?"

"응? 최서하랑 뭐?"

서린이는 아무것도 모른다는 듯이 나에게 물어보았다. 나는 사실이 아니길 빌고, 또 빌었다.

"그… 열애설 말야…."

서린이는 작은 목소리로 나에게 대답했다.

"아… 응. 사실 나 서하 좋아했거든. 너희 연습생시절부터… 근데 아직 비밀이야."

심장이 덜컹했다. 우리 사이는 친구 이상이 될 수 없다는 것을 알면서도 그 이야기를 듣고 나서 기분이 이상했다. 처음 느껴보는 기분이었다. 서린이는 항상 나에게만 잘해주는 줄 알았는데 내 착각이었다. 어쩌면 최서하에게 더 잘해줬을지도 모른다. 정말 헛된 희망이었다.

◆

그 후로 서린이와 점차 멀어지기 시작했다. 연습실 복도에서 봐도 인사도 안 하는 사이가 되어버렸다. 의지할 사람이 없다는 게 조금 불안하고 매일매일이 힘들었지만 서린이는 내 인생에서 점점 잊혀 갔다.

◆ 16. 복수 ◆

민수연은 퇴원하고 나와의 약속을 지키기 위해 학교로 돌아왔다. 물론 민수연을 반겨주는 이는 아무도 없었다. 나는 민수연이 들어가는 것을 보고 따라 들어가 교실 맨 뒷자리에 자는 척 앉아있었다.

"민수연…? 네가 어떻게…!" 박수현의 당황한 목소리가 들렸다.

"뭘 그렇게 놀라? 수현아, 죽을죄라도 지었어?"

"와ㅋㅋ 민수연 죽다 살아온 애처럼 눈빛이 그냥~" 이윤슬이 말했다.

"시끄러워! 민수연 돌아왔다고 광고하냐?"

"아, 아니 그렇잖아, 너무 달라져서… 그리고, 네가 제일 불안해 보여."

"야, 니 대가리가 안 돌아가냐? 민수연이 학폭 열면, 나만 잡힐 것 같아? 너네도 그때 옥상으로 따라가는 거 다 잡혔어. 갖고 놀 때는 같이 놀아놓고, 어디서 발뺌이야."

"뭔 소리야? 야, 솔직히 우리는 니가 시키는 대로 한 것밖에 없어!"

"뭐? 야!"

드르륵~

"야, 박수현, 내 자리 어디야?"

"뭐? 올~ 민수연, 기세 좋다? 맞다, 너 빵 사 온 지 오래됐지? 가서 빵 좀 사 와. 500원 줄 테니까 거스름돈 3,000원 꼭 받아오고?"

"야, 내 자리 어디냐고? 오랜만에 왔더니 뭐가 뭔지 모르겠네."

"야, 너 왜 이렇게 겁이 없어졌어? 뭐, 죽다 살아나니까 뭐든지 할 수 있을 것 같아?"

"응. 궁금해? 너도 똑같이 옥상에서 떨어져 봐."

민수연의 말이 끝나자마자 나는 민수연에게 3층 복도 끝 화장실로 오라는 메시지를 보내고 먼저 화장실로 갔다.

"괜찮아?" 내가 물었다.

"뭐가?"

"박수현이랑 대화한 거 말이야."

"네가 시키는 대로 계속 시비 거는 거 안 보여? 박수현이 나를 다시 괴롭히게 만들면 되는 거 맞지?"

"맞아. 증거가 될 수 있도록."

"알았으니까, 자꾸 불러내지 마. 너랑 붙어있는 거 되게 이상한 기분이야. 너는 안 그래?"

나도 유서린의 얼굴로 예전의 나를 보는 것이 편하지는 않았다.

"아… 알겠어. 근데 난 나름 유서린이 되어가고 있는 것 같아. 꿈에 그리던 SL이랑도 잘 지내고."

"뭐야? SL 팬이었어?" 민수연은 놀란 듯이 물었다.

"어? 아… 어…"

나는 한마디면 될 대답을 길게 늘이고 있었다.

"어쨌든 난, 오늘 안에 박수현한테 꼭 쳐맞을 거야. 그럼 학폭 위원회가 열릴 거고. 그리고 나면, 이제 진짜 끝! 다시는 안 돌아올 거야."

"저기…!"

그때 갑자기 화장실 뒷칸에서 누군가 문을 열고 나왔다.

"… 난 홍연주라고 해…" 그 아이가 떨리는 목소리로 말했다.

"야, 너 제대로 확인 안 했어? 뭐 하는 거야?"

민수연은 나를 보며 작은 소리로 말했다

"어? 내가 다 확인했는데? 맨 뒤는 화장실 비품 넣어두는 곳이라…"

나는 당황하며 대답했다.

"너 여기서 뭐 해?" 민수연이 그 아이에게 물었다.

"나, 아침을 못 먹고 와서… 교실에 가면 박수현 애들이… 여기가 우리 학교에서 제일 안전해… 근데… 너네 혹시 복수를 계획하는 거야? 그럼, 나도 같이하면 안 돼? 민수연 네가 그렇게 되고 나서 지금 괴롭힘 받고 있는 게 나야."

"아니? 안 돼!" 민수연이 단호하게 잘랐다.

"나도 껴줘. 제발… 너네 계획은 뭔데? 나도 계획이 있어!"

"안 돼. 절대 안 돼."

민수연은 그 아이를 보며 다시 한번 안 된다고 못 박듯이 말하고 교실로 들어갔다. 나는 녹음기를 들고 민수연을 따라 들어가 전에 앉았던 자리에 모자를 뒤집어쓰고 엎드렸다. 홍연주도 내 뒤를 따라 들어온 것 같았다.

✦

"야 민수연! 빵 좀 사 와!"

"뭐?"

"못 들었어? 빵 사 오라고 빵! 초코빵으로."

"너… 지금 나보고…"

"그래~ 너! 빵 좀 사 오라고."

드디어 박수현이 민수연의 뺨을 때리려는데 어디선가 박태율이 나타나 민수연과 박수현을 말렸다.

"야! 너 지난번에도 민수연 괴롭히는 것 같던데. 같은 반 친구끼리 왜 그러냐? 사이좋게 지내야지."

"이런, 씨… 너, 나중에 보자."

박수현은 민수연을 째려보고는 교실 밖으로 나갔다.

"민수연, 괜찮아?" 박태율이 물었다.

"고마워…!" 홍연주가 박태율을 보며 말했다.

'고맙다고? 쟤는 대체 뭐가 고맙다는 거지?' 나는 홍연주를 이해할 수 없었다.

"너네 마치고 뭐 해? 혹시 괜찮으면 우리 숙소에 놀러 올래?"

박태율이 민수연과 홍연주를 보고 말했다.

"야, 박태율. 너는 처음 보는 사인데도 그런 말을 참 잘해. 역시, 박태율이야!" 최서하가 엄지손가락을 올리며 말했다.

"아니, 그게 뭐 힘든 일인가? 그냥 친구 집에 놀러 오라는 건데?"

"난, 끝나고 약속이 있어서 안 될 것 같아."

민수연이 나를 보며 말했다.

"아… 그래? 난 둘 다 되는 줄 알고… 아쉽다. 그럼 다음에…"

"수연아, 같이 가자. 일생에 한 번뿐일지도 모르는 기회잖아!!"

박태율의 말이 끝나기 전에 홍연주가 끼어 들었다.

"야, 홍연주. 너 뭐냐? 가고 싶으면 너 혼자 가!" 민수연이 말했다.

"박태율이 우리 같이 오라잖아. 너 안 가면… 아까 화장실에서 들은 이야기, 박수현한테 다 말해 버린다?"

"응? 화장실? 화장실에서 무슨 얘기를 했는데?" 박태율이 물었다.

"어? 난 잘 모르겠는데? 야, 우리가 화장실에서 무슨 얘기 했냐?"

민수연이 홍연주에게 눈치를 주며 모르는 척 말했다.

"아니, 네가 나한테 재밌는 비밀 하나 알려줬잖아…. 수연아, 나 진짜 가고 싶어. SL이 오라는데 안 간다는 게 말이 되냐? 제발… 가자… 응?"

민수연이 나를 바라보며 어쩔 수 없다는 표정을 지었다.

'우리의 계획이 탄로 나는 것보다는 내가 눈 한번 감는 것이 낫겠지.'

저녁이 되자, 민수연과 홍연주가 숙소에 도착했다.

"너희가 여기 왜 온 거야?"

나는 민수연과 홍연주를 보고 모르는 척 물었다.

"이제 우리도, 평범한 학생이니까 친구들도 좀 초대하고 그래야 하지 않겠어?" 박태율이 나를 보며 신나게 말했다.

"한율!" 홍연주가 한율을 보자마자 달려가 안았다.

"어… 야? 너… 뭐야?" 한율이 무슨 상황인지 몰라하며 말했다.

"아… 미안해…. 나는 홍연주라고 해. 너무 오랫동안 네 팬이었어서… 내가 잠깐 정신이 나갔었나 봐…. 저… 나랑 사진 한 장만 찍어주면 안 돼?"

"어…?" 한율이 당황하며 말했다.

"안 돼!" 민수연이 소리쳤다.

"뭐?"

"안 된다고. 네가 사진 찍어서 어떻게 쓸 줄 알고?"

"뭐? 너 어떻게 그런 말을 해?"

"아니야, 괜찮아. 사진 찍어줄게."

홍연주는 핸드폰을 꺼내 한율과 나란히 서서 브이를 하며 사진을 찍었다.

◆ 17. 복수 성공 ◆

"뭐야? 이건, 내 방에 있는 사진이잖아…! 이게 어떻게?"

학교가 끝나고 걸어 나오며 최서하가 인터넷 기사를 보고 소리쳤다.

"무슨 일이야?"

"사진이 유출된 것 같아."

"뭐?"

민수연, 최서하, 아니 멤버들 모두가 심각해 보였다. 이미 인터넷 기사는 날 대로 나 있었다.

"이 사진은 아무래도, 직접 와서 찍은 것 같은데, 우리 집에 초대된 건 민수연과 홍연주밖에 없었어. 그 말은…"

"박수현 짓이야." 민수연이 말했다.

"그… 그게… 내가 너희 숙소에 놀러 갔을 때, 우연히 서하 방에 들어가게 되었어. 근데 서하랑 서린이가 같이 찍은 사진이 눈에 딱 들어오는 거야… 순간, 나도 모르게 사진을 찍었어. 집에 가는 길에 박수현을 마주 쳤는데 내가 휴대폰에 있는 최서하랑 유서린 사진 보는 걸 보고, 내 휴대폰을 가져가 버렸어… 이렇게 돼서 정말 미안해."

"그게 대체 무슨 말…"

"가자, 유서린. 걔네들 강당에 있을 거야." 민수연이 말했다.

하지만 우리가 강당에 갔을 땐 다른 애들은 없었다. 느긋하게 휴대폰을 만지작거리는 박수현뿐이었다.

"어! 왔어?"

"너, 이게 뭐 하는 짓이야? 이건 사생활 침해야! 네가 한 짓은 법적으로도 처벌받을 수 있는 거라고!"

민수연이 박수현을 보고 소리쳤다.

"오! 민수연, 요즘 진짜 잘 나가네. 처벌? 내가 왜? 내가 올린 것도 아닌데?"

"너 진짜 왜 그러는 건데? 왜, 사람들을 가만두지 못해서 안달이야?" 나는 진심으로 박수현의 대답이 궁금했다.

"난? 난 왜 괴롭혔어? 대체 왜? 날 왜 그렇게 싫어하는 건데?"

내 맘을 알기라도 한 듯 민수연이 내가 묻고 싶은 말을 박수현에게 물었다.

"그러니까, 누가 너 보러 그렇게 나대래?"

"야, 박수현, 이제 그만 좀 하지?"이윤슬이었다.

"야, 이윤슬. 네가 할 소린 아니지 않냐?"

"아니, 난 사과할 거야. 수연이한테는 이미 사과했어. 선생님께도 사실대로 말하고 오는 길이야. 그러니까, 너도 이제 제발 정신 좀 차려."

"뭘 사실대로 말해? 증거 있어?" 박수현이 이윤슬을 쳐다보며 말했다.

이윤슬은 박수현에게 핸드폰 동영상에 녹화된 소리를 들려줬다. 거기에는 그동안 박수현이 괴롭혔던 아이들의 영상과 목소리가 모두 들어 있었다.

"넌 모르겠지만, 사람이라면 죄책감이라는 게 있어. 수연이가 도와 달라고 하긴 했지만, 그전부터 계속 사과하고 도와줘야겠다고 생각했어. 그래서 증거도 모아 왔고." 이윤슬이 나를 보며 말했다.

"웃기지 마, 개소리하지 말라고! 나 옥상에서 떨어뜨린 적 없어! 네가 발을 헛디딘 거지!"

"내가 발을 헛디딘 건 어떻게 아는데? 네가 날 내몰았잖아, 죽고 싶은 상황으로 날 내몰았잖아!" 민수연이 소리쳤다.

우리는 모두 박수현을 쳐다보았고, 박수현은 믿기지 않는다는 듯이 처참히 무릎을 꿇었다.

"혹시 모를 상황을 대비해서 친구들이랑 우리 엄마, 아빠가 모은 증거들도 모두 수집했어. 네가 날 왕따 시킨 거, 옥상에서 떨어뜨린 거, 그리고 지금 일까지. 넌 처벌받게 될 거야. 이제 넌 살인자로 낙인찍혀서 살아가겠지?"

"그래, 널 짓밟고 싶었어. 음악 동아리에서 나보다 못생긴 주제에 노래 좀 한다고 나대는 너를 보니 화가 나더라. 그래서 널 망가뜨린 거야. 근데, 다 같이 망가뜨려 놓고 왜 나한테만 난리야? 내가 주도해서? 근데 너 희들도 다 똑같잖아. 너희들도 침묵했잖아! 아니야? 내가 민수연 괴롭히는 거 보고도 가만히 있었잖아! 왜 나한테만 이러는 건데? 불공평해! 불공평하다고!!" 박수현이 다른 애들을 보고 말했다.

"도와주면 도와줬다고 괴롭힐 걸 아니까. 애초에 내가 너희의 괴롭힘 대상이 된 것도, 민수연 한번 도와줬다고 그런 거 아니야?"

홍은주가 말했다.

"그래… 좋아… 다 내 탓이라는 거지?"

그 순간, 박수현이 창문 위로 올라섰다.

"니들이 원하는 대로 해줄게. 나만 사라지면 되는 거잖아?"

"야!!"

민수연은 창문 쪽으로 달려가 떨어지려는 박수현의 손을 잡았다.

"민수연… 어째서 왜, 나를…"

"어딜 도망가려고? 너 끝까지 비겁하구나, 나 그동안 진짜 많이 힘들었거든? 살아. 살아서 버텨. 너도 이제 네 앞에 펼쳐질 지옥을 끝까지 살아서 버티라고! 그렇게 살아. 그렇게 벌 다 받으라고."

민수연의 말이 끝나고 나는 내가 더 하고 싶은 말을 덧붙였다.

"그래 그렇게 벌 받고 살다가, 아 내가 진짜 사람이었구나. 진짜 쓰레 기는 아니구나. 이런 생각이 들면 더 좋고!"

"이거 놔! 이거 놓으라고!"

박수현은 이미 창문에서 내려와 입으로만 놓으라는 말을 반복하고 있었다. 어쩌면 그것이 박수현의 마지막 발버둥인 것 같아 나와 민수연은 박수현이 지쳐서 그만둘 때까지 지켜보고 있었다.

"우리가 하려던 복수는 여기까지인 것 같은데. 어때? 이만하면 성공적 아닌가?" 민수연이 말했다.

"응. 정말 고마워 혼자라면 어려웠을 거야. 네 덕분에 복수의 끝을 보네."

"그럼 전에 말했던 대로, 난 여기서 그만…"

"이게 무슨 소리야?" 홍연주가 소리치며 핸드폰을 보여 주었다. 화면에는 최서하와 이유리가 열애 중이라는 기사가 떠 있었다.

"아, 일단 나는 서하한테 가볼게."

내가 나가려는데 내 팔을 잡으며 민수연이 말했다.

"나도 가도 돼?"

"어? 네가?"

"나 떠나기 전에, 마지막으로 서하 얼굴 보고 싶어."

✦ 18. 최서하와 민수연 ✦

"기사 뭐야?" 나는 서하에게 물었다.

"SL이 해체되었어도 애들 각자 각자 스케줄은 그대로였는데 갑자기 애들 스케줄이 줄줄이 취소됐어. 그걸 막으려고 일부러 낸 스캔들이야." 최서하가 말했다.

"아무리 그래도 이유리잖아."

나는 왠지 서하에게 서운한 마음이 들었다.

"그래. 맞아. 이유리니까. 요즘 이유리 인기가 제일 많잖아. 이유리는 뭘 하든 사람들이 다 좋게 봐주잖아. 참, 기사 못 봤어? 우리 다시 활동해야 해. 이유리가 도와주는 대신 다시 활동하길 원해. 그게 나도 편해. 학교도 당분간 못 갈 것 같아. 가도 이제 너랑은 같이 있지 못할 거야."

"넌 끝까지 다른 사람만 생각하지." 갑자기 민수연이 끼어들었다.

"네가 이유리를 좋아해야 하는 이 상황도 결국은 또, 누군가를 생각해서 한 일인 거야?" 민수연이 최서하에게 따지듯이 물었다.

"뭐?" 최서하는 황당한 표정으로 나와 민수연을 번갈아 보았다.

"작별 인사야. 내가 예상했던 결말이고, 더 이상 여기 있을 필요가 없거든. 갈게. 앞으로 활동 잘해." 민수연이 말했다.

"너…! 혹시… 나를 보며 눈부시다고 말했던 그 애?"

민수연이 나가려는 순간, 최서하가 물었다.

"그게 무슨 소리야?" 민수연이 나를 보며 말했다.

"아… 아닌가… 맞는데. 분명 그 애인 것 같은데…."

최서하가 고개를 갸우뚱거리며 방에서 나갔다.

'맞아, 서하야. 나야, 민수연.'

나는 심장이 두근거렸다. 최서하는 예전의 나, 민수연을 기억하고 있었다.

"할 얘기가 있어. 잠깐 들을래?"

나는 나가려는 민수연을 다시 불러 세웠다.

"그러니까 SL이 데뷔하기 전의 일이야. 겨울이었지. 창밖에는 눈이 펑펑 내리고 있었어. 그때 나는 음악을 좋아하고 음악에 관심이 정말 많았어. 친구들도, 선생님도 다 나에게 음악에 소질이 있다고 말했는데 엄마는 음악 하는 걸 끝까지 반대했어. 지금 생각해 보면 걱정이 많으셨던 것 같아. 어느 날 학원 가라는 엄마의 말을 듣지 않고 거리로 나와 그 시절 내가 덕질하던 아이돌 소속사 앞으로 뛰어갔어. 근데 어떤 남자애가 버스 정류장 앞 의자에 앉아서 울고 있더라고. 서하였어. '쟨 누군데 여기서 울고 있지?'이런 생각을 하며 나도 정류장 의자에 앉았는데 나도 괜히 눈물이 나는 거야. 그때 서하가 나를 보며 이야기를 시작했어. 자기 얼굴에 있는 상처들이 그 시절 내가 덕질하고 있던 아이돌이 때린 상처라는 거야. 그러고는 나에게 증거 영상을 보여주더라고. 영상에는 내가 좋아하는 아이돌이 서하랑 다른 연습생들을 폭행하는 장면이 찍혀 있었어. 처음에는 믿기지 않았지. 내 마지막 희망이 짓밟힌 느낌이었어. 내가 서하에게 이 영상을 퍼뜨릴 거냐고 물었을 때, 서하는 못한다고 대답했어. 자기는 데뷔해야 한다고, 데뷔하기 위해서는 이런 것들은 다 견뎌야 한다고. 그러면서 자기만 바라보는 여자애가 하나 있는데 그 애를 실망시키고 싶지 않다고 했어. 힘들지만 그래도 버티다 보니까 이제 데뷔가 코앞이라고 말하는 걸 들으면서 나는 서하가 정말 멋지다고 생각했어. 나는 서하에게 지금도 충분히 멋지고 아이돌같이 눈부시다고, 지금처럼만 하면 꼭 성공할 거라고 말해줬어. 그때 서하가 나한테 목도리 하나를 주더라. 그리고 나중에 자기가 꼭 성공했을 때 보자고 하면서 떠났어. 그게, 서하랑 나의 첫 만남이었고 그때부터 나는 서하가 잘되기를 바랐던 것 같아. 기억 못 할 줄 알았는데, 하고 있었나 봐."

"그거… 나 같아."

"뭐가?"

"최서하만 바라본다는 여자애, 그거 나 같아. 나 지금 너무 떨려. 나, 여전히 서하를 사랑하는 것 같아."

"…뭐?"

"나 다시… 돌아가고 싶어. 내가 진짜로 사랑하는 사람한테 돌아가서 고백하고 싶어. 도와줘. 도와줄 거지?"

"무슨 소리야?"

"서하랑 이유리랑 무슨 관계인지, 만약 아직도 서하가 날 사랑한다면, 사실대로 말하고 모든 오해를 풀고 싶어. 아주 짧은 시간이었지만, 애들이랑 같이 있으면서 깨달았어. 나 그동안 이 애들을 많이 보고 싶어 했구나…. 그러니까 도와줘…. 제발"

똑. 똑.

"서린아, 방에 있어? 태율이랑 나 스케줄 끝나서 다 같이 뭐 먹을까 하는데…." 한율이 말했다

"어, 그래. 나갈게."

거실로 나가보니 왠지 분위기가 한껏 들떠 있었다.

"유리 누나한테는 연락 왔어?"

"어… 내가 다시 활동하길 바라더라고, 그래서 할 생각이야."

최서하가 말했다.

"너 지금 무슨 소리야? 쉬고 싶다고 은퇴해 놓고, 설마 우리 때문에 다시…."

"너네 때문 아냐. 갑자기 은퇴한 것도 책임감 없는 짓이었고."

"그럼 우리 SL 다시 활동하는 거야?" 박태율이 말했다.

"아마도. 그렇게 되지 않을까? 일단 내 첫 스케줄은 유리 누나랑 같이하기로 했어."

"언젠데?" 내가 말했다.

"응?"

"나도 너 따라다니려고. 이제 신경 쓸 것도 없잖아."

"안 돼. 누나가 싫어할 거야."

"유리 언니가? 왜?"

"그만하자. 좋은 날인데, 축하하려고 모인 거잖아, 수연이도 이제 떠난다며."

"떠나? 어딜?" 박태율이 물었다

"아… 그건 아직…" 민수연의 표정에 확신이 없어 보였다.

"난 스케줄 있어서 먼저 갈게." 최서하가 말했다.

다음 날 아침, 이유리와 최서하에 대한 기사로 인터넷이 시끄러웠다.

-이유리, 최서하. 열애설 후 첫 공식 석상…

-이유리, 최서하. 연습생 선후배 사이에서 발전…

-유서린, 최서하와 친한 일반인. 친한 사이일 뿐. '추측 자제 요청'…

'만약에, 유서린 말처럼 최서하와 이유리가 진짜 좋아하는 사이라면… 그래서 원래대로 돌아가지 않아도 된다면… 그건 그거대로 나쁘지 않을 수도 있다는 생각이 들었다. 최서하의 방, 아직도 어딘가 쓸쓸해 보이는 것은 여전하다. 곳곳에서 찾아볼 수 있는 유서린의 흔적, 최서하에게 유서린은…' 나는 팬으로서 이런저런 가정을 해보며 어찌 됐든 최서하의 마음이 편하기를 바랐다.

"이게 뭐지?"

선반에 검은색 비닐봉지가 놓여 있었고, 그 속에는 이름을 알 수 없는 많은 알약이 들어 있었다. 약 봉투에는 이유리라고 쓰여 있었다. 나는 방에서 뛰쳐나와 최서하가 있는 촬영장으로 갔다. 촬영장에 도착한 나는 최서하를 불러낼 타임을 보느라 촬영장 한쪽 구석에서 이유리와 최서하를 지켜보고 있었다.

"준비됐어? 역시, 내가 보는 눈은 있다니까. 우리 너무 잘 어울리지 않아?" 이유리가 말했다.

"…"

"내 말 안 들려? 잘 어울리지 않냐고?"

"어."

"인상 펴. 누가 보면 내가 억지로 끌고 온 줄 알겠어."

"잠시만요!" 나는 마음이 급해서 최서하에게로 달려가며 말했다.

"서린아! 여긴 어떻게…" 최서하가 놀라 물었다.

"얘기 좀 해."

"지금은 안 돼." 최서하는 답답한 얼굴로 거절했다.

"잠시면 돼." 나는 최서하의 팔을 잡아당기며 말했다.

"유서린! 제발 상황판단 좀 해."

이유리가 소리치며 오더니 최서하와 함께 촬영장으로 갔다. 나는 촬영이 끝날 때까지 대기실에서 기다렸다. 촬영이 끝난 이유리와 최서하가 대기실로 들어왔다. 나는 커튼이 가려진 안쪽으로 자리를 옮겼다.

"서하야, 오늘 촬영 너무 좋았다. 그치? 요즘에 한 촬영 중에 제일 신났어. 혹시 나 많이 티 났나?"

"우리 둘이 촬영하는 건 이번이 처음이자 마지막이야."

"서하야, 그건 내가 정해. 서린이는 집에서 언제 내보낼 거야?"

"내가 선 넘지 말라고 했지. 그건 누나가 신경 쓸 일이 아니라고."

"그래? 그럼, 우리 팬들한테 알릴까? 서린이가 우리 방해하고 있다고. 아니면, 내가 서린이에게 말할까? 너…"

"그만하라고 했지!" 최서하가 소리쳤다.

나는 커튼을 젖히고 나와 이유리를 밀쳐냈다.

"유서린!" 최서하가 놀라서 소리쳤다

"당신 뭐야? 지금 최서하 협박하는 거야?"

나는 이유리를 똑바로 쳐다보며 말했다.

"서린아, 너 드라마 너무 많이 본 거 아니야? 서하야, 내가 너 협박했니? 그래?" 이유리는 뻔뻔하게 말했다.

"서린아, 이건… 그러니까…"

"최서하, 제발 솔직하게 말해. 지금이라도!"

"미안해. 서린아, 나… 유리 누나 좋아해. 누나가 힘들고 지칠 때 옆에서 많이 도와줬어. 네가 할 수 없는 것들을 누나가 다 해주고 도와줬어. 누나는 나랑 비슷한 사람이라 스캔들 났을 때도 차라리 편했어. 알고 지낸 지도 오래라서 서로에게 필요한 것이 있을 때, 말 꺼내기도 편하고."

"그래? 그래서 너는 행복했어?"

나는 최서하에게 약봉지를 던지며 나갔다.

"서린아! 유서린!"

최서하는 나를 따라 나와 내 팔을 붙잡으며 말했다.

"나 많이 힘들었어."

"괜찮아, 이제 다 괜찮아." 나는 최서하를 안아주었다.

나는 최서하와 함께 촬영장을 나와 숙소에 도착했다. 집에 와서 우리는 오랜만에 이야기를 나누었다. 서하가 나에게 마음을 털어놓았다.

"사실 나 데뷔할 때부터 힘들었어. 우리가 열심히 한 결과로 SL은 데뷔했지만, 우리 때문에 다른 팀들은 다 해체되었고 그 비난은 다 내가 받았어. 데뷔하고 나서도 나에게만 끊임없이 요구가 들어왔어. 하지만 난 너한테 내 고민을 털어놓을 수가 없었어. 네가 나보다 훨씬 더 힘들다고 생각했으니까. 네가 바라볼 수 있는 사람은 나밖에 없는데, 그런 너한테 힘들다는 소리를 할 수는 없잖아. 그래서 너한테는 늘 좋은 얘기만 해주고 싶었어. 근데, 그게 널 외롭게 했던 것 같아. 그럴 때쯤, 이유리를 만났어. 이유리는 나에게 사랑이 아니라, 분노를 알려줬어. 나는 이유리 덕분에 나를 더 다그쳐 무너지지 않을 수 있었던 것 같아. 그리고 네가 본 그 약봉지는 이유리가 나에게 추천해 준 약들이야. 하나도 손대진 않았지만, 그냥 이 많은 약봉지를 가지고 있는 것만으로도 의지가 되더라고."

"미안해… 난 그동안 네가 받고 있는 고통은 그냥 아이돌이라면 다 겪는 당연한 거라 생각했어."

나는 팬이 었던 민수연으로서도 최서하를 좋아했던 유서린으로서도 진심으로 최서하에게 사과했다.

핸드폰이 울렸다. "서린아, 나야."

민수연이었다. 나는 민수연과 통화하기 위해 거실로 나왔다. 나는 민수연에게 내가 서하에 게 들은 것을 모두 이야기했다. 민수연은 숨소리 이외에 아무 소리도 내지 않고 내 이야기를 다 들었다.

"우리, 돌아가자. 원래대로."

나는 어쩌면 민수연이 듣고 싶었을지도 모를 말을 했다.

"정말이야? 고마워, 그리고 너무 미안해."

핸드폰 너머로 민수연의 마음이 느껴졌다.

"나도 고마워. 나 혼자라면 복수하는 거, 어려웠을 거야."

"넌 내가 본 여자애 중 제일 멋져." 민수연은 전화를 끊었다.

"어딜 돌아가?" 한율이 나오며 물었다.

"아… 아니야. 근데 넌 왜 나왔어?"

"어… 잠이 안 와서."

"너 드라마 한다며? 축하해!" 나는 내 진심을 한율에게 전했다.

"그래. 고마워. 잘되면 내가 쏠게. 갖고 싶은 거 미리 생각해 놔!"

"오케이, 나도 고마워. 율아, 넌 좋은 사람이야. 그러니까 너도 분명히 좋은 사람을 만날 거야. 넌 정말 멋있어!"

"여전히 잔인하네." 한율이 웃으며 말했다.

"무슨 말이야?"

"너, 내가 좋아한 거 몰랐어? 사실 은퇴하면 무지 괴로울 거라 생각했어. 너랑 최서하가 같이 있는 모습을 매일 볼 테니까. 근데 너랑 최서하 사이가 여전히 안 좋아서, 오히려 좋았다면 믿을래? 최서하가 없는 순간이 나한테는 기회 같아서 자꾸만 선을 넘고 싶을 때도 있었다면 믿을래?

"율아…"

"나 네가 무슨 말을 하고 있는지 알아. 나도 네 마음 다 안다고."

율이가 나를 쳐다보았다.

"율아, 니가 어떻게 생각할지 모르겠는데…. 그래도 너에게는 말해야 할 것 같아. 사실… 나 서린이가 아니라 민수연이야."

"뭐? 무슨 말이야?" 한율이 어리둥절한 표정으로 말했다.

"나, 민수연이라고, 서린이가 쓰러지던 날 유서린과 내 몸이 바뀌었어."

"뭐라고?"

"서린이가 쓰러지고 우리 둘이 우연히 동시에 같은 소원을 빌었는데, 그때 서로의 몸이 바뀌었어. 믿을 수 없겠지만 사실이야. 그러니까 율아, 네가 한 고백, 서린이는 모를 거야. 이건 내 부탁인데, 서린이 앞에서는 고백하지 않으면 좋겠어."

"서린아, 그냥 싫으면 싫다고 말해도 돼. 그게 무슨 소리야? 몸이 바뀌었다고? 너 진짜 잔인하다."

"유서린이 아닌데 내가 마음대로 거절하는 건 아닌 것 같아서 사실대로 말한 거야. 미안해."

나는 한율을 두고 방으로 들어갔다.

"나, 들어가도 돼?"

"어, 왔어?" 최서하가 말했다.

"뭐 해…?"

"그냥 이것저것. 그동안 모아놨던 것들도 좀 치우고…."

"활동은? 이제 계속하는 거야?"

나는 최서하가 계속 노래를 부르는 가수로 남아주길 바라며 물었다.

"응, 그래야지. 내가 원하는 거니까. 노래 부르는 것이 내가 진짜 하고 싶은 일이니까. 그리고 이유리랑은 곧 끝낼 거야."

"그래. 그래야지. 다행이네."

"뭐야, 근데 너 왜 이렇게 우울해 보여?"

"내가? 아니야…."

"서린아, 오늘 내 얘기 들어주고 네 마음 얘기해줘서 고마워. 그동안 잘해주지 못해 미안해."

"서하야, 네가 사랑하는 건… 나 유서린인 거 맞지?"

"응?"

"넌 여전히 눈부셔, 서하야."

나는 서하에게 받았던 목도리를 서하에게 돌려주었다.

"어? 이건… 내가… 그럼, 넌…"

"내 소원은 이제 다시 돌아가는 것. 그것뿐이야."

Chapter 1

Once upon a time, there existed a Spy School that specialized in training young students in the art of espionage. On the day when the test scores were released, a mix of excitement and tension filled the air among the students. Chase, an exceptional student who had aced every subject, emerged as the top scorer. "Congratulations, Chase! You have achieved the highest score!" some of the teachers praised him, but oddly enough, there was no applause or celebration from the other students.

Instead, all attention seemed to be directed towards Liam, who had secured second place. "You're so smart, Liam!" giggled a group of girls. Despite Chase's higher score, it was Liam who appeared to be the winner, basking in the glow of the admiration he received. In a surprising turn of events, Liam approached Chase aggressively, pushing him and belittling him, regardless of Chase's success in winning the scholarship. "Watch your back, Chase. I'm coming for that scholarship, and it won't be long before it's mine!" he taunted. Liam beckoned his friends, Daniel and Ben, and together they forcefully dragged Chase down the hallway towards the storage room, their intentions filled with malevolence. "Let's offer him our congratulations in our own special way," Liam snickered.

Chase struggled in vain to break free from their tight grip, but his efforts were futile. He was thrown into the storage room and confined inside, the door locked securely behind him. Desperation and solitude consumed Chase as his voice echoed through the empty hallways, pleading for help that never arrived. It was at this moment that Chase realized his lack of allies or friends who could come to his aid during a crisis like this.

Determined to escape, Chase surveyed the storage room for anything that could assist him in breaking free. His eyes fell upon a collection of old chairs, desks, and unused broomsticks that had been left untouched for ages. "These could prove useful," he contemplated to himself.

After several unsuccessful attempts to pry open the thick door, Chase's attention was drawn to something gleaming on the floor. It was a clip, and he skillfully employed it to unlock the door. With a swift fling, the door swung open, granting Chase the freedom to dash back towards his classroom, his unwavering resolve urging him to arrive in time for his exams.

As Chase hurriedly sprinted down the hallway, the newly appointed principal of The Black Diamond Spy School was jolted from his work by the echoing sound of Chase's footsteps reverberating through the corridor. Tap, tap, tap. The principal glanced up, curiosity piqued as to who could be causing such a commotion. What would transpire next? Would he manage to reach his exams before it was too late? Only time held the answer.

"Stop!" the principal bellowed.

Startled, Chase halted his stride. "What?" he inquired.

"Why are you here when everyone else is taking their exams? You should be in class. What is your name?" questioned the principal.

"My name is Chase," he responded, feeling a sense of suffocation.

"Chase? Aren't you the brightest student in the school? Shouldn't you be taking the test?"

"Umm…" Chase hesitated.

"Alright, let's take you to your teacher. Which class do you belong to?" the principal offered, ready to guide him back on track.

"My classroom is down that hallway," Chase promptly responded.

"Alright, let's go together," the principal suggested, recognizing Chase's position as one of the school's smartest students. He accompanied Chase as they made their way back to his class.

"Mrs.Lizz, I found him wandering in the hallway," the principal explained upon entering the classroom.

"Chase? Why were you wandering around instead of being in class?" the teacher inquired, puzzled by Chase's unexpected absence.

"Umm…" Chase hesitated, searching for the right words.

"Ha, ha," a few students chuckled.

"Silence!" the teacher snapped. "Let him take the test."

"You loser!" Ben taunted Chase, fueling the fire.

"Cheater! I bet he needed extra time to study!" Daniel sneered.

However, as Chase stepped into the classroom, he was met with accusations of cheating on the test and claims that he had deliberately skipped class to gain an unfair advantage.

"Hey, cheater!" Liam mocked.

"Yeah!"

Suddenly, an alarm blared, piercing through the tension-laden atmosphere. The principal swiftly directed the students to return to their classrooms, while an aura of panic permeated the school. The Black Diamond Spy School possessed an ancient diamond that had been passed down for generations, and now it had vanished without a trace. No one knew who had taken it or when the theft had occurred. Abruptly, cracks began to form on the school walls, plunging the premises into chaos and confusion. Mrs. Lizz urgently ordered everyone to evacuate the classroom. Chase, along with his classmates, joined the stream of students and teachers as they rushed outside.

As they regrouped near the principal's office, Chase suggested seeking refuge in the field for safety. However, his classmates dismissed his idea, labeling him a snob. The teachers followed the principal's lead, leading the students towards the office, and Chase found himself swept along with the crowd.

In front of the principal's office, Principal Nelson exclaimed, "I seem to have misplaced the key to my room!"

"What? Oh, there it is!" a teacher pointed to the key sitting on the window sill.

"Chase, can you fetch me the key?" the principal requested.

"Sure," Chase obliged, feeling a tinge of helplessness in the face of the unfolding events. He fetched the key from the shelf and handed it over to the principal.

"Okay, let's all take a deep breath and try to remain calm," one of the teachers advised as they prepared to open the door.

"What on earth happened here? It's a complete mess!" exclaimed everyone as they stepped into the room.

"The Diamond is missing!" Mrs. Lizz shrieked, her voice filled with alarm.

"Alright, let's all stay calm and gather our thoughts. During the time the Diamond was stolen, everyone was taking the exam. Teachers, where were you earlier this morning?" Principal Nelson inquired, initiating the process of unraveling the mystery.

"No, we were in the classroom supervising the students during the test. Please don't suspect us," the teachers pleaded, their voices filled with earnestness and a touch of desperation.

"I apologize for the suspicion. If that's the case, then it's possible that one of the students may have taken the Black Diamond," Principal Nelson acknowledged, his tone apologetic yet determined.

"Does anyone have any knowledge of the diamond's whereabouts?" the principal inquired, scanning the room for any signs of recognition.

"I saw Chase stealing the Black Diamond from the Principal's office!" Liam suddenly interjected, his voice filled with accusation.

"Where is Chase? Now!" the students erupted in a flurry of panic and anger.

"Does anyone know where Chase is?" another teacher asked, their concern evident.

"There!" someone pointed in a particular direction, drawing everyone's attention.

"I need to speak with Chase regarding the stolen Black Diamond," Principal Nelson declared, the gravity of the situation evident in his tone.

Chase found himself at the center of attention as the principal and teachers approached him, their expressions a mixture of concern and suspicion.

"I didn't steal the Black Diamond! I was locked in a storage room during the exams!" Chase vehemently proclaimed, his voice carrying a mixture of frustration and desperation.

"Don't lie, Chase. We already know you took the Black Diamond," one of the girls sneered, her words dripping with certainty.

"Then where were you during the exams? You weren't taking the test! That leaves you without an alibi. How convenient, huh?" his classmates taunted, their tone bordering on condescension.

Chase's attempts to defend himself fell on deaf ears as his classmates readily accepted Liam, Daniel, and Ben's accusations as undeniable truths.

"I witnessed Chase walking out of the principal's office with the Black Diamond! Moreover, Principal Nelson wasn't present at the time, so there was no reason for Chase to be there," Luke continued to accuse, his voice growing more assertive.

Chase desperately searched for an alibi, any evidence to support his innocence, but his mind drew a blank.

"I'm telling the truth! Liam, Daniel, and Ben locked me in the restricted storage room. I couldn't get out," Chase pleaded, frustration and helplessness tainting his words.

"You expect us to believe that?" one of his classmates scoffed dismissively. "You have no proof to back up your claims."

Chase felt his frustration mounting, his voice tinged with exasperation. "I wanted to take the test, I swear."

"But you were nowhere to be found during the exam," another student pointed out, their accusatory tone echoing through the room. "Multiple witnesses saw you entering the principal's office."

Chase realized he was fighting a losing battle. His classmates had already made up their minds, and their biased judgment left no room for his innocence.

Chapter 2

At that moment, Principal Nelson intervened, his voice commanding attention. "There will be an important meeting at 3 o'clock. All students are required to gather in the auditorium by 2:30."

The students speculated about the reason for the meeting as they made their way to the auditorium. When they arrived, they found that the entire school was there, waiting for Principal Nelson to speak.

"Thank you all for coming," Principal Nelson began. "I have an important announcement to make."

Suddenly, the list of students who attended the scholarship test appeared on the screen. The students started talking to each other, trying to guess what the principal would announce next. "Mrs. Lizz will help me explain what happened today," Principal Nelson announced, signaling the start of the explanation. "I want to tell you the truth about the major problem which occurred this morning. During the scholarship test, I noticed one student wandering around the hallway instead of taking the test. Suddenly, the emergency alarm connected to the Black Diamond rang, indicating that the Black Diamond had been stolen," Mrs. Lizz added. "And we have a likely suspect from this problem; Chase."

The auditorium became noisy after that statement. Chase couldn't understand what was happening. He was baffled by how fast the teachers concluded without proper investigation. "And we thought deciding who the thief was on our own is not fair, so we will vote as a school to determine what will happen to this student. It will be up to everyone to decide whether this student should be suspended or not," Principal Nelson explained what they had to do. "Please come out and get this paper. Then, write your name on the paper with the option of your choice." Mrs. Lizz instructed the students, "Students who steal the Black Diamond should be expelled."

Chase couldn't believe what was happening. How could they have voted to suspend him without even considering his side of the story? He felt angry and betrayed, but there was nothing he could do. Slowly, he made his way to his locker, feeling like the weight of the world was on his shoulders. As he packed his things, he tried to hold back tears, but they kept falling down his cheeks. Finally, he was done, and he took one last look at the school he had called home for years. He didn't know what the future held, but he knew one thing: he would never forget the injustice that had been done to him.

Chase let out a sigh as he stood before his open locker. "I can't believe I'm suspended. I didn't do anything," he muttered to himself. With a creak, the locker swung open, and his belongings tumbled out. As he gathered them up, memories flooded back. He spotted his doodle notebook, the one he turned to when feeling blue, and flipped through the pages. Seeing his own tears stained on the paper, he crumpled the notebook and tossed it in the trash. "I should start packing now," he mumbled as he began organizing his things into his backpack. One by one, he carefully gathered his textbooks and spy gadgets and wiped down the locker with a wet tissue. As he erased the nasty graffiti left by bullies, he couldn't help but feel alone. "I wish I had friends," he sighed. Suddenly, something caught his eye - a dirty paper tucked between the pages of one of his textbooks. "Well, that's odd. I've never noticed this before," he murmured as he picked up the envelope. It looked old, with light brown edges and a red seal. As he ripped it open, he found a letter with a riddle inside.

The letter read:

"In the darkest shadows, where secrets reside,
A path awaits, for the true spy to stride.
Seek the truth and unveil the lies,
With courage and wit, you shall rise.

Follow the winding road of mystery,
Where the Black Diamond's fate remains a history.
Through trials and tests, your worth shall show,

Unveiling the thief, the truth shall glow.

Embrace the challenge that lies ahead,
Find allies where friendship is spread.
For in unity, strength shall bloom,
And justice shall pierce the darkest gloom.

If you dare to embark on this quest,
Meet me at the abandoned mansion, in the northwest.
Bring the key hidden within your soul,
Let the riddle guide you towards your goal."

Chase's curiosity was piqued as he read the riddle. The words ignited a spark of determination within him, a chance to prove his innocence and uncover the truth. The letter seemed to offer a glimmer of hope amidst the injustice he had faced. As he carefully folded the letter and tucked it into his pocket, he couldn't help but feel a surge of excitement. Perhaps this mysterious path would lead him to the answers he sought.

With a renewed sense of purpose, Chase closed his locker and shouldered his backpack. He took one last look at the school, his gaze lingering on the auditorium where the votes were being cast, and he made a silent vow to himself. He would not let this unjust verdict define him. He would rise above it and find the truth, even if it meant venturing into the unknown.

Chapter 3

As Chase walked out of the school, he felt a mix of apprehension and determination. The abandoned mansion awaited him, and with it, the first step of his journey towards redemption. The road ahead would be filled with challenges and uncertainties, but he was ready to face them head-on. With the riddle guiding his every move, he embarked on a quest to clear his name and expose the real culprit behind the theft of the Black Diamond.

Little did he know that this adventure would not only test his skills as a spy but also teach him the true value of friendship, trust, and resilience. And as Chase walked towards the horizon, he couldn't help but feel a glimmer of hope, for sometimes, the darkest of times led to the brightest discoveries.

Curiosity piqued, Chase took out the letter once again and carefully examined the backside. To his surprise, there was a faint, barely visible map etched onto the paper. It seemed like the sender had hidden an additional clue for him to discover. Chase's excitement grew as he realized that his adventure was far from over.

"Ah, a hidden map!" Chase exclaimed, his eyes gleaming with anticipation. He studied the intricate lines and symbols on the map, trying to decipher their meaning. It appeared to depict the layout of the south tower, with a series of arrows pointing in different directions.

"I must follow these arrows," Chase thought to himself, "They might lead me to the next clue or perhaps even the truth about the stolen Black Diamond."

With newfound determination, Chase traced his finger along the map, carefully noting the path indicated by the arrows. As he followed the directions, he maneuvered through the dilapidated hallways of the tower, his heart racing with a mix of excitement and apprehension. The shadows cast eerie shapes on the cracked walls, but Chase pressed on, undeterred by the gloomy atmosphere.

After what felt like an eternity, Chase arrived at a door that stood slightly ajar. He could hear faint whispers emanating from the other side. With cautious steps, he pushed the door open and entered a dimly lit room filled with shelves upon shelves of dusty books and ancient artifacts.

In the center of the room stood a large wooden table, covered in scattered papers and peculiar objects. Chase's eyes widened as he realized he had stumbled upon a hidden study, a place that held secrets waiting to be unveiled. The whispers grew louder, urging him to explore further.

As Chase approached the table, he noticed a small note placed at its center. It read:

"The truth lies within the eyes of the past. Seek the forgotten tale, where history lasts. Find the portrait of a spy long gone, for its secrets will reveal what went wrong."

Chase's mind raced, trying to decipher the cryptic message. "The portrait of a spy long gone? But where would I find such a thing in this room?" he wondered aloud.

His gaze swept across the shelves, and his eyes locked onto a dusty painting hanging on the far wall. It depicted a figure draped in a cloak, holding a mysterious object in one hand. It seemed out of place amidst the books and artifacts, beckoning Chase to investigate.

With cautious steps, Chase approached the painting and examined it closely. As he did, he noticed a small lever hidden behind the frame. Heart pounding with anticipation, he pulled the lever, and to his amazement, the painting swung open, revealing a hidden compartment behind it.

Inside the compartment, Chase discovered a worn-out diary, its pages yellowed with age. The diary belonged to a former spy who had attended the Black Diamond Spy School many years ago. Filled with excitement, Chase carefully flipped through the diary's pages, uncovering the secrets of the past, the very secrets that would help him expose the truth.

As he delved deeper into the diary's contents, Chase's eyes widened with astonishment. The diary held accounts of a secret society operating within the school, with members who had infiltrated the highest ranks. It detailed the theft of the Black Diamond and the framing of innocent individuals, including Chase himself.

Overwhelmed with a mix of relief and determination, Chase realized that he had uncovered evidence that would prove his innocence and expose the true culprits. Armed with this newfound knowledge, he knew that his journey was far from over.

With the diary clutched tightly in his hands, Chase made a silent vow to bring the truth to light and restore justice to the Black Diamond Spy School. Little did he know the challenges

Chapter 4

Startled yet intrigued, Chase took a step back as the locker continued to shake and emit a radiant glow. A sense of both excitement and trepidation filled his heart as a portal materialized before his eyes. It was as if the locker had become a gateway to another realm, inviting him to embark on a new adventure.

Gathering his courage, Chase cautiously approached the portal, mesmerized by its ethereal beauty. The swirling colors and energy emanating from within hinted at the unknown wonders that lay on the other side. Without hesitation, he stepped forward, allowing himself to be enveloped by the portal's captivating embrace.

As he traversed through the portal, the world around Chase dissolved into a kaleidoscope of vibrant lights and fleeting images. It felt as if time and space were bending, carrying him to a place far beyond his imagination.

When the journey ended, Chase found himself standing in a vast, lush meadow. The air was crisp and filled with the scent of wildflowers. He looked around in awe, realizing that he had entered a realm, unlike anything he had ever encountered before.

Before him stood a figure cloaked in mystery. With each step closer, Chase recognized the familiar silhouette—a seasoned spy, whose eyes held both wisdom and a twinkle of mischief.

"Welcome, young one," the spy greeted Chase with a warm smile. "I am Agent Sterling, the guardian of this realm. I have been waiting for you."

Chase's eyes widened with astonishment. "Agent Sterling? But I thought you were a legend, a myth among spies!"

The seasoned spy chuckled, his voice filled with a hint of nostalgia. "Legends have a way of weaving themselves into reality when the time is right. I have watched your journey, Chase, and it is time for you to uncover the truth and restore justice."

Chase felt a surge of determination coursing through his veins. He knew that this encounter held the key to unraveling the mysteries that had plagued him—the stolen Black Diamond, his unjust suspension, and the secrets of the Black Diamond Spy School.

Agent Sterling extended a hand toward Chase, offering guidance and support. "Together, we shall navigate the challenges that lie ahead. Your journey has only just begun, and the fate of the Black Diamond Spy School rests in your hands. Are you ready, young spy?"

With a resolute nod, Chase firmly grasped Agent Sterling's hand. The adventure that awaited him was filled with uncertainties, but he was ready to face them head-on. His conviction to clear his name and bring the truth to light burned brightly within him.

As Chase and Agent Sterling embarked on their quest, their footsteps echoed across the meadow, signaling the beginning of an extraordinary journey that would test their wit, courage, and loyalty. The secrets of the past and the future of the Black Diamond Spy School awaited their arrival, and together, they would unveil the ultimate truth hidden within the shadows.

Mr. E nodded, his eyes filled with a mix of seriousness and urgency.

"Yes, there is much more to this than meets the eye. You see, Chase, this place we're in is known as the Enigma Realm. It exists between dimensions, a nexus of secrets and enigmas. And you, Chase, possess a unique ability to unravel these mysteries."

Chase's confusion grew, but a flicker of curiosity ignited within him. "What do you mean? I'm just a student caught in a series of unfortunate events. How can I possibly have any special abilities?"

Mr. E's expression softened as he approached Chase. "Ah, my dear young spy, what you have yet to realize is the power of your mind. Your intelligence, intuition, and problem-solving skills are extraordinary. They enable you to perceive hidden truths and decipher the most complex puzzles. You possess the gift of a true detective."

Chase's mind whirled with a mix of disbelief and excitement. He had always been fond of solving riddles and unraveling mysteries, but to be told that these qualities made him exceptional was beyond his wildest dreams.

Mr. E continued, his voice filled with urgency. "Chase, we are facing a grave threat that extends beyond the boundaries of our realm. The Black Diamond, the stolen gem that has caused chaos, holds immense power. It is a key to unlocking secrets that could alter the fate of not just our world, but countless others."

Chase's eyes widened, his heart pounding with a newfound sense of purpose. "So, you're saying that finding and reclaiming the Black Diamond is crucial to restoring balance and preventing unimaginable consequences?"

Mr. E nodded gravely. "Exactly, Chase. You have the unique ability to perceive the hidden paths and clues that will lead us to the truth. The fate of countless lives rests on your shoulders."

As the weight of the situation settled on him, Chase straightened his posture and took a deep breath. A spark of determination ignited within him. "Alright, Mr. E. If there's one thing I've learned, it's that justice must prevail. I won't turn my back on those who have suffered because of the stolen Black Diamond. I will do everything in my power to solve this enigma and bring the culprits to justice."

A smile of relief and pride spread across Mr. E's face. "Thank you, Chase. With your courage and intellect, we stand a chance at rectifying the wrongs that have been done. Together, we shall delve into the depths of the Enigma Realm and uncover the truth behind the stolen Black Diamond."

Chapter 5

As they prepared to embark on their perilous journey, Chase felt a surge of anticipation mingled with the determination within him. The mysteries and challenges that awaited him in this monochrome world were far from ordinary, but he was ready to face them head-on. With Mr. E by his side, they would become an unstoppable duo, unraveling the secrets that lay in the shadows and restoring balance to the realms.

Little did Chase know that this would be just the beginning of an extraordinary adventure, one that would test not only his intellect but also his resilience, loyalty, and the bonds he would form along the way. Together with Mr. E, he would navigate the twists and turns of the Enigma Realm, discovering that the true power lies not only in solving mysteries but in the strength of his character and the friendships he would forge.

Chase's anger simmered as Mr. E's words piqued his curiosity. He raised an eyebrow, skeptical yet intrigued. "You know who stole the Black Diamond? How can you be so sure?"

Mr. E met Chase's gaze with a mix of determination and remorse. "I have my sources, Chase. I've been gathering information and piecing together the puzzle. It all points to a notorious criminal organization known as the Shadow Syndicate."

Chase's eyes widened at the mention of the Shadow Syndicate. Their reputation for conducting high-profile thefts and their enigmatic nature sent shivers down his spine. "The Shadow Syndicate? They are legendary among spies, known for their cunning and ability to vanish without a trace. Are you saying they are behind the theft of the Black Diamond?"

Mr. E nodded gravely. "Yes, Chase. My sources have confirmed it. The Black Diamond was stolen from under our noses, and the Shadow Syndicate is the prime suspect. They seek to use its power for their own nefarious purposes, and if they succeed, it could unleash chaos upon the world."

Chase's anger began to dissipate, replaced by a surge of determination. He had always despised injustice, and the thought of the Black Diamond falling into the wrong hands only fueled his resolve. "Alright, Mr. E. I may not fully trust you yet, but I won't stand idly by while the Shadow Syndicate wreaks havoc. I'll help you track them down and retrieve the Black Diamond."

A relieved smile crossed Mr. E's face. "Thank you, Chase. I knew I could count on you. Together, we will face the challenges ahead and bring these criminals to justice."

Chase took a deep breath, pushing aside his initial skepticism. The prospect of facing off against the Shadow Syndicate was daunting, but he couldn't ignore the call to protect the Spy School and prevent the potential catastrophe the stolen Black Diamond could unleash.

He had been thrust into a world of mystery and danger, and it was up to him to rise to the occasion.

As they prepared to embark on their mission, Chase couldn't help but wonder about the truth behind Mr. E's dreams. Were they mere glimpses of a possible future or something more profound? The uncertainty gnawed at him, but he set it aside for now. There were more pressing matters at hand, and the answers would reveal themselves in due time.

With newfound determination and a partnership forged in uncertain circumstances, Chase and Mr. E set forth on their quest to track down the Shadow Syndicate, retrieve the stolen Black Diamond, and safeguard the future of the Black Diamond Spy School. Little did they know of the trials and perils that awaited them, but they were determined to face them head-on, guided by their wits, resourcefulness, and the belief that justice would prevail.

In the control center, Chase, Evelyn, and Mr. E surveyed their surroundings, keeping their voices hushed. The room was filled with monitors displaying various security feeds, schematics, and data streams.

"Evelyn, can you access their system and find any information about the stolen Black Diamond?" whispered Chase.

Evelyn nodded, her fingers flying across the keyboard as she expertly hacked into the Evil Eye Syndicate's network. The screen before her displayed lines of code, rapidly scrolling as she searched for any relevant data.

"I've located their main database," Evelyn whispered excitedly. "Give me a moment to bypass their security protocols."

Chase and Mr. E watched intently as Evelyn's fingers danced across the keyboard, navigating through layers of encrypted files. Finally, a folder labeled "Project Nightfall" appeared on the screen.

"Here it is," Evelyn whispered. "This folder contains detailed information about the Black Diamond's theft, including the mastermind behind it."

Chase's heart raced with anticipation. Finally, he would have the chance to clear his name and uncover the truth. "Open it, Evelyn," he urged.

With a few keystrokes, Evelyn opened the folder, revealing a series of documents and encrypted files. As she deciphered the encryption, a name began to emerge, causing Chase's eyes to widen in disbelief.

"The mastermind behind the theft is... Agent X?" Chase gasped.

Mr. E's expression grew grave. "Agent X... a former member of the Black Diamond Spy School. He was once one of our best agents, but he turned rogue and disappeared years ago. We never suspected he would resurface in connection with the Evil Eye Syndicate."

Chase's mind raced with questions. "But why would Agent X frame me? And what does the Evil Eye Syndicate have to gain from stealing the Black Diamond?"

"We don't have all the answers yet, Chase," Mr. E replied, his voice tinged with determination. "But we do know that Agent X is a dangerous adversary, and the Black Diamond in his hands poses a significant threat. We must stop him before he can unleash its power."

Chase clenched his fists, his determination rekindled. "I won't let Agent X get away with this. We have to track him down, retrieve the Black Diamond, and bring him to justice."

Evelyn nodded, her eyes shining with determination. "Count me in, Chase. I'll use my skills to aid you every step of the way."

With their newfound knowledge and unwavering resolve, Chase, Evelyn, and Mr. E set their sights on hunting down Agent X and unraveling the conspiracy that had entangled them. The stakes were high, but their determination burned brighter than ever as they prepared to face the challenges that awaited them.

Little did they know that their journey would take them to the darkest corners of the espionage world, testing their courage, wit, and loyalty. But together, they were ready to confront the shadows and bring light back to the Black Diamond Spy School.

Chapter 6

"Who are they?" asked Chase, his voice barely a whisper as he observed the seven masked guardians standing before them.

Evelyn glanced at Mr. E and then turned to Chase, her expression serious. "Those are the Elite Enforcers of the Evil Eye Syndicate. They are the organization's most skilled and formidable fighters. We'll need to be careful and use our skills wisely."

Chase's heart raced as he took in the sight of the heavily armed guardians. He could feel the weight of the mission resting on his shoulders, knowing that the fate of the Black Diamond Spy School and his own name depended on their success.

Mr. E stepped forward, his voice filled with authority. "We are here to retrieve the Black Diamond. Stand aside, and no harm needs to come to any of us."

The guardians remained silent, their masked faces unreadable. They seemed to communicate through their body language, positioning themselves strategically to corner Chase and his companions.

Without warning, the first guardian lunged forward, aiming a swift punch at Chase. Instinctively, Chase dodged the attack, countering with a swift kick that sent the guardian stumbling backward.

Evelyn swiftly joined the fray, utilizing her agility and quick thinking to disable another guardian. Together, they fought with precision, their training, and skills blending seamlessly as they maneuvered through the onslaught of attacks.

Meanwhile, Mr. E, although not as physically adept, used his keen intellect to analyze the battle unfolding before him. He strategically directed Chase and Evelyn, identifying weaknesses in their opponent's defenses and providing guidance on how to exploit them.

As the battle raged on, Chase activated his spy gadgets. The enhanced hearing allowed him to anticipate the movements of the guardians, while the motion sensor helped him evade their attacks with swift agility. The spy light illuminated the room, giving him an advantage in the dimly lit space.

With each passing moment, the team grew more coordinated, their moves synchronized like a well-oiled machine. They fought not only for their own survival but also to uphold justice and uncover the truth behind the stolen Black Diamond.

One by one, the guardians fell before Chase, Evelyn, and Mr. E's relentless determination. Their combined efforts proved too much for the Elite Enforcers, and eventually, the room fell into a tense silence.

Breathing heavily, Chase looked around, his gaze meeting Evelyn's and Mr. E's. They knew their mission was far from over, but this victory was a crucial step forward.

"They underestimated us," Chase said, a determined glint in his eyes. "Now, let's find Agent X and recover the Black Diamond."

Evelyn and Mr. E nodded in agreement, their resolve matching Chase's. They had overcome the first major hurdle, but the real challenge still lay ahead. With their skills, teamwork, and unwavering determination, they were ready to face whatever awaited them in their pursuit of justice and the restoration of the Black Diamond Spy School's reputation.

"Chase, you are a great fighter," Evelyn commented shyly, a hint of admiration in her voice.

Chase turned to Evelyn, a surprised expression on his face. He hadn't expected such praise from her. "Thanks, Evelyn. You're pretty amazing yourself," he replied, a small smile forming on his lips.

Mr. E joined the conversation, his voice filled with pride. "Indeed,

Chase, you have shown exceptional skills and courage throughout this mission. Your determination and quick thinking have been invaluable."

Chase felt a swell of confidence within him, fueled by the encouragement of his newfound teammates. "Thanks, Mr. E. I couldn't have done it without both of your support. Together, we make a strong team."

Evelyn blushed at Chase's words, appreciating the recognition from her peers. "You're right, Chase. We make a great team, and with our combined abilities, we can overcome any challenge that comes our way."

With renewed determination, they continued their search for the blueprint, moving through the corridors of the Evil Eye Syndicate Headquarters. The victory against the seven masked guardians had boosted their morale, and they were now even more resolved to recover the Black Diamond.

Finally, they arrived at the room where the blueprint was rumored to be located. Evelyn swiftly hacked into the security system, disabling any potential alarms or traps that could hinder their progress.

The door swung open, revealing a dimly lit room filled with shelves of files and documents. Carefully, they began searching for the blueprint that held the key to locating the Black Diamond.

Chapter 7

After a few moments of intense searching, Evelyn's eyes lit up. "I found it! The blueprint of the Evil Eye Syndicate Headquarters," she exclaimed triumphantly, holding up a rolled-up parchment.

Chase and Mr. E gathered around Evelyn, their eyes fixed on the blueprint. It detailed the layout of the building, highlighting the various rooms and security measures.

"Now that we have the blueprint, we can navigate through the headquarters more efficiently," Chase said, his voice filled with determination. "We're one step closer to finding the Black Diamond and clearing my name."

Mr. E placed a reassuring hand on Chase's shoulder. "Indeed, Chase. With this blueprint, we have the advantage. But remember, our mission is not just about the Black Diamond. It's about uncovering the truth and restoring justice."

Chase nodded, his gaze focused on the blueprint. "You're right, Mr. E. We'll bring down the Evil Eye Syndicate and ensure that the Black Diamond Spy School's honor is restored."

Evelyn smiled at their shared determination. "I believe in us. Together, we can accomplish anything."

As they prepared to move forward, armed with the blueprint and a newfound camaraderie, Chase, Evelyn, and Mr. E knew that their journey was far from over. But with their skills, teamwork, and unwavering resolve, they were ready to face whatever challenges lay ahead, confident that they would emerge victorious and bring the truth to light.

"Thank you," humbly replied Chase, a hint of gratitude in his voice. He couldn't help but feel a sense of pride and validation hearing the praise from both Evelyn and Mr. E.

Evelyn nodded with a warm smile. "You have a natural talent for fighting, Chase. Your agility, quick reflexes, and strategic thinking were remarkable."

Mr. E chimed in, his eyes gleaming with admiration. "Indeed, Chase. Your skills in combat surpassed my expectations. You displayed bravery and resourcefulness in the face of danger."

Chase's disbelief slowly turned into a sense of confidence. He had always harbored doubts about his abilities, but the encouragement from his teammates uplifted his spirits. "I appreciate your kind words, Evelyn and Mr. E. It means a lot to me. I'm glad that I could contribute to our team's success."

Evelyn stepped closer to Chase, her voice filled with sincerity.

"Chase, you have the potential to become a great spy. Your dedication and determination are evident, and I believe in your abilities."

Chase felt a renewed sense of purpose and determination welling up inside him. The recognition and encouragement from Evelyn and Mr. E gave him the confidence to push forward and embrace his role as a spy.

"Thank you, Evelyn. Your words mean a great deal to me," Chase responded, a sense of determination shining in his eyes. "I won't let you down. Together, we will overcome any obstacle that comes our way."

Mr. E placed a hand on Chase's shoulder, his voice filled with conviction. "Chase, remember that true strength comes from within. Believe in yourself, trust your instincts, and never underestimate your abilities. With our combined strengths, we can achieve greatness."

Chase nodded, newfound confidence coursing through his veins. "I will remember your words, Mr. E. Together, we will make a difference and bring justice to the Black Diamond Spy School."

As they stood united, ready to face the challenges that awaited them, Chase, Evelyn, and Mr. E forged a bond of trust and camaraderie. They knew that their journey would be filled with risks and uncertainties, but with each other's support and belief, they were determined to overcome any obstacle and emerge victorious.

With their collective skills, determination, and unwavering resolve, Chase and his team ventured deeper into the heart of the Evil Eye Syndicate Headquarters, prepared to unravel the mysteries, recover the Black Diamond, and expose the truth that lay hidden within the shadows.

Chase's training at the Black Diamond Spy School proved to be invaluable as he faced off against the Evil Eye's subordinates. With swift and calculated movements, he countered their attacks and unleashed a series of precise strikes. His agility and resourcefulness impressed Evelyn and Mr. E, who provided support whenever they could.

As the battle raged on, Chase's determination grew stronger. He focused on protecting the Black Diamond while disabling his opponents. His training had taught him not only combat skills but also strategic thinking and quick decision-making. He utilized the environment to his advantage, using the confined space to limit his adversaries' movements and gain the upper hand.

Evelyn watched in awe as Chase fought with a confidence she had never seen before. She realized that he was more than just a genius; he possessed the skills of a true spy. Her admiration for him grew with each move he made.

Mr. E, too, couldn't help but be impressed by Chase's abilities. He saw the potential in him from the beginning, and now it was clear that Chase had exceeded his expectations. Mr. E understood that they had a powerful ally in their midst, someone who could make a difference in their mission to retrieve the Black Diamond and bring down the Evil Eye Syndicate.

With each opponent defeated, Chase's determination only grew stronger. He knew that the stakes were high, and failure was not an option. He fought with all his might, never losing sight of the goal that lay before them.

Finally, the last of the subordinates fell to Chase's superior skills. The room fell silent, except for the heavy breathing of the trio. They had overcome this obstacle, but they knew that their journey was far from over.

As Chase caught his breath, he turned to Evelyn and Mr. E. "We did it," he said, his voice filled with a mix of relief and excitement. "But we need to move quickly. The alarm has alerted the entire facility, and more enemies will be on their way."

Evelyn nodded in agreement, her eyes filled with determination. "We have to reach the exit and make our escape before it's too late. The Black Diamond must not fall into the wrong hands."

Mr. E, still in awe of Chase's performance, added, "Chase, your skills have proven invaluable. You have truly become an exceptional spy. Now let's use that expertise to navigate our way out of here."

Together, they made their way through the labyrinthine corridors, using their knowledge of the facility to avoid patrols and traps. Chase led the way, utilizing his training to detect hidden passages and shortcuts. Evelyn and Mr. E followed closely, relying on his guidance and expertise.

Chapter 8

As they approached the exit, the alarms continued to blare, echoing through the facility. The trio knew they were running out of time. They pushed their bodies to the limit, racing against the clock to escape the clutches of the Evil Eye Syndicate.

Finally, they burst through the exit, emerging into the night air. They were free, at least for the moment. But their mission was far from over. The Black Diamond still had to be protected, and the Evil Eye Syndicate had to be stopped.

As they caught their breath, Chase, Evelyn, and Mr. E locked eyes, united in their resolve. They knew that the path ahead would be treacherous, filled with challenges and dangers. But together, they had the skills, determination, and trust in each other to face whatever lay ahead.

Their mission to protect the Black Diamond and dismantle the Evil

Eye Syndicate had only just begun. And as they stood there, ready to continue their journey, they knew that they were stronger together than they could ever be apart.

"That's because the beams are controlled by a holographic projection system," Evelyn finally revealed, her voice filled with a mix of fear and determination.

Chase and Mr. E looked at her in astonishment, trying to comprehend the significance of her words. The realization slowly sank in, and they understood that the laser beams were not physically harmful, but rather a clever deception meant to trap them.

"I knew it!" Chase exclaimed, a mixture of relief and frustration in his voice. "They were trying to manipulate us into thinking the beams were real."

Evelyn nodded, her expression somber. "It's a psychological tactic meant to immobilize their enemies and create a sense of helplessness. They want us to believe that any movement will result in severe consequences."

Mr. E, his eyes filled with a newfound hope, chimed in, "If the laser beams are just an illusion, then it means we can find a way to disable or bypass the projection system."

Chase's mind raced as he considered their options. He knew they needed to act quickly before the trap tightened further. "Evelyn, can you locate the control room for the holographic projection system using your hacking skills?"

Evelyn nodded confidently. "I can certainly try. I'll tap into the facility's security network and search for any references to the projection system. Once I find it, I can attempt to disable or manipulate the system to our advantage."

Chase's face lit up with renewed determination. "That's our best shot. Let's find the control room and put an end to this illusion."

Together, they retraced their steps, moving cautiously through the narrowing corridor while avoiding any unnecessary movements. Evelyn skillfully utilized her hacking abilities, accessing the facility's security network to identify the location of the control room.

Chapter 9

After what felt like an eternity, Evelyn stopped in her tracks. "I've found it," she whispered, her voice filled with a mix of excitement and urgency. "The control room is just a few doors ahead."

The trio continued their silent progress until they reached the door that led to the control room. They exchanged a determined glance, silently reaffirming their commitment to the mission. Chase slowly turned the doorknob, and they cautiously entered the room.

Inside, they were greeted by a myriad of blinking screens, computer terminals, and a central control panel. It was evident that this room held the key to their escape.

"Evelyn, work your magic," Mr. E urged, his voice filled with anticipation.

Evelyn wasted no time, swiftly navigating through the system's security protocols. Her fingers danced across the keyboard as she accessed the control panel for the holographic projection system.

With each keystroke, the illusionary laser beams in the corridor began to flicker and fade away. The oppressive tension lifted, and the narrowing pathway opened up before them, revealing a clear passage to safety.

"We did it!" Chase exclaimed, a mixture of relief and triumph in his voice. "Evelyn, you're incredible!"

Evelyn smiled, her eyes reflecting a newfound confidence. "Thank you, Chase. But remember, we're in this together."

With the threat of the laser beams neutralized, the trio quickly made their way through the now unobstructed corridor. The alarm continued to blare in the distance, urging them to hasten their escape.

As they emerged from the corridor, they found themselves in a vast chamber filled with storage crates and machinery. The exit was within sight, a beacon of freedom from the clutches of the Evil Eye Syndicate.

But before they could reach it, a voice boomed through the chamber, freezing them in their tracks.

"Well, well, well. What do we have here?" The voice belonged to none other than the enigmatic leader of the Evil Eye Syndicate, known only as The Enforcer.

Chase, Evelyn, and Mr. E turned to face The Enforcer, their hearts filled with a mixture of trepidation and determination. They knew that this encounter would be their greatest challenge yet.

The Enforcer stepped forward, his eyes gleaming with sinister confidence. "You may have made it this far, but your journey ends here. The Black Diamond will be mine, and you will not leave this facility alive."

Chase exchanged a determined glance with Evelyn and Mr. E. They knew that they had come too far to turn back now. With their combined skills, determination, and the bonds they had formed along the way, they were ready to face whatever awaited them.

The final showdown with The Enforcer had begun.

Evelyn's departure left a void in Chase and Mr. E's hearts. They were left feeling betrayed and hurt, struggling to come to terms with the shocking revelation. The weight of the situation hung heavily in the air, their emotions intertwining with anger, confusion, and a deep sense of loss.

Mr. E fell to his knees, his voice trembling with anguish. "Evelyn, how could you do this? We trusted you. I trusted you!"

Chase, his voice filled with a mixture of sadness and anger, added, "You were like family to us. We fought together, and relied on each other. And now... this?"

The masked men surrounding Evelyn tightened their grip on her arms, leading her away toward the Evil Eye Syndicate Headquarters. She cast a final sorrowful glance back at Chase and Mr. E, her eyes begging for understanding and forgiveness.

But forgiveness wasn't something that could be granted easily amid such pain and betrayal. Chase's fists clenched, and tears welled up in his eyes. He struggled to find the words to express the turmoil inside him.

"Why, Evelyn?" he finally managed to say, his voice choked with sadness. "What could possibly drive you to turn against us like this? What did they do to you?"

Evelyn's voice, filled with remorse and desperation, carried over to Chase and Mr. E. "They have my family, Chase. The Evil Eye Syndicate threatened to destroy them if I didn't comply. I had no choice. I never wanted to hurt you."

Chase's anger momentarily subsided, replaced by a pang of empathy for Evelyn's plight. He understood the lengths someone would go to protect their loved ones, even if it meant sacrificing everything else.

Chapter 10

They were passing through countless battles. Chase was tired.

"No time to mope, Mr. E. We still have to get out of here," insisted Chase.

Chase yelled as he ran towards Mr. E, but the laser beams blocked the pathway to him.

"Ahh, I have the key to deactivate this trap, but I don't think I can do it because I'm too big!" shouted Mr. E.

"I'm smaller than you; I can go through the laser beams, Mr. E, please stay there," assured Chase.

"Don't you worry about me! I'll try to hold my position! I want you to focus on staying alive!" shouted Mr. E.

It took a long time, but Chase finally made it to the other side where Mr. E was.

"This is as far as I can make it! Can you throw the key this way?" inquired Chase.

"Of course, I think I can do at least that much! Hope it lands nicely," answered Mr. E.

SWISH

"Close enough, but not where it should be," grumbled Chase.

"Hey, don't you have that spy gadget I gave you?" questioned Mr. E in a surprised voice.

"That's right! I don't know why I didn't think of that earlier!"

cheerfully answered Chase.

"What gadget should I use, Mr. E?" asked Chase.

"You should use invisible pen to absorb these lights," instructed Mr. E.
"Why don't I absorb all the lights?" replied Chase.

"It can only contain three lights at a time, but it will help you move around easily!" explained Mr. E.

Chase moved around frantically to break Mr. E free. It took him a while, but the invisible pen made it easier for him to navigate.

"You are almost there!" cheered Mr. E.

Chase felt sweat drip from his forehead.

"I can't reach it! I am not tall enough to reach this button!" whispered Chase.
He stood near the deactivation button, but it was coded and located way too high for him to reach.

"Mr. E, I don't think I can do this alone. I need your help!" asked Chase.

"Alright, then you must come to get me!" replied Mr. E.

"I agree with you. I'll come to get you," answered Chase.

"I have nowhere else to go," said Mr. E.

Chase returned to retrieve Mr. E so they could work as a team to get out of this mess.

"Thank goodness, you made it!" exclaimed Mr. E, "Now, let's move that way!"

They moved around like they were dancing. Chase felt like they had done this multiple times.

"You can step on me to reach that button," suggested Chase.

"Great idea!" agreed Mr. E.

Mr. E finally cracked the code and opened the vault to push the button.

"The Black Diamond is here!" whispered Mr. E.

"Finally, we've made it!" Chase explained excitedly.

"We should hurry and head back to the portal," instructed Mr. E.

Chapter 11

Chase was glad the mission was done.

"I can now return to school with the Black Diamond and prove my innocence!" Chase excitedly explained.

"People will certainly find out that you are the one who retrieved the Black Diamond and the school from getting attacked by the Evil Eye Syndicate!" Mr.E proudly asserted.

"I hope so," Chase said doubtfully.

"I think we were a good team," laughed Mr. E.

"It was difficult to retrieve the Black Diamond, but we made it!" exclaimed Chase.

Chase was excited that he could prove he wasn't the thief.

"I'm excited! I can prove I wasn't the thief if I return the Black Diamond to our school, everyone will be surprised; maybe they'll apologize and give me a snack! Then we can share it!" exclaimed Chase.

"Calm down; you're way too excited for this. It's not over until you return," said Mr. E.

"Okay," replied Chase.

"Mr. E, maybe I can-" Chase was in the middle of explaining his ideas when Mr. E suddenly cut him off.

"Well, we should move through the air ventilation system first," explained Mr. E.

"Same way we came back, right, Mr. E?" inquired Chase.

"You and Evelyn were talking incessantly, and your voices reverberated loudly."

"Alright, I'll try to keep it down," Chase whispered, a hint of frustration on his face.

After a few minutes, Mr. E ceased his movement and turned to Chase with a contemplative look. "You know what? Isn't it a bit strange?"

"Mr. E, you were the one who asked me to be quiet, and now you're talking," Chase noted, a touch of concern in his voice.

Mr. E appeared to be concerned. "Well, I thought you should be aware that something doesn't seem right."

"What do you mean?" Chase inquired.

"Take a look at this; we're taking the Black Diamond, but there aren't many guards around," Mr. E observed with a curious tone.

"Perhaps they haven't realized we've taken it," Chase suggested.

"We're nearly at the portal; we only need to pass through one more corridor," Mr. E pointed out.

They approached the portal, but Chase's inner thoughts were anything but silent.

"Mr. E, I think you might be onto something. I was irritated when you asked me to be quiet, but now I can't shake this feeling that there's something off about this mission."

"Where's the Black Diamond?"

"Here," Mr. E tossed the Black Diamond onto the floor.

CRASH

"What on earth... What are you doing?" Chase asked, bewildered.

"It's a DECOY, not the real one!"

"What do you mean? Why would you do that?" Chase demanded, still confused.

"If this had been the genuine Black Diamond, it wouldn't have shattered so easily," Mr. E explained as he examined the shard.

Chase realized with a sinking feeling, "It's a trap."

"Well, let's assess our situation. Evelyn betrayed us, and the Black Diamond was a fake."

"Does that mean I can't return to school?" Chase asked, feeling a sense of dread.

"I thought I could show our school that I wasn't a thief who stole the Black Diamond," Chase cried hopelessly in a soft-spoken voice.

"Chase, we don't have time to talk about how upset you are. The mission isn't finished. Help me out here, alright?" politely requested Mr. E.

"I'll do what I can," Chase agreed and scanned the paper, "I don't think that the whole blueprint of the building was a fake. There's truth to every lie."

"Any guesses where it might be?" urged Mr. E.

"I think it might be located in the heart of the headquarters and heavily guarded," said Chase.

"Lead the way!" demanded Mr. E.

They returned to the way they came in to find the actual Black Diamond.

Chapter 12

Chase and Mr. E reached the heart of the Evil Eye headquarters. They faced Principal Nelson, Evelyn, and the guards.

"How could you do this to your students?" bawled Chase,

Chase and Mr. E fought against the masked guards of the Evil Eye Syndicate.

"Chase! Look up! The sword- it's-"

SWISH

"No..!" cried Evelyn.

"Our job is done. Let's report it back to Commander Nelson," gurgled one of the masked guards.

"Wait! Stop!" Mr. E said while gesturing something to Evelyn, "You can't hold on to the Black Diamond for long. It belongs to its school"

"One of your teammates is dead, Elmer. Let's go, Evelyn. Doubt you can do much, old man," ridiculed the guard.

"You can't just kill everyone around me," Evelyn muttered, dropping her head.

"Don't you dare, Evelyn! Get back here," commanded one of the guards.

She placed her hands gently on Chase's forehead and whispered something to his ears.

When Evelyn's fingertips touched his forehead, all the lights in the headquarters flickered. Chase's eyes opened.

"Goodness, Chase!" Mr. E ran and embraced him.

"Uh. I can't breathe!" He pushed Mr. E aside while laughing hard.

Evelyn gasped and ran to hug Chase, but he slipped under her arms, trying to escape.

"Don't you dare betray me again," shouted Chase playfully.

"I won't. Hey, I'm really sorry. Okay?" Evelyn confided in a low voice, "I realized how much everyone helped me. The Evil Eye has a hold of my family, and I only value their lives. I owe you an apology."

Evelyn squeezed Chase tightly and felt delighted that Chase had returned to life. He blushed.

Chase felt different after the near-death experience. He felt his power running through his veins.

"I can't explain what's happening! I feel weird like I had a cup of spur coke!" said Chase while running around the headquarters.

"Evelyn! You must've unlocked Chase's secret power! I saw this in my dream. It was some kind of mind control," continued Mr. E in a cheerful demeanor, "Chase, try focusing your mind on someone. Let's practice."

"Mind control? I can control people's minds?" exclaimed Chase excitedly.

Chase focused on one of the masked guards.

He suddenly stood up and said, "

Chase did a few more things to explore his power. It was the best day of his entire life. He could control people's minds and felt all the negative emotions washed away.

"Chase, focus!" Mr. E raised his voice, "Don't just goof around; try something that could help us. You have to concentrate harder." Mr. E said seriously.

"I will put the guards under hypnosis. Then maybe we can go get the real black Diamond."

Chase was determined to put everyone under hypnosis. Once everyone was asleep, Mr. E, Evelyn, and Chase ran toward the Black Diamond.

"This button is designed to demolish the building. Nelson and I were the ones who designed it. We were a good team until he stole the Black Diamond and ran away. I couldn't stand it. The Diamond was the school's property; I couldn't let him steal it," whispered Mr. E, shaking his head.

"I appreciate what you did. Thank you for saving our school," Chase thanked Mr. E.

Mr. E gently put his hand over the red button.

CLICK

"Run! Everybody run!" Everyone panicked as the building started to demolish.

"Chase! Evelyn! Run back to the portal room!" Mr. E shouted as loud as he could.

"What about you, Mr. E? Aren't you going to come with us?" questioned Chase.

"Don't worry about me. You two must go to the portal room right now! The portal will close any second!" instructed Mr. E.

Chase and Evelyn ran past the guards.

"Get out of my way!" exclaimed Chase, "Evelyn! Step on my hand! I'll lift you!"

Evelyn stepped on Chase's hands, displayed a mid-air somersault, and landed on the masked guards.

"We are a heck of a team!" boasted Evelyn.

Chase sobbed unexpectedly. He couldn't see Mr. E.

"Mr. E isn't here. What's the point of being a good team?" mumbled Chase.

Then someone came and tapped Chase on the back. It was Mr. E. The three ran into the portal.

"To the real world!" proclaimed Mr. E.

장 진 혁

드림 아파트 1-2 단지

안녕하세요, 제 이름은 장진혁이고 중2 학생입니다.
예전에도 출판한 적이 있었지만, 처음이라 미흡했던 점이 많았습니다.
조금 더 실력을 키우면서 재능을 끌어내고자 다시 글을 쓰게 되었습니다.

이 이야기는 청소년의 사랑과 스포츠를 다루며 끊임없는 노력으로 자신을 성장시키고 사랑을 쟁취하는 이야기입니다. 주인공을 통해 독자들에게도 노력의 중요성을 이야기해 주고자 했습니다. 또한 이야기 속 사랑을 통해 풋풋한 감정을 느끼는 시간을 보낼 수 있었으면 좋겠습니다. 저 또한 글을 쓰면서 마음이 편해짐을 느꼈습니다.

✦ 1. 드림 아파트 1-2단지 ✦

내 이름은 유진이다. 어릴 적 부모님께 버려져 보육원에서 생활했는데, 얼마 전 보육원이 문을 닫게 되었다. 그동안 나를 좋게 보신 원장님과 주변 분들의 도움으로 이곳 아파트로 이사왔다. 오래된 아파트였지만 햇빛이 아파트를 비추고, 경비 아저씨도 계셨다.

끼리릭-

캐리어가 고장이 났는지 소리가 이상했다. '나중에 고쳐야겠네…' 나는 엘리베이터를 타고 6층으로 향했다. 공동 복도 오른편 벽면에 있는, 낡은 스위치를 누르니 형광등이 몇 번 번쩍거리다 켜졌다. 602, 603, 604호… 찾았다. 604호는 복도 제일 끝에 있었다. 현관문을 바라보고 있는 복도식 창문으로 빛이 들어와서 딱히 추울 것 같지 않았다.

철컥-

문을 열자 아늑한 거실과 침대가 있는 방이 보였다. 기대했던 것보다는 조금 어두웠지만 상관없었다. 라면 한 박스, 그리고 핸드폰이면 충분했다. 컴퓨터를 가져오지 못한 게 조금 아쉬웠지만 전기세도 아낄 겸 좋은 선택이라고 애써 위로했다. 대충 손을 헹군 뒤, 침대에 누워 핸드폰을 켰다. 그런데 왠지 인터넷 접속이 느려 계속 화면을 두드렸다.

"…"

와이파이는 설치되어 있지 않았다. 창문 밖으로 손을 내밀어 신호를 잡아보려 했지만 아무런 신호도 잡히지 않았다. 그때 핸드폰에 작은 파란 불이 반짝였다. 신호가 약한 걸로 보아 옆집 와이파이인 것 같았다.

"…"

나는 휴대폰을 덮고 침대에 누웠다.

째깍째깍-

시간이 흐를수록 왠지 불안해졌고 그것이 핸드폰 때문이라는 걸 깨달았다. 결국 겉옷을 걸쳐 입고 밖으로 나갔다. '603호?' 와이파이를 빌려 쓸 생각이었다. 나는 옆집 문을 두드렸다.

"계세요?"

하지만 아무 대답도 들리지 않았다. 몇 번 더 문을 두드렸다. 여전히 안에서는 아무 대답이 없었다. 나는 발걸음을 돌렸다. 나중에 다시 찾아올 생각이었다.

"띵동"

그때 엘리베이터 도착 음이 울렸다. 후드 달린 모자를 쓰고, 목도리로 얼굴을 칭칭 둘러싼 여자아이가 엘리베이터에서 내렸다. 그 여자아이는 나를 보며 물었다.

"뭐해요…?"

"어… 그게…"

'요즘 잠을 못 자서일까? 아니면, 정말로 그 여자아이의 목소리가 부드럽기 때문일까?' 그 아이의 목소리가 따스하게 내 귓가에 맴돌았다.

"괜찮아요?"

머리가 어떻게 된 것 같았다. 내가 어떤 표정을 하고 있는지 전혀 알 수 없었다. 그 아이는 내가 대답도 하지 않고 멍하니 서있자 무서웠는지 나를 지나쳐 집으로 들어갔다. 나는 그 후로도 한참을 그 자리에 서 있었다. '뭐지..?' 나는 순식간에 내가 한심한 사람이 된 듯했다. 그렇게 몇 분이 지났다. 나는 그 아이의 얼굴을 떠올려 보려고 했지만 얼굴이 기억나지 않았다. 내가 기억나는 건 커져 버린 내 심장 소리뿐이었다. 그날은 유독 시간이 빨리 지나갔다.

✦ 2. 그 아이의 이름 ✦

핸드폰, 아니 미디어 없이 지낸 지 3일이 지났다. 생각보다 힘들지 않았지만, 큰 고민거리가 생겼다. 바로 옆집 아이의 목소리가 귓가에 맴도는 것이었다. 자꾸만 한 번 더 보고 싶다는 생각이 들었다.

쾅-

나는 책상을 세게 내리쳤다.

"왜지?"

나는 지금이 상황이 너무나 답답해, 일단 밖으로 나가 보기로 했다. 몇 걸음 걸어가니 작은 편의점이 보였다.

"어서 오세요~"

나는 바구니에 음료수와 과자를 마구 담은 뒤 데스크에 올렸다.

삐익- 삐익-

연신 기계음이 울렸고 결제 금액이 올라갔다. 신용 카드를 올려놓은 뒤, 산 물건들을 봉투에 담아서 편의점을 나왔다.

"하…"

무거워 축 처질 만큼 먹을 것이 가득한 봉투를 들고 있음에도 짜증이 가라앉지 않았다. 기분이 묘했다. 이 낯선 감정이 무엇인지 도통 알 수 없었다. 그렇게 과자를 사 들고 집으로 향하던 중 어디서 본 듯한 목도리를 두른 아이가 보였다. 그 아이였다.

나는 무언가에 홀린 듯 천천히 그 아이를 따라가기 시작했다. 그 아이는 한참을 걸어 작은 강당으로 들어갔다. 강당 문에는 '배구부'라고 쓰인 작은 팻말이 붙어 있었고 문에는 [배구부 모집. 드림팀]이라고 쓰여있는 종이가 붙어 있었다.

나는 나도 모르게 강당 문을 열었다. 배구 코트가 보였다. 강당 안에는 배구공이 널브러져 있었고 여기저기 포스터가 붙어 있었다. 강당 안으로 좀 더 들어갔다. 그때, 강당 왼쪽에 있는 창고에서 부스럭대는 소리가 들렸다. 나는 소리가 나는 곳으로 갔다. 누군가가 물품 정리를 하고 있었다. 그 아이였다. 말을 붙이고 싶었지만 무슨 말을 꺼내야 할지 몰라 조용히 돌아섰다.

"어? 배구부 들어오려고?"

창고 문이 열리는 소리와 함께 그 여자아이가 나에게 물었다. 나와 눈이 마주쳤다. 잠시 침묵이 흘렀다.

"배구부 들어올 거냐고?"

여자아이가 먼저 침묵을 깨고 말을 걸었다. 나는 그 아이의 물음이 호의로 느껴졌다. 나는 여자아이의 친절에 보답하고 싶다는 생각이 들었다.

"어? 어… 그래… 맞아."

고요한 강당이 내 심장 소리로 가득 찼다. 나의 떨림이 들킬까 봐 초조했다.

"잘 왔어. 그런데 오늘은 배구 연습이 없으니까 내일 다시 와. 나는 드림팀 배구부 매니저 이서라야."

보라색 긴 머리에 맑은 눈, 며칠 동안 생각나던 그 얼굴을 처음으로 또렷하게 마주 보았다.

"그… 그래. 내일 봐."

서라는 잘 가라며 웃어 주었다. 잠깐이지만 서라의 환한 웃음이 나를 미소 짓게 했다.

✦ 3. 하늘을 난다는 건 ✦

아침 일찍 눈을 떴다. 나는 어제 서라와 헤어지고부터 오늘을 기대했다. 맞다. 기대였다. 나는 서라와의 만남을 기대하고 있었다. 거울 앞에서 한참을 고민하다 마음에 드는 옷을 꺼내 입었다. 알 수 없는 묘한 기분이 자꾸 들뜨게 했고 그 들뜸은 곧 작은 설렘을 만들었다. 나는 서둘러 집을 나서 강당으로 향했다.

끼익-

강당 문을 열고 들어가자 대여섯 명쯤 돼 보이는 사람들이 배구를 하고 있었다. 서라는 나를 부원들에게 소개해 주고 곧장 배구공을 나에게 주며 배구의 기본적인 규칙을 설명했다.

"좋아, 이해했지? 나머지는 조장 준기한테 물어봐."

나는 고개를 끄덕였다. 그리고 황급히 덧붙였다.

"저기, 내 이름은 유진이야."

나는 좀 갑작스럽다 생각했지만, 서라에게 이름을 말할 타이밍을 고민하며 기다리는 것보다는 낫다고 생각했다.

"어, 그래. 유진. 반가워." 서라가 나를 보며 또 웃었다.

배구는 어려워 보이긴 했지만, 생각보다 단순했다. 공을 떨어뜨리지 않고 네트 너머로 넘기기만 하면 되는 것이었다. 준기가 나를 불렀다.

"세터가 공을 위로 띄우면, 스파이커가 하늘에 떠 있는 공을 치는 거야. 열심히 연습해서 앞으로 차기 스파이커를 노려보자고. 오케이?"

준기가 나에게 하이파이브를 했다. 나도 준기에게 하이 파이브로 대답했다.

"자, 바로 던져 줄 테니까 한 번 쳐봐."

준기의 말에 나는 네트 앞에 섰다. 강당에는 사람이 10명도 채 되지 않았지만 마치 스타디움에서 수많은 관중이 나를 보고 있는 듯한 기분이 들었다. 준기는 나에게 사인을 준 뒤 공을 하늘 위로 올렸고 나는 준기에게 배운 대로 걸음을 내디뎠다. 그리고 새처럼 뛰어올랐다. 배구장 조명이 나를 비추었고 네트 너머 공이 나를 향해 날아오는 것이 보였다. 나는 공을 세게 내리쳤고 완벽하게 반대 코트를 튕겨 엔드 라인을 넘겼다. 마치 시간이 느리게 흐르는 것처럼 모든 것이 보였다. 나는 천천히 바닥으로 떨어졌다. 완벽한 착지였다.

✦ 4-1. 수줍은 인사 (1) ✦

매일 배구 연습을 하며 하루를 보냈다. 배구 말고는 나의 하루에 아무것도 없었다. 몇 달이 지나 배구부의 정식 스파이커가 되었다. 나의 피나는 노력이 인정받게 된 것이다. 두 달 뒤에 있을 작은 배구대회를 목표로 다시 맹연습에 들어갔다.

드르륵-

나는 오늘도 강당 문을 여는 것으로 하루를 시작했다.

"왔어?"

내가 7시쯤 강당에 도착하면 조장은 항상 먼저 와서 연습을 하고 있었다.

"다른 부원들은 언제 온대?"

"9시쯤?"

나는 가방을 내려놓고 배구공 여러 개를 튕겨 보다가 하나를 골라 준기에게 던졌다.

"조장, 공 하나 올려 줘".

준기는 바로 공을 위로 띄웠고 나는 빠르게 코트로 달려가 공을 때렸다. 스파이크를 칠 때의 느낌은 언제나 짜릿하고 시원했다.

"좋아, 하나 더!"

나는 스파이크를 연습할 때가 제일 좋다. 스파이크는 연습하면 연습할수록 공이 더 느리게 보이는 것 같기 때문이다. 어느새 강당이 배구공으로 가득 찼다. 목이 말라 시원한 음료수 생각이 났다. 그때 마침 서라가 음료수를 들고 나타났다.

"와, 시원하다."

운동 뒤 마시는 음료는 스파이크보다 시원했다.

우린 바로 다시 연습을 시작했고 9시쯤 모든 부원이 도착했다. 모두 도착하자 준기는 두 달 뒤 열릴 대회에 관해 설명하기 시작했다.

"정확히 두 달 뒤에 아마추어 리그가 열릴 거야, 프로 지망생들도 나오는 자리니까 너무 욕심내거나 긴장하지 말고 각자 포지션에 집중하면 돼. 자, 우리 포지션 정리해 볼까?"

준기는 분필을 꺼내 들고 칠판에 그림을 그렸다.

나는 최전선, 네트 앞으로 배치되었다. 네트 앞은 창과 방패처럼 공격과 수비를 동시에 해야 하는 자리다. 블로킹과 스파이크를 둘 다 해야 하기 때문에 지금보다 연습을 더 많이 해야 한다.

"그리고, 얘들아!"

준기가 다시 말을 이었다.

"일주일 뒤에 친선 경기가 하나 예정되어 있어. 대회 전에 가볍게 뛴다고 생각하고 최선을 다해 보자."

준기는 가볍게 말했지만 나는 떨리고 긴장이 되었다. 나는 블로킹을 더 연습하기 시작했다. 블로킹은 네트 옆에서 점프하여 양손 또는 한 손을 위로 뻗어 상대의 공격을 막는 플레이다. 블로킹할 때의 공은 손에 닿는 기분이 스파이크 때와 달랐다. 탁구공이 날아와 라켓에 맞고 튕기듯이 손이 거대한 라켓이 된 기분이다. 나는 계속 연습에 집중했고 집과 체육관 외에 밖으로 나가지 않았다.

"유진, 오늘은 이만하고 쉬자."

준기가 땀을 흘리며 말했다.

"그래. 여기까지 하자."

서라가 흩어진 배구공을 주워 담고 있었다. 우린 서라를 도와 배구공들을 정리한 뒤 불을 껐다.

"이서라 가자."

서라는 어두운 게 무서운지 헐레벌떡 뛰어왔다. 강당을 나와 준기는 가는 방향이 우리와 달라 반대편으로 가고 서라와 나는 함께 집으로 걸어왔다. 서라와 함께 걷는 동안에도 내 머릿속은 온통 배구 생각뿐이었다. 나는 아까 배구 경기 팁을 적은 종이를 꺼내 읽었다.

"뭘 그렇게 보는 거야?"

아파트에 거의 다 도착할 무렵 서라가 궁금한 눈으로 물었다.

"아… 이거, 배구 경기 팁이야. 내가 데이터가 없어서 아까 준기 핸드폰 보고 적어 왔어."

서라는 이해가 안 간다는 표정으로 내게 물었다.

"혹시 집에 와이파이 없어?"

"응…" 나는 머뭇거리다 대답했다.

"아, 그랬구나… 흐음… 그럼…"

서라는 종이에 뭔가를 적기 시작했다.

띵동-

엘리베이터가 도착했다. 엘리베이터 안에서 서라가 종이를 건넸다.

"내 전화번호야. 집에 들어가서 연락해. 배구에 관해 궁금한 것들 있으면 알려줘. 내가 보내줄게."

"정말? 그래 주면 나야 정말 고맙지."

우리는 엘리베이터에서 내려 각자의 집으로 들어갔다.

나는 씻고 침대에 누웠다. 침대 옆에 놓아둔 핸드폰에서 진동음이 울렸다. 나는 얼른 핸드폰을 집어 들었다. 파란 스크린에 알림이 보였다.

이서라   야야!

나는 메시지를 확인한 뒤 빠르게 핸드폰을 두드렸다.

유 진   왜??

이서라   -배구의 규칙과 기본적인… 파일전송-

        내일까지 공부해 와.

유 진   ㅋㅋㅋ 알았어.

나는 서라의 따뜻한 마음이 고마웠다.

이서라   너 좋아하는 사람 있어?

갑자기 서라가 훅 치고 들어왔다.

유 진   갑자기? 글쎄… 좋아하는 사람이라….

이서라   없으면 이상형이나 뭐 그런 거 없어?

유 진   어… 나는….

우리는 배구에서 서로의 이상형 이야기로 늦은 새벽까지 이야기를 나누었다. 왠지 오늘 밤은 쉽게 잠이 오지 않을 것 같다.

✦ 4-2. 수줍은 인사 (2) ✦

서라와 나는 계속해서 많은 문자를 주고받으며 함께하는 시간이 늘어만 갔다. 그러던 어느 주말, 서라가 우리 집 문을 두드렸다.

"유진아?" 서라가 나를 불렀다.

나는 누워 있다가 서라의 목소리를 듣고 벌떡 일어났다. 나는 멍한 얼굴로 문을 쳐다보았다.

"유진! 집에 없어?"

서라가 다시 한번 불렀고 나는 뛰어나가 현관문을 열었다.

"이서라…?"

문을 열자, 서라가 복숭아가 놓인 접시를 들고 서 있었다.

"들어가도 돼?"

나는 서라가 들어올 수 있게 문을 더 열어 주었다. 서라는 접시를 내려놓고 내 옆에 앉았다. 나는 옆에 앉은 서라가 어색하고 쑥스러웠지만, 얼굴을 마주 보고 앉는 것보다는 낫다고 생각했다.

"복숭아 좋아해?"

서라가 물었다. 나는 과일을 싫어했지만 서라에게 좋아한다고 말했다.

우리는 배구 이야기부터 서라가 좋아하는 고양이 이야기까지 시시

콜콜한 이야기를 나누었다. 서라와 나란히 앉아 앞을 바라보며 말하고
있었지만, 사실 내 모든 신경은 서라를 향해 있었다. 그건 서라도 마찬
가지였을 것이다. 서라는 가지고 온 복숭아를 하나도 먹지 않았으니까.
어쩌면 복숭아는 핑계였을지도.

✦ 5. 작지만 강력한 포탄을 숨기고 있는 작은 전차와 커다란 요새 ✦

드디어 친선 경기 날이다. 우리는 평소보다 일찍 모였다. 강당은 평
소와 다른, 긴장된 기류가 흘렀다. 준기의 얼굴도 약간 어두워 보였다.
우리는 다 함께 버스를 타고 경기장으로 향했다. 그곳은 우리가 연습하
던 강당보다 훨씬 크고 넓었다.

"자, 긴장하지 말고 몸부터 풀자." 준기가 말했다

나는 창고에서 공을 가져왔고 네트를 설치했다.

끼리끼리―

네트가 천천히 올라갔고 준기가 네트 앞에 섰다.

"좋아, 올린다."

우린 차례대로 공을 쳤다. 짧은 연습 시간이 지나고 뒷문이 열렸다.

그리고 상대 팀 선수들이 들어왔다. 다들 같은 모자를 쓰고 있었고
유니폼에 '제한고등학교'라고 쓰여 있었다.

"자자, 다들 공 준비해."

조장으로 보이는 사람이 외쳤고 부원들은 조장의 소리에 일제히 움직였다. 나는 우리와 사뭇 다른 절도와 위세에 조금 위축이 되었다. 우리가 동아리처럼 모여 연습하는 동네 배구단이라면 저쪽은 다들 각자의 목적을 가진 프로 선수들인 것 같았다. 준기가 상대 팀과 이야기하는 동안 나는 조용히 앉아서 상대 선수들을 관찰했다.

잠시 뒤 심판이 경기 시작을 알렸고 우린 코트 위에 서서 상대를 노려보았다. 상대편의 서브였다. 심판이 호루라기를 불었고 공이 우리 쪽으로 날아왔다. 준기가 공을 받아넘겼지만, 상대도 가뿐하게 우리 코트로 공을 내려찍었고 태하가 몸을 던져 공을 받아냈다. 공은 하늘로 올랐다. 우린 평소 연습한 대로 곧바로 각자의 포지션을 취했다. 준기가 내려오는 공을 받아 다시 일직선으로 올려줬다. 나는 온몸에 긴장이 흐르는 것 같았지만 네트 위로 뛰어 상대 쪽 코트를 바라보았다. 공이 내 눈을 살짝 가렸을 때, 뻗어 올린 손가락으로 공을 살짝 건드렸고 성공적으로 상대 코트의 바닥으로 떨어졌다.

"1대 0"

"좋았어!"

준기가 말했고 우린 다시 자리를 잡았다. 그리고 잠시 뒤 상대가 친 공이 우리 앞으로 날아왔고 이번에도 태하가 공을 받았다. 공은 네트 정중앙를 향했고 준기와 상대는 동시에 네트 앞으로 뛰어올라 공을 향해 손을 뻗었다. 간발의 차이로 상대의 손끝이 먼저 닿았고 공은 우리 팀 코트로 떨어졌다.

"1대 1"

현재로선 신장으로든 체력으로든 우리 팀이 훨씬 불리했다.

이번에는 내가 서브할 차례였다. 신중하게 공을 위로 던졌고 타이밍에 맞춰 네트 위로 후려쳤다. '과도한 긴장 탓일까.' 서브 실수였다. 공은 네트에 가로막혔고 우리 팀은 또 한 점을 내주었다.

"괜찮아, 잘하고 있어."

우리는 서로를 격려했지만, 처음과는 다르게 쉽게 점수를 내지 못했고 점점 점수가 벌어지기 시작했다.

"20대 11" 심판이 외쳤다.

숨을 몰아쉬며 공을 잡았다. 준기가 상대 코트로 서브를 띄웠고 제한고등학교 세터는 공을 잡아 스파이커에게 넘겼다. 나는 서둘러 뒤로 달려가 팔을 뻗었지만 공은 오른쪽으로 튕겨 코트 바닥에 닿았다. 그리고 시간이 지나 제한고등학교 팀은 우리 팀을 따라잡아 1점을 남겨둔 세트 포인트가 되었다.

숨을 헐떡이며 상대 세터를 바라보던 나는 그가 토스할 때 어느 쪽으로 공을 보낼지 사인하는 걸 알았다. 다시 경기가 시작되고 공이 날아올랐다. 공을 받은 상대 세터는 왼쪽으로 신호를 줬고 나는 온 힘을 다해 왼쪽 엔드라인 가까이 달려갔다. 다행히 내 예상은 적중했고 나는 팔을 뻗어 공을 위로 띄웠다. 준기는 기다렸다는 듯이 공과 함께 날아올랐고 손을 위로 뻗어 공을 후려쳤다. 하지만 공은 직선으로 날아갔고 엔드라인을 넘어가 버렸다.

"23대 12. 1세트 제한고등학교 승리"

심판이 외쳤다. 우린 한숨을 내쉬었다.

나는 첫 세트 실패로 잠시 무력감을 느꼈지만 바로 다음 세트를 준비해야 했기에 마음을 다잡았다. 나는 서둘러 물을 마셨다.

"천천히 해. 한 세트만 따자!"

준기가 말하며 손을 올렸고 모두 손을 모았다.

"하나, 둘, 셋. 파이팅!"

2세트가 시작되었다. 우리는 모두 한 세트를 따기 위해 군은 마음으로 경기를 이어나갔으나 얼마 못 가 체력의 한계를 느꼈다.

"8대 4"

"16대 7"

"21대 12"

"23대 15"

"세트 포인트" 심판이 외쳤다.

그들은 커다란 요새 같았다. 굳건하게 적들의 공격을 막아내는 커다란 요새. 이미 승패는 결정된 듯했지만 나는 무거운 몸을 이끌고 공을 잡았다. 이미 몸은 한계에 부딪힌 듯했지만 나는 미친 척 공을 띄워 세차게 후려쳤다. 그때였다. 순간 무언가 뜨거운 것이 내 안에서 솟아올랐다. 부수고 싶다. 커다랗고 견고한 저 요새를 궁지에 몰아넣고 파멸시키고 싶다.

"어…?"

상대는 공을 받아 냈고 가소롭다는 듯이 스파이크를 꽂았다.

태하가 공을 받았지만 공의 강도 탓인지 엔드라인 끝으로 날아가 버렸다. 높이, 거리 프로 선수들도 잡지 못할 공이었지만 이상하게 내 발이 공 쪽으로 갔다. 이 기분은 배구를 처음 시작했을 때의 고요함이었고 울렁거림이었다. 미세하게 졸리면서도 개운했고 아무 생각도 들지 않았지만 몸이 움직였다. 나는 네트 위로 뛰어올랐고 상대 코트를 살폈다. 나도 그들처럼 꼭대기에서 커다란 성을 보니 아까는 보이지 않던 그들의 허점이 눈에 들어왔다. 나는 공이 내 손 앞까지 내려왔을 때 온 힘을 다해 내려쳤다. 강 스파이크였다. 공은 완벽히 상대 코트 바닥에 꽂혔고 공중에 떠 있던 몸이 내려오면서 나는 정신이 들었다. 그러나 너무 공을 세게 친 탓인지 중심이 머리 쪽으로 기울어졌고 생각할 틈도 없이 바닥으로 고꾸라졌다. 모든 것이 찰나의 순간이었다.

쾅-

✦ 6. 독수리의 세상을 꿈꾸기 시작한 참새 ✦

눈을 떴을 때 나는 병원에 있었다. 왼쪽에는 네모난 기계가 내 심장 소리를 모니터링하고 있었고 오른쪽에는 동그란 바구니에 여러 과일이 담겨 있었다. 잠시 뒤 서라가 병실 문을 열고 들어왔다.

"괜찮아?" 서라가 물었다.

"응, 이제 좀 나아진 것 같아."

머리가 띵했다.

"경기는?"

서라는 잠시 머뭇거리다 답했다.

"경기는 중단됐어."

이번 경기는 나에게 배구 선수로서 첫 번째 벽을 느끼게 했다.

"저… 있잖아… 너 발목 골절로 전치 3주래."

나는 선천적으로 반사신경이 좋았다. 그 덕분에 공을 빠르게 쫓을 수 있었지만 몸이 따라주지 않아 무리가 갔던 것 같다.

"많이 아쉽겠지만 대회는 못 나갈 것 같아. 잠시 쉬어간다고 생각하

자. 내가 니 옆에 있을게."

나는 서라의 말대로 많이 아쉬웠지만 서라의 따뜻한 위로로 모든 아쉬움이 녹아내리는 기분이 들었다.

"너는 꿈이 뭐야?" 다시 서라가 물었다.

'꿈? 내가 한 번이라도 꿈에 대해 생각해 본 적이 있나?' 곰곰이 생각해 봐도 마땅히 떠오르는 답이 없었다.

"모르겠는데… 그러는 너는 꿈이 뭔데?"

"나는 의사가 되고 싶어. 내가 좋아하는 사람들이 소중하게 생각하는 사람들을 지켜주고 싶거든."

서라는 자신의 꿈에 대해 더 이야기를 하다가 점심때쯤 자리에서 일어났다.

"이제 그만 가볼게. 또 올 테니까 너무 아쉬워하지 마. 알겠지?"

"그래그래. 잘 가."

서라는 싱긋 웃음을 보이고 조용히 병실을 나갔다. 서라는 매일 점심 시간에 찾아왔고 나는 서라와 함께 즐거운 시간을 보냈다.

그러던 어느 날. 서라가 들뜬 얼굴로 들어왔다.

"유진, 준기가 겨울에 있을 배구 선수권 대회를 노려 보재. 너라면 가능성이 있을 거래."

"뭐? 선수권 대회…?" 나는 서라의 말을 듣고 되물었다..

"응, 어제 시합한 선수들처럼 프로 배구를 준비하는 사람들이 가는 곳이야."

나는 지난 대회를 겪으며 한 가지 결심을 했다. 이번 경기는 무력하게 졌지만, 다음 경기에서는 나도 나만의 모습을 보여주겠다고. 나는 내 앞에 놓여 있는 커다란 벽을 넘을, 준비를 하고 있었다.

퇴원을 하고 나는 가벼운 발걸음으로 배구 코트 위에 섰다. 나는 공을 올려 후려쳤다. 하나, 둘, 지난 경기에서의 미련을 모두 코트 위에 토해냈다. 코트에 공이 떨어지는 소리가 울려 퍼졌고 나는 흩어진 공들을 다시 주워 담았다. 어느새 강당은 공 튀기는 소리로 가득 찼다.

퇴원 후 일주일 동안 나는 집에서 스트레칭 같은 가벼운 운동을 하며 쉬었다.

오늘은 연습을 시작하기로 한 날이다. 연습장으로 나가니 부원들이 반갑게 나를 맞아 주었다. 오랜만에 느껴보는 소속감. 어쩌면 나는 이 소속감이 그리웠는지도 모른다.

"몸은 이제 괜찮은 거야?" 준기가 물었다.

나는 고개를 끄덕였고 우린 공을 잡았다.

'탕' 공이 튀는 소리가 경쾌하다. 몸이 더 가벼워진 기분이다.

"너는 배구를 왜 하는 거야?"

운동이 끝나고 정리를 하면서 준기가 뜬금없이 물었다. 내가 잠시 대답을 머뭇거리자 준기가 덧붙였다.

"아니, 왜 운동선수들 보면 다 목표가 있잖아."

나는 지난번 서라와 했던 이야기가 떠올랐다.

"나는 내 노력을 사람들에게 보여주고 싶어. 내가 이렇게 열심히 연습해서 마침내 경기에서 이겼어요. 뭐 이런 거 같은 거."

내 말에 준기가 고개를 끄덕이며 말했다.

"너 프로선수들이 얼마나 노력하는지 알지?"

"그럼, 알지. 내가 지금 보여줄 테니까 한번 볼래?"

나는 자신 있게 답한 뒤 공을 잡았다.

"안 볼 거야? 내 노력?"

준기는 코웃음치며 따라왔고 그렇게 다시, 우리의 배구 지옥이 시작됐다.

✦ 7. 아름다운 약속 ✦

선수권 대회가 가까워질 때쯤 서라에게 연락이 왔다.

이서라　　너 이번 일요일에 뭐 해?

나는 잠시 머뭇거리다 답했다.

유　진　　그냥 집에 있을 건데…?

이서라　　그럼 우리 놀러 갈래?

나는 너무 좋아서 떨리는 손으로 답장을 써 내려갔다.

유　진　　어… 그래. 그러자.

생각해 보니 일요일이면 바로 내일이다. 나는 서둘러 집에 들어가 내일 입고 갈 옷을 고민했다. 누군가를 위해 나를 꾸민다는 것이 많이 어색하게 느껴졌지만 기분이 나쁘지는 않았다. 나는 설렘을 가득 품고 침대에 누웠다. 예상대로 쉽게 잠이 오지 않았다.

다음날 일찍 일어나 약속 장소에 미리 도착했다. 부는 바람이 싫지 않았다. 오늘 무엇을 하며 시간을 보낼까 생각하는데 서라가 도착했다.

"많이 기다렸어?"

나는 고개를 저었다.

"나도 방금 왔어. 어서 가자"

우리는 나란히 발걸음을 옮겼다. 우리는 시내 곳곳을 돌아다니며 추억을 남겼다. 나는 하루 종일 서라의 미소를 볼 수 있었다. 서서히 해가 저물었다. 우리는 산책로에 있는 의자에 앉아 이야기를 나누었다.

"유진, 저기 봐!"

서라가 하늘에 떠 있는 달을 가리키며 말했다.

"달은 태양의 빛을 반사해도 자기만의 아름다움이 있는 것 같아."

나는 달을 올려다보았다.

"맞아. 달빛이 참 아름답다."

서라는 갑자기 싱긋 웃더니 일어나 내 앞에 서서 내 눈에 시선을 맞추며 말했다.

"저 달, 너 닮았어."

"응? 달이 나를 닮았다고?"

"네가 서툴고 조금 모자라도 나는 네 아름다움이 보여. 그러니까 남따라 하려고 애쓰지 마. 지금의 네가 훨씬 더 멋있으니까."

나는 나를 힘들게만 했던 세상에 처음으로 빌었다. 제발 지금, 이 순간이 꿈이 아니길… 나는 떨리는 심장을 부여잡고 서라에게 말했다.

"나 이번 대회에서 이긴 다음에 당당하게 너에게 할 말이 있어. 그때까지만 기다려 줄래?"

서라의 대답을 듣기도 전에 내 심장은 고동쳤고 마침내 서라는 내 심장을 터트렸다.

"당연하지. 경기 끝나고 나한테 달려와."

서라는 내 머리에 손을 올렸고 그렇게 우리의 밤이 지나가고 있었다.

✦ 8. 굳건한 성의 함락 & 그녀에게 전할 말 ✦

경기가 있는 날이다. 우리 팀은 대회가 열리는 서울로 향했다. 준기에게는 꿈을 이룰 기회였고 나에게는 꿈을 만들 기회였다. 차는 어느새 경기장에 도착했고 우린 차에서 내려 당당하게 스타디움으로 걸어 들어갔다. 대전 상대는 지난번 친선 경기 때의 팀이었다.

방송에서 우리 팀을 호명했다. 우린 코트 위에 섰다. 오늘 우리 모두의 머릿속엔 승리밖에 없었다. 두 팀이 모두 코트 위에 오르자 심판이 호루라기를 가지고 심판대에 섰다.

삐익-

우리 팀의 서브로 경기가 시작되었다.

나는 공을 힘껏 띄웠고 코트 너머로 내리쳤다. 몇 번의 렐리가 오갔고 적절한 타이밍에 준기가 공을 올렸다. 나는 다시 한번 그때 다 보여주지 못했던 스파이크를 반대 코트 정중앙에 명중시켰다.

"1대 0"

초반부터 흐름을 잡았고 경기가 우리 주도하에 흘러갔다.

"6대 4"

"15대 13"

준기는 공을 받은 채 그대로 공을 올렸고 나는 재빨리 공을 따라가 반대 코트로 공을 넘겼다.

"매치 포인트"

점수 차는 이미 많이 벌어졌고 우린 확실하게 저 높은 성에 금을 그어야 했다. 마침공이 이쪽으로 날아왔고 준기가 공을 올렸다. 공중에서 긴장감이 고조되었고 나는 공이 내려올 타이밍을 유심히 기다렸다. 공이 내려올 때 블로킹도 따라왔다. 선택해야 했다. 부딪칠 것인가. 피할 것인가.' 나는 선택했다. 내가 피할 곳은 낭떠러지뿐이라는 것을

타앙-

그들의 성에 금이 가는 소리가 들렸다. 준기와 나는 물을 마시고 바로 다음세트를 준비했다.

"끝내자, 파이팅!" 우린 주먹을 쥐며 서로를 응원했다.

삐익-

다음 세트가 시작되었다. 상대 팀도 강하게 항전을 시작했고 우열을 가릴 수 없는 승부가 계속되었다. 다시 한번 공이 날아왔다. 공이 몇 번째 오가는 것인지는 모르겠지만 우린 이 승세를 이어가야 했다. 준기가 커버했고 태하가 다시 한번 공을 올렸다. 나는 있는 힘껏 공을 내리쳤다.

"10대 10"

우리 팀의 서브다. 나는 무거운 몸으로 공을 넘기고 재빨리 눈으로 공을 따라갔다. '왼쪽' 예상한 대로 공은 대각선에 꽂혔고 나는 겨우 받아냈다. 하지만 공은 계속해서 돌아왔고 우린 15초마다 찾아오는 시련을 견뎠다. 성을 공격하던 전차도 포탄이 고갈되는 순간이 있다. 지금이 바로 그 순간이다. 다시 블로킹 너머로 공이 스쳐 왔고 나는 눈으로 공을 쫓았다. 그런데 이상하게 움직일 수가 없었다. '내가 지금 저걸 받는 것이 의미가 있을까? 어차피 조금 뒤면 다시 돌아올 텐데…'계속되는 경기로 정신이 흐려지는 것 같았다.

타앙-

"18대 10"

"매치 포인트"

눈을 떠보니 상황은 이미 끝나 가고 있었다. 나는 끝일 거라는 생각으로 서브를 올렸고 상대 코트에서 공이 날아들어 왔다. 준기와 태하가 마지막까지 남은 체력으로 공을 다시 올려 스파이크를 때려 넣었고 막힌 공을 다시 주워 담아 받고 때리길 반복했다. 그러다 공은 코트 뒤편으로 날아왔고 나는 이번에도 발을 떼지 않았으며 공이 코트에 떨어지려는 찰나 내 눈에 누군가가 스쳐 지나갔다. 나는 눈을 굴려 그 누군가를 찾기 시작했다. 서라였다. 경기장 끝 쪽에서 서라가 팻말을 들고 소리치고 있었다. '아…' 나는 그제야 정신을 차렸다. 지금 중요한 건 이 공을 살릴 수 있냐 아니냐를 판단하는 것이 아니라 무조건 살려서 이겨야 한다는 것이었다. 나는 바닥을 향해 몸을 던졌고 손목으로 공을 올렸다.

"때려!!"

준기는 내 말대로 곧장 스파이크를 넣었고 기세를 가져왔다.

'끝내지 않는다! 1점도 허용하지 않는다!' 다시 공이 날아왔고 이번에는 나 혼자 움직였다. '여기서 지면 서라를 볼 면목이 없잖아! 올리라고!!' 내 안의 목소리가 들렸다. 공이 올라왔다. 나는 오른쪽으로 날아 손을 뻗어 그대로 내려쳤다.

"와 아아아아"

관중의 환호가 터져 나왔고 나는 계속해서 달렸다. 준기도 다시 움직이기 시작했고 서브가 날아왔다. 준기가 공을 받아냈고 태화와 나는 일제히 달려 페이크를 준 뒤 마지막으로 내가 공을 때렸다.

"22대 20"

그들의 성은 무너지기 시작했고 전차는 진격했다.

"아아아악"

그때 상대 스파이커가 괴성을 지르며 뛰어올라 공을 세게 후려쳤다.

간절함은 그들에게도 있었을까. 아쉽게도 나는 공을 쫓지 못했고 공은 코트에 꽂혔다. '아..' 모두가 심판의 판결을 기다렸고 심판은 입을 열었다.

"아웃! 22대 22"

모두가 환호했지만 나는 그럴 수 없었다. 나는 조용히 네트의 움직임, 코트의 울림 등 모든 상황을 계산했다. 마침내 마지막 서브가 올라왔다. 나는 뛰어올라 스파이크를 꽂았고 계속해서 막혔지만 준기도 나도 공을 살리고 때리기를 멈추지 않았다. 드디어 성문이 열렸다. 준기는 엔드라인에서 반대쪽으로 크게 토스를 올렸고 나는 몸을 움직였다. 나는 모든 신경을 공에만 집중한 채 날아올랐고 손에 공이 닿는 감촉이 생생하게 느껴졌다.

타앙-

공은 정확히 코트에 꽂혔다.

잠시 침묵이 흘렀고 심판이 호루라기를 불었다.

삐익-

"22대 23 드림 팀의 승리"

우리는 모두 일제히 함성을 질렀고 나는 그대로 관중석으로 뛰어갔다. 나에게 승리는 2순위였다. 관중석의 그 수많은 계단도 서라 앞에서는 그저 꽃길이 되어 나를 웃게 했다. 나는 마침내 서라 앞에 섰다. 그리고 마음속에 품고만 다니던 그 말을 내뱉었다.

"서라야, 나 이겼어! 나 너 좋아해!"

서라는 나에게 안겼고 나는 엉겁결에 서라를 안았다.

"수고했어! 나도 너 좋아해" 서라가 말했다.

나는 이제 정말로 다 끝났음을 느꼈다. 처음으로 내가 주인공이 되는 날이었고 처음으로 세상이 나를 바라본 날이었다.

서라에게

널 처음 본 날 묘한 감정에 이끌렸어. 너와 친해지는 날들이 행복했고 너와 보내는 시간이 잠시라도 멈췄으면 싶었어.

너의 말 한마디에 내 모든 상처가 나았고 너의 눈빛 하나면 모든 걸 해낼 수 있을 것 같았어. 그거 알아? 나 괜히 너에게 잘 보이고 싶어 거짓말한 적도 있고 너와 오래 있고 싶어 일부러 발걸음을 늦추기도 했었다는 거. 서라야, 나를 좋아해 줘서 고마워. 이 마음을 어떻게 보답해야 할지 모르겠지만 너에게 내가 할 수 있는 모든 최선을 다하고 싶어.

좋아해. 서라야.

- 유진 -

Chapter 1: School

After school, Tom with a sinking feeling that he has left his textbook behind.

"Oh my god!" he shouted, his face burning with shyness. But it was already 10 o'clock, and getting the book back seemed like a hard task.

"Jenny, could you please come to school?" he asked.

Jenny was curious and she questioned, "Why?"

"I left my book there," Tom explained, his voice filled with anger.

Jenny thought for a moment before agreeing, "Um, okay."

Then, they went on their journey, and retrace their steps. Suddenly, they were met with two more friends, Mike and Sally.

Mike and Sally were curious, "Where are you guys headed?"

"We're on a mission to get back Tom's lost textbook from school," Jenny said.

"Sounds like an adventure!" Mike joined in.

Sally's smile showed how excited she was and she asked, "Can we join you?"

Jenny welcomed them and said, "Of course! The more, the merrier. It's going to be fun."

Their excitement grew as they got to the school, as soon as they opened the door, it was very dim and sounded very scary.

"Oh...so dark," Jenny whispered, her voice trembling. "We can't see anything."

Sally, suggested, "I have an idea! Let's go back to get some equipment and come back prepared!"

"Wow, that's an excellent plan!" Tom said.

They hurried back home to gather the things they needed, but by the time they returned, it was midnight.

"Is everyone here?" Tom checked, making sure they were all there before moving on.

"Yes, let's go," Jenny said, with bravery. Shining their flashlights to light the way, they moved forward, their hearts beating with fear as the scary atmosphere grew and grew.

Eventually, they reached a classroom, and they were scared.
All of a sudden, a loud scream scared them.

"What is happening?" Tom yelled with fear. However, it became quiet.

"Jenny? Sally? Mike? Where are you?" Tom's voice echoed through the hallway, but his words disappeared.

And then, something unexpected happened.

"Hello? Anyone here?" Tom whispered, with hope and nervousness.

Finally, he dropped, feeling very lonely as he let out a deep sigh into the mysterious darkness.

Chapter 2: Lost the Strength

Tom's hands shook as he searched through his things, looking for his flashlight. His heart raced, worried that if he didn't do anything something might happen. During his search, Sally's voice suddenly was heard, "Help." Tom had to choose between finding his flashlight or hurrying to help Sally. He didn't hesitate and chose to help Sally.

Quietly, Tom rushed toward the sound of Sally's voice, moving carefully through the dim hallways. Each step seemed heavy, and his fear grew every second. When he reached Sally, he called her name, hoping to hear her voice, but it was just quiet. The silence only confirmed his greatest fear- Sally had lost her life.

Tom screamed, echoing through the empty halls. He was scared and hopeless knowing that something bad was going to happen. He turned his eyes away from Sally's unmoving body, unable to keep looking at her. Then, far away, he hears Jenny's voice, calling out to him.

With a little hope, Tom ran towards Jenny, his heart pounding with hope. He was relieved as he found out that Jenny had escaped safely, not knowing what happened. Trying to hide what happened, Tom said, "We must find Mike first." Jenny nodded, not knowing the sad news that would come.

They heard the sound of Mike's voice and it made them determined to find him. However, their coming together was disrupted by a chilling growl echoing from behind. Tom spun around, only to see a scary glass creature with a cow, glowing red eyes running toward them.

"Run!" Tom shouted, gripping Jenny's hand tightly, dragging her away from the creature. Their hearts raced, but Mike tripped and fell, helpless against the monster. Tom felt a surge of horror as the monster attacked Mike, leaving a haunting silence in its wake.

Jenny screamed loudly, the pain that surrounded them. Tom understood that they couldn't stay there; they had to keep moving to escape. Fear pushed them forward until they reached a box. Shaking, they got together in the shelter. They waited for a long time and they were just hoping things would get better.

When they finally came out, something really sad happened. Jenny was lying there, not moving. Tom felt really alone, like when a fire goes out because there's no air. He knew he had to get out of the scary school. He needed to find help.

Tom ran as fast as he could towards the exit, his heart beating loudly. The scary monster chased him, getting closer and closer. He tried really hard, but it felt like he was going to lose. Finally, the monster caught him, and everything went dark. Tom was gone.

Chapter 3: The World of the Dead

Tom felt a sudden feeling of comfort. But, at the same time, he was very worried. He was so confused and he felt like his mind was spinning. Then like a lightning bolt - he had been dead before. "What is happening?" he whispered, his voice confused.

As Tom's eyes opened, he was met with his friends, their eyes were all on him with concern and curiosity. First to talk, Jenny said, "Tom, are you okay?" Tom said in a very confused voice, "I don't know what happened...I really don't."

He looked around the room, recognizing how familiar classroom 2 was. He felt a shiver, for they were trapped within its walls. A deep breath failed to end the growing sense of urgency pulsating within him. Something was wrong, and their friend missing, Mike, only making his worries even stronger. "Where is Mike?" Tom's voice was shaking with worries, seeking comfort from his friends.

But Jenny's quietness made him uncomfortable. It seemed like she had changed, becoming strangely still. "Jenny, can you please tell me what's happening?" Tom asked, wanting an explanation. But she didn't respond, leaving a weird emptiness. Tom's heart raced in his chest, each beat showing how worried he was getting.

Suddenly, Jenny's face changed, turning into something scary. Tom felt scared and couldn't move. But to his surprise, the scary Jenny didn't try to hurt him. "Tom, don't go into the world of death," she warned him seriously. Just as quickly as she changed, Jenny turned back to normal, leaving Tom scared and confused.

Tom felt really scared and confused. He wanted to understand what was happening so badly. He decided to follow Jenny to classroom 8 because he hoped it might hold some answers in this weird and confusing situation they were in.

Entering classroom 8, they saw a ghostly figure, a spirit from the past tied to the school's eerie halls. Tom was really scared and couldn't believe what he was seeing. He couldn't find any words to explain or understand the strange scene in front of him.

Suddenly, the ghostly figures disappeared, fading away into

nothingness. Tom faced Jenny, his voice shaking as he pleaded, "Jenny, please, explain what's going on." But Jenny stayed quiet, adding more confusion to Tom's already troubled mind. The uncertainty around him grew, making Tom feel more alone and lost.

Jenny's serious words broke the silence, reaching deep inside Tom. "Tom, you're different now. You're not the same person you used to be." Her words stayed in the air, carrying meanings she didn't say out loud. Tom felt a mix of emotions—confusion, worry, and determination growing inside him.

Feeling the pressure of their situation, Tom decided he needed to find out what was happening. He was determined to figure out the confusing situation they were in. His face showed how sure he was, and he had lots of questions and ideas in his mind. Even though the way forward wasn't clear, Tom's strong spirit held onto a bit of hope, leading him toward solving their problems.

Chapter 4: Back to the Real Word

Tom felt a strange feeling surrounding him, like something soft and cozy that made him a bit curious. Gradually, he blinked and saw Jenny, Mike, and Sally nearby. His head was still spinning from the dream, and Sally's voice broke through the fog, asking, "Tom, were you dreaming about ghosts?"

Tom nodded, his voice a bit shaky, "Yeah... it was a really weird dream. What's been going on in this school?"

Sally shrugged, looking unsure, "We don't know everything, but it feels like someone's controlling this school. We've got to figure out who."

An idea sparked in Tom's mind, a ray of hope in the midst of chaos. "What if we check the principal's office? Maybe we'll find some clues there."

The group felt excited as they set off on their mission, their footsteps echoing in the dim hallways. The way to the principal's office was difficult, covered in cobwebs that hinted at a forgotten past. Their determination kept them moving until they reached the old door, its strong lock preventing them from getting inside.

Jenny looked around the room, trying to find a solution. "We need a key," she said, angrily.

Before they could even make a plan, Mike suddenly suggested, "Why don't we just break down the door?" With a strong kick, the door broke and opened.

They entered the principal's office, searching the messy room for any clues. The place felt abandoned, full of hidden stories. As they looked around, a sense of hope began to grow within them.
"Let's find clues that might help solve the school's mysteries," Tom said.

They looked around the room together, digging through the things left behind by the principal, hoping to find hidden truths beneath the dusty layers. Every little noise seemed important like the walls were hiding secrets waiting to be found.

As they searched for a while, Tom suddenly said, "Hold on, I think I found something!"

He touched something hidden among old papers and found a worn-out key. They felt it might hold the answer to many mysteries, not just open doors.

The group exchanged a quick look, feeling excited. They believed the key Tom found could solve their mysteries. Together, they readied themselves to move forward, eager for the answers waiting beyond the next door.

Chapter 5: A Hidden Passage

As we searched tirelessly, we stumbled upon a hidden passage, unknown to most. Tom's excited shout gathered us around to witness this secret finding.

"Hey, everyone! Check this out!" Tom exclaimed, revealing a hidden switch. With curiosity, we watched as he activated it, revealing a narrow corridor waiting for exploration. The unknown tunnel seemed to invite us in.

Carefully stepping forward, we entered the mysterious passage. The air grew dense, and the darkness made us uneasy, the sound of our steps echoing ominously around us. Each step increased our curiosity and anxiety.

As we walked, suddenly, we faced a wall, blocking our path, and worried about our escape. Jenny's worried voice went into our thoughts, "What's this? Looks like a dead end. Maybe we need to go back."

But our hopes were gone when we realized the passage behind us had been closed, trapping us inside this puzzling maze. The feeling of being closed in made us feel scared and sad. However, in the dim light, Tom found a hidden switch in the wall. Without a second thought, he pushed it, and the ground started to shake before collapsing.

We all cried out in surprise and fear as we fell into the deep darkness below. The sudden drop made us feel dizzy and scared. "Is everyone okay?" Tom asked, worried about us. But the silence that followed didn't give us any comfort. Tom kept going, following the cold wall in the dark, determined to find a way forward.

Tom found a switch, and when he turned it on, the room lit up. Inside, we saw everyday things like a cup, a spoon, and some old clothes. It seemed like someone used to live here.

We were both curious and a bit afraid as we looked around the room. We wanted to find out what secrets it held. As we kept exploring, we felt more determined. We realized our journey was far from over—it had just started in this hidden place.

Chapter 6: A Mad Man

Tom climbed the stairs carefully and found his teacher on the empty rooftop, caught up in the school's chaos.

He moved closer to her, startling her with a sudden movement. Realizing the impact, he backed away nervously, scanning around for an exit, fear in his eyes.

Tom saw a window, a chance to escape from the chaos around him. He saw a flower pot nearby. Without thinking, he threw the flower pot out the window, and it hit Sally, ending her life in an instant. A strange laugh came from Tom's lips.

Filled with a strange power, Tom left the school and dashed to a nearby market. There, he stole fruits.

Holding the stolen fruits, Tom ran through the streets. The market owners chased after him, shouting to stop his reckless behavior. But Tom laughed.

He threw rocks at the owners, causing chaos. One of them fell, but in

Tom's rush, he also fell, crashing into something. The owner caught Tom.

A fight started. Tom bit the owner, causing them great pain. Suddenly, Tom grabbed a knife nearby, using it wildly to force the owner to let go, ignoring their cries for help.

Tom escaped into the night. His phone rang with a weird call that made his behavior worse.

"How much more of this game do you want, Tom?" the voice on the line

Chapter 7: The Ringleader

Tom yelled into the phone, demanding to know who was on the other end. "Who are you?" he asked, trying to control his anger.

"I'm Khan, the owner of the haunted house," replied the voice. Tom's anger grew as Khan denied harming his friends. "You're a killer!" Tom accused.

Khan stayed calm. "I didn't hurt your friends. If you want justice, come to the haunted house," he challenged before hanging up. Fueled by rage and determination, Tom grabbed a gun and headed back to the school.

As Tom moved through the halls, he saw Jenny, but she seemed different—like an undead version of herself. He begged her to stop, hoping she might recognize him. Sadly, she didn't and instead attacked him. Tom shot his gun, hoping to protect himself, but it didn't faze

Jenny. He tried to defend himself by stabbing her, but she continued to chase him, unfazed by his actions.

Tom felt really sad and sorry after hurting Jenny. He put down his weapons, hoping things would calm down. Jenny seemed to stop for a moment, but Tom accidentally made her scared. Things got chaotic, and Jenny pushed Tom down the stairs, saying she'd hurt him.

Tom shot Jenny to protect himself. She screamed and fell down. Tom felt really bad about it but had to keep going. Khan's voice told him to go to Class 3-5 and warned him about the "Class 1-1 monster."

Tom quickly went to Class 3-5 but found only dolls there. They whispered his name in a creepy way, teasing him. Stuck in Khan's trap, Tom was surrounded by these evil dolls holding sharp things. They hurt him a lot, but Tom fought hard. He used his gun and a lighter to set the dolls on fire. The flames showed light in the dark school.

After dealing with the danger, Tom was in a lot of pain, but he felt a bit hopeful. The fight wasn't finished yet, but he was more determined than ever. He had to face Khan and stop this nightmare for good.

Chapter 8: Hide and seek

As Tom's phone rang again, he answered, hearing Khan's voice once more. "Come on, you can't ignore my honesty," Khan insisted. Tom firmly replied, "I'm good, thanks." Determined to follow his own way, he walked into the dimly lit hallway, keeping in mind Khan's warning words.

Suddenly, out of nowhere, a strange tentacle grabbed Tom and pulled him into darkness. When he woke up, he was in a creepy library all alone. He looked around and saw a bunch of spooky kids holding knives, making him feel worried.

Tom felt scared, but he gathered his courage and went to the second-floor library. One of the kids spotted him and screamed loudly. Tom ran away in a panic, and all the other kids started chasing him.

During the chase, Tom acted quickly. He kicked one of the kids to stop them. But danger was still there. He used his gun again, making loud shots in the library. Everyone screamed, and it got really chaotic. To hide, Tom squeezed into a bookcase, scared and his heart racing.

Suddenly, one of the kids shot another, and Tom got hit by the blood. Khan's voice came back, telling the kids where Tom was hiding. Fear struck Tom as they crowded around him. One gunshot wouldn't be enough to get away from all of them.

Tom grabbed a lighter and got an idea. He quickly gathered some books and threw them at the kids coming towards him. They screamed, giving Tom a little break. He used this chance to run out of the library, trying to escape the darkness.

Khan's voice echoed again, saying, "Tom, stop and come to the swimming pool. Let's talk." Not sure what to do, Tom agreed, saying, "Okay, just hold on." He went to the swimming pool, ready to face Khan for a final talk.

Chapter 9: Khan

"Tom, you're something else, but you can't escape this place," Khan warned, pointing at me. Then, a huge tentacle grabbed Tom, and Khan disappeared.

Tom tried to use a knife to fight the octopus's tentacle, but it didn't work. The tentacle dragged him closer to a pool full of more tentacles, pulling him underwater until he passed out.

After around ten minutes, Khan woke me up and mocked, "Tom, you're too hopeful if you think you can do something here." I pointed the gun at Khan, but it didn't work. "Tom, this is just a dream; you can't control anything here," Khan said, making me feel disappointed.

Tom didn't give up. He thought about how to get out of this terrible dream and came up with a bold plan. He grabbed the gun and shot himself.

Tom regained consciousness in the swimming pool, noticing the tentacles were gone, replaced by harpoons nearby. He gathered them and got out. Khan mentioned the next challenge awaited in the cafeteria. Hurrying there, Tom found a blocked door with a body in front, not moving.

Jenny and Mike lay nearby, motionless. Tom nudged them to clear the way for the door. Upon entering, the room was pitch black and eerily quiet. Tom moved into the kitchen, hoping to find a switch. After discovering one, he noticed it needed a battery. He cautiously made his way to the warehouse, found the battery, and attached it to the switch. When he flipped it on, a bright light flooded the area, and a bell rang out.

Jenny moved and glanced at Tom. "Lunchtime..." she said as the motionless bodies started to rise and move towards Tom. "Food...!" Jenny attacked, but Tom was ready for this bizarre situation. He hit Jenny and threw harpoons at her and the other lifeless figures.

A huge monster appeared in front of Tom. It kicked him hard, slamming him into the wall, then tossed him onto a table. Tom tried to fight back, stabbing the monster's leg with the last harpoon, but it kept attacking, kicking him once more. Tom's bones were broken, and he had no other option but to grab the gun.

"I have only two bullets, and I'll give one to you," Tom said. He shot the gun into the creature's body. Then he cried out, "Khan, what's next!"

Suddenly, a huge lifeless figure grabbed a table and swung it at Tom.

Other lifeless beings also woke up and started chanting "Lunch." Tom looked around and saw a torch. He grabbed it and used it to push away the lifeless bodies by setting them on fire. Then, he threw the torch at the big one, stopping their attack.

"Tom, you're smart," Khan praised, "but this game's done." Khan appeared behind Tom, looking human. "Time for the next challenge. Meet me in the basement," Khan said before disappearing. Tom grabbed the gun and dashed towards the basement.

Chapter 10: Devil

Tom opened the basement door and found a pitch-black space. He stepped inside, surrounded by quietness, and saw strange writing on the walls.

"Tom, if you want to find out everything, keep going."
"Tom kept going and soon found a huge chain leading deeper down. He grabbed hold of it and ran, following it closely. Finally, he arrived at the end of the chain, where a giant door had some writing on it."

"If you want to know Khan's secrets, open this door."

Tom opened the door and went inside. In the chamber, he found a lot of…

정서우

피부과 의사

저는 별내중학교에 재학 중인 정서우입니다.
책을 쓰는 것이 두 번째라 전보다 수월하게 썼던 것 같습니다.
하지만 나만의 이야기는 처음입니다.
미숙한 부분이 많더라도 재미있게 읽어주세요.

✦ 피부과 의사 ✦

나는 피부과 의사다. 우리 병원에는 여드름을 짜러 오는 사람들이 많다. 어제도 여드름을 짜러 온 손님들로 북적거렸다. 열여덟 번째 환자가 왔을 때, 나는 그 환자의 여드름 속에서 무언가가 꿈틀거리는 것을 보았다. 나는 요즘 피곤해서 헛것을 보았다고 생각하고 대충 넘기려고 했다. 하지만 그 손님의 피부를 자세히 보았을 때 헛것이 아니라고 생각했다. 여드름 속에 벌레같이 생긴 무언가가 움직이고 있었다. 나는 깜짝 놀라 여드름을 건드렸다. 그러자 벌레같이 생긴 것이 더욱 심하게 움직였다. 동시에 손님이 소리쳤다.

"으악! 선생님! 아파요! 하… 실력 좋다길래 왔더니만… 쯧."

나는 당황하여 말을 얼버무렸다.

"저, 그게, 환자분, 그, 벌레가."

환자는 짜증을 내며, 내 손을 뿌리치며 밖으로 나갔다. 나는 머릿속이 하얘져 아무 말도 하지 못한 채 그대로 손님이 나가는 것을 지켜보았다. 옆에 있던 간호사가 나에게 말했다.

"선생님, 요즘 많이 피곤하신가 봐요. 안 하던 실수를 다 하시고."

나는 간호사의 말을 들은 척 만척하고 생각에 잠겼다.

그때 다음 환자가 들어왔다. 이 환자의 여드름에도 벌레 같은 것이 있을까 하는 마음에 재빨리 여드름을 보았다. 다행인지 불행인지 그 환자의 여드름은 다른 여드름과 다를 바가 없었다. '역시 헛것을 봤나?' 그 후로 별 탈 없이 진료를 마쳤다. 진료 시에는 이것저것 확인할 게 많아서 조금 전에 있었던 일은 무시하기로 했다. 그 후로도 벌레는 나타나지 않았다. 한 달이 지났다.

"선생님 오늘 좋은 일 있으세요?"

"아, 오후에 약속이 있어서요."

오랜만에 보는 친구와의 약속에 설레었다. 간호사들도 알아챘는지 아침부터 내게 좋은 일이라도 있냐고 물어왔다. 나는 약속 시간을 기다리며 진료를 봤다.

"드디어 끝났다!" 기지개를 켜며 말했다.

"저 먼저 퇴근하겠습니다!"

"안녕히 가세요."

나는 설레는 마음으로 건물을 나왔다. 약속 시간까지 시간 조금 비었다. 약속 장소에 미리 가 있기 위해 근처에서 택시를 잡았다.

"♧♧로 가주세요."

"네"

약속장소까지 시간이 꽤 걸리기 때문에 나는 잠을 잤다.

"… 검은 뽀루지 말이야."

'음…'

택시 기사님의 전화 소리에 잠에서 깨버렸다.

"그게 막 움직인다니까?"

"아니야. 의사가 블랙헤드랑은 다른 거랬어."

'블랙헤드?'

나는 한 달쯤 전에 왔던 그 환자가 떠올랐다.

'에이 설마 그 이상한 게 또 있겠어.'

나는 별거 아니라며 머릿속에서 지워버렸다.

"손님 도착했습니다."

"감사합니다."

약속은 별 탈 없이 잘 끝났다. 나는 석 달 뒤에 친구와 만날 약속을 기대하며 침대에 누웠다. 바쁘게 일하다 보니 석 달은 순식간에 지나갔다.

띠리리링- 띠리리링- 친구에게 전화가 왔다.

"여보세요?"

"오늘 3시 약속 안 잊었지?"

"당연하지. 이따가 보자."

"그래."

어차피 조금 후에 다시 돌아와야 하지만 간호사들에게 인사한 뒤 병원을 나왔다. 석 달 만에 만나기 때문에 늦지 않게 서둘렀다. 평소에도 미리 나오는 편이지만 서둘러서 그런지 너무 일찍 나와버렸다. 일찍 도착한 김에 친구의 선물을 사기로 했다. 다행히 약속 장소 근처에 선물가게 있었다. 나는 버스 정류장으로 갔다. 정류장에서 버스를 기다리던 중 병원에서 문자가 왔다.

띠링-

[선생님, 까만 여드름 환자 4시에 진료 잡혔습니다!] '어차피 4시에는 병원으로 가려고 했으니 상관없겠지.'

나는 문자를 대충 읽고 넘겼다. 곧이어 버스가 도착했다. 탑승한 순간 나는 내 눈을 의심했다. 평범한 남자의 여드름 속에서 뭔가가 움직이고 있었다. 나는 잊고 있었던 그 일이 생각났다. 남자를 잡으려던 순간 친구와의 약속이 생각났다.

'약속 시간은 3시. 지금은 약속 시간까지 1시간은 더 남았어. 잠깐이면 돼' 그때처럼 놓칠까 나는 급하게 남자를 붙잡았다. 남자는 놀란 눈으로 나를 쳐다봤다. 여드름이 더 강하게 꿈틀거렸다.

"저… 그… 그게…"

당황한 나머지 말끝을 얼버무렸다. 나는 머리가 새하얘졌다. 남자는 신경질적으로 나를 밀쳐내고 내렸다. 나는 충동적으로 따라 내려 남자를 붙잡았다. 정신을 차린 나는 놀라 허리를 숙이고 죄송하다는 말만 내뱉었다. 남자는 떨떠름한 표정으로 괜찮다고 말했다. 괜찮다는 말에 안심이 된 나는 그제야 여드름을 확인했다. 여드름은 여전히 꿈틀거렸다. 내가 쳐다보자 여드름은 아까보다 더 세게 움직였다. 여드름이 세게 움직이자 남자가 소리를 질렀다.

"악!!"

나는 급히 눈을 감았다. 그러자 여드름은 언제 그랬냐는 듯 잠잠해졌다. 머릿속이 복잡해졌다.

"저기요! 바쁜 사람 잡아 놓고 뭐 하는 거예요?"

남자는 나를 짜증 난다는 얼굴 보며 말했다.

"죄, 죄송합니다. 혹시…!"

"어휴… 쯧."

남자는 나를 무시하고 가버렸다. 나는 결국 또 놓쳐버렸다는 사실에 한숨이 나왔다. 머리를 식힐 겸 근처 카페로 들어갔다. 주문이 밀려서 늦게 나올 수도 있다고 쓰여 있었다. 대충 아이스 아메리카노를 주문했다. 구석에 하나 남은 빈자리에 앉았다. 나는 노트북으로 비슷한 사례를 찾아봤다. 대부분 화장품 광고였고, 몇 개는 외계인 같은 헛소리나 늘어놓고 있었다. 영어, 일본어, 중국어, 포르투갈어 등 할 줄 아는 언어란 언어로는 다 검색해 봤지만 역시나 화장품 얘기뿐이었다.

"아이스 아메리카노 주문하신 분…."

나는 웅웅 진동하는 벨을 가지고 커피를 받으러 갔다. 계산대에 외계

인 콘셉트의 음료가 보였다. '요즘 외계인이 유행하나.'

그때 핸드폰이 진동했다.

지이이잉-

나는 급하게 핸드폰을 찾았다. 친구였다.

"여… 여보세요?"

"야! 너 어디야! 지금이 몇 신줄 알아?!"

친구의 화난 목소리가 들려왔다.

"우리 3시에 만나기로 했잖아…!"

내가 다급하게 변명했다.

"그래! 얘가 정신을 어디에다 두고 다니는 거야! 지금 4시라고! 내가 몇 번을 전화했는지 알아?!"

친구의 잔소리는 계속해서 이어졌지만 나의 머릿속은 온통 지금이 4시라는 말로 가득 찼다.

"야! 내 말 듣고 있어?!"

"아, 미안. 이따 다시 전화할게!"

친구의 말을 다 듣기도 전에 전화를 끊었다. 나는 아메리카노를 챙겨 주변에서 택시를 찾았다. 손님이 내리는 택시가 보였다. 나는 온 힘을 다해 택시로 뛰어갔다. 커피를 조금 쏟긴 했지만 택시가 출발하기 직전 간신히 도착했다.

"아저씨…! ○○ 피부과로 최대한 빨리 가주세요!"

아저씨는 비장하게 고개를 끄덕이고 출발했다. 원래 시간보다 두 배 정도 빠르게 병원에 도착했다. 굉장히 빠른 속도로 도착했지만 4시는 지나있었다. 재빠르게 엘리베이터 버튼을 눌렀다. 엘리베이터는 금방 도착했다. 피부과가 있는 7층까지 가는데 걸리는 30초가 30분 같았다.

엘리베이터 문이 열리자 길길이 날뛰고 있는 한 여자가 보였다. 4시에 진료가 잡혀있던 사람인 것 같다. 아마도 4시가 넘어서도 내가 오지 않았기 때문인 것 같았다. 옆에서는 간호사들이 그 여자를 말리고 있었다. 나는 얼른 병원으로 들어가 여자를 진정시켰다.

"야!! 이 xxxx아! xxxxxxxxxxxxx!!!!"

난생처음 들어보는 욕이었다. 나는 순간 욱했지만 명백히 나의 잘못이기 때문에 아무 말도 하지 못했다. 간호사들과 환자들의 이목을 피해 상담실로 들어갔다. 상담실은 비교적 방음이 잘되기 때문에 다른 사람들의 눈을 신경 쓰지 않아도 괜찮았다. 여자가 흥분한 톤으로 말했다.

"저기요! 아파 죽겠는데 왜 이렇게 늦게 와요!"

"일단 진정하시고요. 어디가 아픈지 말해주세요."

나는 끓어오르는 분노를 억누르며 최대한 부드러운 말투로 말했다.

"아니! 제가 몇 번을 말하냐고요! 이 까만 뽀루지가 아프다니까요!"

'아까 문자 왔을 때 눈치챘어야 하는데. 하…'

나는 머리를 식히기 위해 옆에 있던 얼음이 다 녹은 아이스커피를 집어 들었다.

"저기요! 지금 커피나 마시고 있을 때예요?! 아파 죽겠다고요!"

아줌마의 팔에 맞은 커피가 쏟아졌다.

"똑똑-"

"안녕하세요…! 죄송해요 선생님. 제 아내가 성격이 좀…"

진상 아줌마의 남편이 말을 끝마치지 않았지만 뒷 말을 유추할 수 있었다.

"아… 예…안녕하세요…."

나는 떨떠름한 얼굴로 남자를 보았다. 남자는 자리에 앉기도 전에 말했다.

"선생님… 제 아내가 원래 이런 성격이 아닌데요…."

남자는 변명하는 투로 말했다.

"아… 예… 그럼 언제부터 저러셨나요?"

나는 쏟아진 커피를 휴지로 닦으며 형식적인 질문을 했다.

"저 까만 여드름이 생겼을 때부터요…!"

아줌마의 남편은 기다렸다는 듯이 말했다. 나는 대충 듣는 척하고 간이 진료대를 가리켰다.

"일단 옆에 의자에 앉아 주세요."

진상 아줌마가 투덜대며 의자에 앉았다. 나는 준비를 마치고 여드름을 보았다. 진상 아줌마가 얼굴이 붉으락푸르락해졌다.

"으아악!!!!!"

아줌마는 병원이 떠나가라 소리 지르며 몸부림쳤다. 상담실에 있는 간이 진료대가 부서질 것만 같았다. 남편은 체념한 듯이 소파에 앉아 있었다. 나는 일단 여드름을 보지 않은 채 말했다.

"환자분. 환자분! 진정하세요."

아줌마는 내 말을 듣기는 했는지 소리를 더 크게 질러댔다.

"으아악!!!!! 아프다고!!!!"

나는 어쩔 수 없이 여드름에서 완전히 눈을 돌렸다. 여드름이 점점 가라앉았다. 여드름의 붉은 기운이 진정되면서 아줌마의 몸부림도 멈춰갔다. 나는 여드름을 보지 않고 밖에 있는 간호사를 불렀다. 차트 정리를 하던 간호사는 내 말을 듣고 바로 달려왔다.

"예 선생님. 무슨 일인가요? 안에서 비명이 들리던데…."

"저 환자 마취제 좀 투여해 주세요."

"네? 여드름 짜는 데 마취제까지 필요해요?"

"제가 지금 저 환자를 못 보거든요. 그리고 환자분 상태가…"

"네? 그게 무슨…"

마지못해 간호사가 마취제를 투여했다. 조금 뒤, 조금 전까지 난리를 치던 사람이 맞는지 잠잠해진 아줌마를 확인한 뒤에야 나는 여드름을 똑바로 바라볼 수 있었다. 나는 위생을 핑계로 간호사와 아줌마의 남편을 밖으로 쫓아냈다.

"하…"

마취제를 투여했음에도 여전히 꿈틀거리는 여드름을 보니 한숨이 절로 나왔다. 나는 최대한 침착하게 여드름을 건드렸다. 심하게 꿈틀거렸지만 다행히도 환자는 미동도 없었다. 나는 떨리는 손으로 여드름을 짜려고 꽉 눌렀다. 생각보다 여드름은 잘 나왔다. 하지만 빠져나온 검은 액체는 여전히 꿈틀거렸다. 나는 온몸에 소름이 돋았다. 일단 주변에 있는 병에 검은 액체를 담았다.

똑똑-

"선생님! 이제 들어갈게요."

아까 쫓아냈던 간호사가 문을 두드렸다. 나는 급히 병을 주머니에 쑤셔 넣었다.

"시술은 다 끝났나요?"

"아… 예…"

평소와 다르게 행동하는 나를 간호사가 이해하지 못하겠다는 눈으로 쳐다봤다. 나는 도망치듯 상담실을 빠져나왔다.

"선생님! 제 아내는요?"

아줌마의 남편이 내 팔목을 잡았다. 나는 놀라 그 손을 뿌리치고 화장실로 들어갔다. 나는 떨리는 손으로 병을 꺼내 들었다. 병에는 여전히 꿈틀거리는 검은 액체 같은 것이 담겨있었다. 자세히 보니 아까보다는 움직임이 약해진 것 같았다. 나는 검은 액체를 쳐다봤다. 계속해서 쳐다보다 보니 어디선가 읽었던 외계인 관련 글이 생각났다. 평소라면 쓸데없는 생각이라며 넘어갔을 텐데 이상하게도 그 글이 머릿속에 맴돌았다. 나는 그 글을 읽으려 핸드폰을 찾았다. 급하게 나오느라 상담실에 두고 온 것 같았다. 나는 '아까 제대로 읽을 걸' 하며 후회했다. 언제까지 화장실에 있을 수는 없으니 천천히 밖으로 나갔다. 밖으로 나가자 아줌마의 남편이 내게 다가왔다.

"선생님…! 제 아내는요? 잘 끝났나요?"

"예, 잘 끝났습니다."

누가 보면 수술이라도 한 것 같이 물었다. 내가 아줌마의 상태를 설명해 주는 동안 간호사가 내게 달려왔다.

"선생님, 환자분 깼습니다."

"아, 네. 지금 갈게요."

나는 아줌마의 남편과 아줌마가 있는 병실로 갔다. 병실에는 마취가 풀린 아줌마가 있었다. 아줌마는 아까와 같은 사람이 맞는지 의심될 정도로 조용히 있었다.

"환자분 괜찮으신가요?"

"네. 괜찮습니다."

아줌마는 차분히 대답했다.

"간호사 선생님, 이 환자 좀 봐주세요."

"네? 그게 무슨…"

간호사의 말이 끝나기도 전에 나는 밖으로 나갔다. 외계인 글을 읽기 위해 빈 진료실로 들어갔다. 핸드폰으로 아까와 똑같이 검색했다. 몇 개의 화장품 광고를 지나니 장난스러운 글 하나가 나왔다. 나는 글을 눌렀다. 외계인이 있다는 근거를 대는 글이었다. 흔해빠진 UFO 이야기부터 사람에게 기생한다는 등 처음 듣는 이야기도 있었다. 중간쯤 내리니 사람 피부에 사는 외계인이 있다는 이야기가 있었다. 나는 온몸에 소름이 돋았다. 이쯤 되니 무서워졌다.

"후… 침착해… 낚시용 글 일거야."

나는 떨리는 손으로 스크롤을 내렸다. '성격이 바뀐다거나… 이상한 여드름이 난다거나… 여드름…! 이거다!' 나는 긴장되는 마음으로 스크롤을 내렸다.

"엥, 뭐야? 이게 끝이야?"

다른 이야기들과 달리 한 단락 정도밖에 되지 않았다.

"에이씨. 믿은 내가 바보지… 어?"

한 문장이 더 있었다.

※주의 절대 그 여드름을 짜지 마시오.

'어?' 검은 액체가 든 병을 꺼냈다. 비어있었다. 나는 머릿속이 하얘졌다. 속으로 낚시글이길 바라며 스크롤을 계속해서 밑으로 내렸다. 하지만 그 밑에는 전부 다른 내용의 외계인 글이었다.

"아 진짜! 이게 끝이야?"

나는 이상한 글이라고 생각하고 무시했다.

똑똑-

"선생님 안에 계세요?"

"네 지금 나가요."

'별 이상한 글 때문에 시간이나 낭비하고.' 아줌마가 있던 방으로 가 보았지만 깨끗이 나아서 집으로 돌아갔다고 했다. 서랍 위에 아줌마의 남편이 쓴 편지가 올려져 있었다.

"선생님 저희 먼저 갈게요."

"안녕히 가세요."

나는 편지를 챙겨 방을 나왔다. 다 퇴근했는지 불이 다 꺼져 있었다. 오늘 하루가 굉장히 길게 느껴졌다. 병원 문을 잠그고 난 뒤에 엘리베이 터를 기다렸다.

띵 -7층입니다-

엘리베이터에 올랐다. 엘리베이터 거울에 비친 내 얼굴이 보였다. 아 침에는 없던 작은 블랙헤드가 있었다. '어 뭐지?'

띵 -1층입니다-

나는 그 블랙헤드를 무시한 채 평소처럼 택시를 탔다. 택시 기사님이 계속 나를 힐끔힐끔 쳐다보았다. 나는 기분이 나빴지만, 따질 기운조차 없었기 때문에 의자에 기대어 눈을 감았다. 오늘 이상한 일이 많았다고 는 하지만, 유난히 의식이 흐려졌다.

"으아아악!! 외계인이다!"

택시 기사의 비명소리를 끝으로 의식이 완전히 끊겼다.

김윤

지금 나는

처음에는 이야기를 쓰는데 생각이 잘 떠오르지 않아 힘들었지만, 마지막까지 포기하지 않고 쓰면서, 소설 쓰는 것이 재밌다는 것을 알게 되었습니다.

저도 제 소설 속 주인공처럼 포기하지 않고 하고 싶은 것을 위해 조금씩 더 나아지고 발전하고 싶습니다.

이 소설은 공부 때문에 힘들어하는 학생들과 꿈을 이루기 위해 노력하는 분들이 읽었으면 좋겠습니다. 힘들어도 포기하지만 않으면 꿈을 이룰 수 있다는 것을 깨닫게 될 테니까요.

✦ 1. 미국 ✦

나는 멕시코에서 14년을 살고 미국으로 전학 왔다. 멕시코와 미국의 학교는 분위기가 달랐다. 멕시코가 그냥 연필이라면 미국은 색연필 같았다. 멕시코는 아이들이랑 친해지는데 조금 힘들었지만, 미국에서는 전학 온 첫날부터 친구를 사귈 만큼 아이들의 마음이 열려 있었다. 나는 미아라는 아이와 친구가 되었다. 미아는 내가 교실에 들어가는 순간 나에게 안녕이라고 인사했다. 두렵고 긴장되었던 내 마음이 안녕이라는 미아의 인사에 아이스크림처럼 사르르 녹고 있었다. 영어에 익숙하지 않은 내가 수업 시간에 힘들어하는 모습을 보고 한 아이가 옆에서 나를 도와주었다. 나는 그 아이의 마음은 고마웠지만 그 아이가 내 옆에 붙어서 도와주는 것이 부담스러웠다. 나는 그 친구가 말할 때마다 그 친구가 무엇을 먹었는지 알 수 있을 것 같았다. 나는 어릴 때부터 유독 입냄새에 민감했다. 그 친구가 아무리 착하고 친절해도 그 아이의 입냄새는 그 아이의 친절함을 보이지 않게 했다. 하지만 그 아이는 이런 내 마음을 아는지 모르는지 하루 종일 내 옆을 떠날 줄 몰랐다. 나는 그 아이의 이름이 궁금해서 미아에게 물어보았다.

"아… 걔? 알레산드로…? 왜? 너 걔 좋아해…!?"

"아니!!!!!! 뭔 소리야? 내가 걔를 왜 좋아해!"

"그럼 왜 물어보는 건데?"

"아니 걔 입에서 하수구 냄새가 나는데 내 옆에서 떠날 줄을 몰라."

"아…. ㅋㅋ 걔 원래 음식을 엄청 좋아하고 음식에 엄청 집착해."

"아. 그렇구나…"

나는 음식에 집착하는 사람이 싫다. 나는 해결책을 찾아야 했다. 방법은 내가 영어 공부를 열심히 해서 알렉산드로의 도움을 받지 않는 것뿐이었다.

"서윤아, 우리 반에 농구 엄청 잘하고 좋아하는 애 있는데…."

미아가 나를 보며 말했다.

"그래? 누군데?"

"어, 다니엘이라는 친구야. 오늘 농구하기로 했는데 같이 연습할래?"

"그래, 좋아!"

다니엘은 외모도 성격도 딱 내 스타일이었다. 나는 다니엘과 농구를 하면서 다니엘을 좋아하게 됐다. 나는 미아에게 다니엘을 좋아한다고 고백했다.

"그럼, 내가 한번 너 어떻게 생각하나 물어볼까?"

미아의 생각은 늘 나보다 앞서 있다.

"진짜? 해줄 수 있어?"

"좋아, 나도 궁금한걸."

미아가 다니엘의 마음을 내게 전하기까지는 그리 오래 걸리지 않았다. 미아가 이상하다는 표정으로 내게 말했다.

"다니엘이 너 이름도 모르던데?"

"정말? 나를 어떻게 모를 수가 있지…?"

"그러게, 너랑 농구도 같이 했는데… 걔 진짜 눈치 똥이네…."

나는 똥이라는 미아의 말에 일부러 더 크게 소리내어 웃었지만 마음까지 함께 웃을 수는 없었다.

우리 학교는 일주일마다 자리를 바꾼다. 다니엘이 자리를 바꾼 다음에 나도 다니엘이 앉은 옆자리에 앉았다. 미아도 나를 따라 내 옆자리에 같이 앉았다. 미아가 나에게 물었다.

"서윤아, 내가 다니엘한테 네가 좋아한다고 말해도 돼?"

"어차피 알게 될 텐데 뭐… 말해도 돼."

미아가 다니엘을 쳐다보며 말했다.

"다니엘, 서윤이가 너 좋아한대."

"그래? 알았어."

무엇을 알았다는 건지 미아의 말을 건성으로 듣고 그냥 가버린 다니엘의 뒷모습을 보며 이리니라는 친구가 말했다.

"야, ㅋㅋㅋ 너, 차인 거임??"

"웅?!?! 어…? 어…!?"

'아. 이리니는 말을 왜 저렇게 하지? 그리고 왜 웃는 거지? 차인 거라는 말은 또 뭐야?' 나는 이리니와 더 이상 이야기하고 싶지 않아 지금은 바쁘다고 말했다.

그때였다. 갑자기 다니엘이 나에게 뛰어와서 내 번호를 달라고 했다. 한 시간 뒤에 다니엘에게 메시지가 왔다.

– 안녕 김서윤^^

– 어… 안녕….

– 나랑 사귈래?

'갑자기? 왜? 아까 그렇게 휙 가버려서 나를 안 좋아한다고 생각했는데…' 나는 일단 알겠다고 했다. 나는 아침에 엄마가 방 청소랑 강아지 산책시키라는 말이 생각나서 방 청소를 하고, 강아지 산책을 하러 갔다. 주머니에서 핸드폰 진동 소리가 울렸다. 다니엘의 메시지였다.

– 야!

– 웅?!? 왜? 무슨 일 있어?

- 응
- 뭔데?
- 우리 헤어지자.
- …

나는 너무 어이가 없어 미아에게 메시지를 보냈다.
- 응? 갑자기 사귀자고 하고 몇 시간 후에 헤어지자고 했다고?
- 응…
- 왜!?
- 몰라….
-하… 일단 내일 학교에서 얘기하자….
-알았어….

✦ 2. 미나 ✦

다음날 다니엘은 나한테 얘기도 하지 않고 나를 보지도 않았다. 나는
당황스러웠다. 그리고 억울했다. 미아는 다니엘이 왜 그런 행동을 하는
지 알아내려고 했다. 하지만 미아 역시 다니엘의 마음을 알 수 없었다.
  그렇게 힘든 하루를 보낸 다음 날 우리 반에 미나라는 친구가 전학을
왔다. 미나는 코가 유난히 높아 보였다. 나는 쉬는 시간에 다니엘이 미
나를 보고 예쁘게 생겼다며 사귀고 싶다고 남자애들과 얘기하는 것을
들었다. 나와 미아는 미나가 예쁘다는 것은 몰랐지만, 전학 온 첫날부터
우리 반 아이들이 미나를 싫어한다는 것은 알았다. 물론 이유는 다니엘

때문이다. 정식으로 사귄 것은 아니지만 나랑 헤어지고 나서 바로 미나를 좋아한다고 말하는 다니엘과 미나가 아이들 눈엔 동시에 미워 보였던 것 같다. 나는 전학 오자마자 아이들 눈 밖에 난 미나가 안돼 보였다. 나는 미나와 친해지려고 노력했다. 하지만 미나는 왠지 나를 받아주지 않았다. 다행히 미나에게는 친구가 한 명 있었다. 다른 반 여자 아이였다. 나는 그 아이가 누군지 모르지만 미나와 그 아이가 아주 친한 친구라고 했다.

저녁을 먹고 책상에 앉았는데 다니엘에게 메시지가 왔다.
- 안녕, 김서윤.
- 응…!?! 안녕. 갑자기 무슨 일이야?
- 그게….
- 뭔데?
- 미나한테 나에 대해 좋은 말 좀 해주면 안 돼…?
- 나 걔랑 별로 안 친한데… 일단… 생각해 볼게….
- 응. 응. 너를 믿는다. 친구야.
- 그래.
'뭐야…! 친구?!? 갑자기? 언제는 친구도 하지 말자고 하지 않았나? 왜 그러지?' 다니엘의 행동을 이해할 수가 없었다.
다음 날 나는 다니엘의 부탁을 들어주었다. 그냥 다니엘이 행복했으면 좋겠다고 생각해서 미나한테 다니엘에 대해 좋은 말을 해주었다.
"응? 누구? 다니엘? 아… 걔?"
"응…."
"나 근데 걔 싫은데…."

"왜?"

"너한테 한 행동을 보면 나한테도 그럴 것 같아…."

"아… 근데 다니엘이 그렇게 나쁜 아이는 아니야."

"어쨌든 나는 다니엘이 그냥 싫어."

나는 학교가 끝난 후 다니엘한테 메시지를 보냈다.

- 미나한테 말했다.

-그래!!? 고마워. 친구야."

나는 다니엘에게 친구라는 말만 들어도 기분이 좋았다. 왜냐하면 나는 그 아이를 아직도 좋아하기 때문이다.

일주일 후 다니엘에게 메시지가 왔다.

- 김서윤

- 왜?

- 미나한테 나랑 사귀어보면 어떻겠냐고 물어보면 안 돼?

나는 그 메시지를 읽자 화가 났다.

- 니가 해 쫌!!!

- 내가 하면 부끄러워서 그래….

- 휴… 일단 생각해 볼게.

- 알았어, 친구야!!

나는 미나한테 다니엘과 사귀라는 말을 해야 할지 고민이 됐다. 왜냐하면 나는 아직 다니엘을 좋아하기 때문이다. 하지만 내 마음과 달리 내 입은 이미 미나에게 다니엘과 사귀어 보는 것이 어떻겠냐고 말하고 있었다.

"야, 미나야. 다니엘이 너랑 사귀고 싶다고 했어…. 너는 어떻게 생각해?"

"나는 싫은데."

"그래도 한번 만나 봐. 만나 보면 또 생각이 다를 수도 있잖아."

"근데 왜 나에게 물어보는 건데? 너 아직 다니엘 좋아하지 않아?"

"음… 좋아해. 그래서 너에게 물어보는 거야. 나는 다니엘이 행복했으면 좋겠어…."

"그렇구나. 네 마음은 이해했어. 하지만 그래도 난 다니엘과 사귀는 건 싫어."

나는 미나와 이야기한 내용을 다니엘에게 전했다.

– 내가 미나랑 얘기해 봤는데 미나는 너랑 사귀기 싫대.

– 그렇구나….

나는 마음속으로 너무 어이가 없었다. 그렇지만 왠지 나도 모르게 다니엘이 행복했으면 좋겠다는 생각이 자꾸 들었다.

다음 날 알렉산드로가 나랑 미아에게 말을 걸었다. 그 아이와 대화하는 것이 처음만큼 싫지는 않았다. 가끔 재미있을 때도 있었다. 나는 알렉산드로가 착할 때는 착하지만 기분이 나쁠 때는 성격이 변한다는 것을 알았다. 욕도 많이 하고, 어떤 때는 나와 미아에게 소리를 지르기도 했다. 우리는 알렉의 행동에 대해 진지하게 이야기를 나누었다. 그 후로 알렉은 우리에게 더 이상 나쁜 행동을 하지 않았다.

일주일 뒤 이리니가 나를 찾아왔다. 솔직하게 말하면 기분이 나빴다.

나는 이니리와 말하는 게 싫었다. 이니리는 미아와 나를 툭툭 칠 때가 있었다. 이리니는 장난이라고 하지만 나와 미아는 기분이 나빴다. 우리 반에 딱 한 명, 루시를 빼고는 이리니를 좋아하는 사람은 없었다.

✦ 3. 루시 ✦

내가 루시에게 비밀을 말하면 루시는 선생님과 친구들한테 말을 옮긴다. 그래서 나는 그 아이가 싫다. 그 아이에게는 비밀을 말할 수가 없었다.

"안녕!"

루시가 인사했다.

"안녕…?"

"내가 물어볼 게 있는데?!"

"뭔데?"

"너 혹시 아직도 다니엘 좋아해?!!!"

"응!? 아니! 안 좋아해!"

"아… 좋아하는구나… 알았어!"

이제 루시는 내가 다니엘을 좋아한다고 소문을 낼 것이다. 역시나 다음 날 학교에 소문이 쫙 퍼졌다. 미아가 메시지를 보냈다.

— 너 설마 다니엘 아직 좋아하는 거 루시한테 말했어!!?

— 아니, 직접적으로 말하진 않았어.

— 그럼 걔가 어떻게 알아?

- 눈치로 안 거 아닐까? 다니엘 좋아하냐고 묻길래 내가 놀라서 안 좋아한다고 말했는데, 그걸 좀 떨리는 목소리로 말해서 눈치로 넘겨짚은 것 같아.

- 이제 어쩌냐? 전교생이 다 알게 됐어…!

- 응?!!

- 이미 소문 다 퍼졌어. 일단 아침에 가서 아니라고 해.

- 애들이 내 말을 믿을까?

- 믿겠냐?! 그래도 한번 해 봐야지….

-알았어.

나는 학교에 가고 싶지 않아 내일이 오지 않았으면 좋겠다는 생각하며 잠이 들었다.

"ㅋㅋ 너 다니엘 아직 좋아한다며!?"

"아니야!!!"

"뭐래!?!! ㅋㅋ"

"…"

학교 어디에서나 내 소문을 들은 아이들이 나를 놀려댔다.

"야 너 다니엘 좋아하지!!"

나는 점심시간에 점심을 먹지 않고 화장실에서 점심시간이 끝날 때까지 조용히 있었다. 이렇게 며칠을 보내고 나자 학교가 지옥처럼 느껴졌다. 나는 학교에 가는 것이 싫어 엄마에게 꾀병을 부렸다. 엄마는 내가 이상한 것을 느꼈는지 일이 끝나고 나에게 왜 학교를 안 갔냐고, 진짜 아파서 안 갔냐고 물어봤다. 나는 엄마에게 진실을 말하지 못했다. 엄마가 싫어하는 것이 무엇인지 알기 때문이다. 엄마는 늘 남자친구 사귀는 것보다 공부가 중요하다고 말한다. 엄마는 내가 아이들이랑 노는 것을 좋아하지 않는다. 나는 엄마의 물음에 그냥 공부하는 것이 힘들어서 그렇다고 말했다. 엄마는 오늘은 집에서 쉬라고 했다.

다음 날 나는 학교를 가는 척하고 엄마가 나간 후 30분 뒤에 집으로 다시 돌아왔다. 그렇게 일주일을 보냈다. 내가 전학을 간 것 같다고도 말하는 친구도 있다며 미아가 메시지를 보내왔다. 나는 반박하고 싶지 않았다. 미아가 메시지를 보내도 무시하고 답장도 하지 않았다.

그렇게 일주일이 흘렀다. 학교가 끝날 시간에 미아가 우리 집을 찾아왔다. 나는 집에 없는 척을 했지만 미아가 문을 계속 두드려서 어쩔 수 없이 문을 열어 줬다.

"야, 김서윤!"

화가 잔뜩 난 목소리로 미아가 말했다.

"왜…?"

"너 왜 요즘 학교에 안 와!!? 애들 다 걱정하잖아!!"

나는 애들이 나를 걱정한다는 말을 듣고, 좋아하지도 않는 나를 애들이 왜 걱정하는지 이해가 안 됐다.

"애들이 날 걱정해?"

"애들이 네가 어디 갔는지, 왜 학교에 안 오는지 걱정한다고!"

"거짓말하지 마. 너희가 놀려서 학교에 안 가는 거라고 전해. 알았어? 너랑도 더 이상 할 말 없으니까 가."

사실 미아가 가지 않고 내 얘기를 들어주면 좋겠다고 생각했다. 하지만 지금 그렇게 내 입으로 말하긴 싫었다.

"너 지금 말은 그렇게 해도 내가 너랑 더 있어주기를 원하는 것 다 알아. 네 방으로 가자. 내가 네 이야기 다 들어줄게."

미아는 내 손을 잡아끌며 말했다. 나는 루시 때문에 화나고 서운했던 그동안의 감정들을 미아에게 다 털어놓았고, 미아는 내 얘기에 공감을 해줬다. 나는 루시와 친구인 미아에게 루시 뒷담화를 하는 것이 좀 걱정이 되긴 했지만 어쩔 수 없었다. 이미 엎질러진 물이었다. 미아가 가고 엄마가 큰 목소리로 내 이름을 부르며 들어왔다.

"야, 김서윤!"

나는 엄마의 얼굴을 보고 화가 난 것을 알아챘다.

"왜…?"

"너 일주일 동안 학교 안 갔다면서!? 선생님께 연락이 왔어! 왜 안 간 건데?"

"애들이 계속 놀려서 가기 싫었어."

"그런 일이 있으면 엄마한테 말해야지, 왜 말을 안 했어!?"

"엄마는 내가 공부 말고 다른 이야기 하면 싫어하잖아. 친구들에게 너무 관심 갖지 말고 남자 친구 사귀는 것도 하지 말라고 했잖아…."

"너 남자 친구 있었는데 헤어져서 그런 거야!!?"

"응"

"괜찮아. 엄마는 너 생각해서 그런 거야. 친구랑 남자한테 관심을 두는 건 지금 너 나이에 정상이야. 엄만 네가 남자 친구 사귀는 것이 싫은 게 아니라 사귀다가 헤어지면 속상해할까 봐 그랬어. 앞으로는 놀고 싶으면 놀고, 대신 공부할 때는 공부하고 그러자."

"응!"

나는 엄마가 그렇게 말해주니까 기분이 좋았다.

"그래. 그럼 다음 주에는 다시 학교 가는 거다. 알았지?"

"응!"

나는 엄마와의 약속을 지켰다. 학교에 가기 전에 집에서 몇 번이나 다짐했는지 모른다. 아이들이 놀려도 신경 쓰지 않겠다고. 하지만 나의 걱정은 쓸데없는 일이 되어 버렸다. 애들은 아무것도 묻지 않았고, 더 이상 놀리지도 않았다. 나는 그 이유를 다니엘과 다정하게 서있는 미나를 보며 알 수 있었다. 다니엘과 미나가 사귀고 있는 것이었다. 상관하지 않으려 했지만 자꾸만 신경이 쓰였다. 신기한 점은 미나와 다니엘은 학교에서 서로 말하지 않는다는 거였다. 궁금했다. 다니엘은 나한테는 말하는데 미나한테는 말하지 않았다. 미아도 나와 같은 생각을 하는지 나에게 물었다.

"서윤아, 왜 다니엘과 미나는 서로 말을 안 할까?'

"그치? 너도 눈치챘구나. 근데 나도 그 이유를 모르겠어. 왜 그럴까?"

"네가 한번 미나한테 물어봐."

"그럴까?"

나는 학교가 끝나고 미나와 같이 집으로 가면서 미나에게 물었다.

"미나야, 내가 궁금한 게 있는데…."

"뭔데?"

"그… 너… 왜 다니엘이랑 사귀면서 학교에서는 얘기를 안 해?"

"아… 그게… 다니엘이 애들 있을 때는 서로 얘기하는 게 부끄럽다고 해서…."

"너는? 너도 부끄러워?"

"음… 나도 부끄러워서 얘기 안 하는 것도 있어."

"아… 그렇구나."

다니엘과 미나는 약속이나 한 듯이 서로 이야기하지 않으며 학교생활을 했다. 시간이 지날수록 다니엘에 대해 나쁘게 이야기하는 친구들이 많아졌다. 하지만 미나는 상관하지 않는 것처럼 보였다. 나는 그게 부러웠다. 나는 그렇게 못할 것이 분명하기 때문이다.

오늘은 목요일이다. 월요일도 화요일도 수요일도 미나는 학교에 오지 않았다. 하지만 미나가 학교에 안 오는 이유를 아는 친구들은 아무도 없었다. 애들은 미나가 여행을 갔다고 생각했다. 나도 그렇게 믿었다. 미나가 종종 여행 간다는 이유로 학교를 빠진 적이 많았기 때문이다. 나는 다니엘에게 미나가 학교에 나오지 않는 이유를 물어보았다. 다니엘은 미나와 헤어진 지 꽤 되었다며 자기도 미나가 학교에 안 오는 이유가 궁금하다며 "미나, 홈스쿨링 하는지도 몰라."라고 덧붙였다. 나와 애들은 미나가 학교에 안 나오는 이유가 다니엘과 연관이 있을 거로 생각했지만 아무도 확신하지는 못했다.

그 이상한 일이 일어나고 4개월 뒤 다니엘에게 메시지가 왔다.
- 안녕…?
- 어? 다니엘? 왜?
- 나… 네가 다시 좋아졌어.
나는 메시지에 답을 하지 않았다. 나는 다니엘이 싫었다. 다니엘과는 말을 섞는 것조차 싫었다. 다니엘에게서 메시지가 또 왔다.
- 그… 나랑 다시 사귀자.
나는 계속 읽기만 하고 답을 하지 않았다.

내일은 토요일이라 학교를 가지 않아도 된다. 다행이다. 나는 학교에 가지 않는 내내 다니엘에 대해 많은 생각을 했다. 다니엘은 내가 답장을 안 해서 짜증이 났을 것이다.

✦ 4. 지아라 ✦

나는 다니엘이 나에게 고백하고 나서 내 친구 지아라를 좋아하기 시작했다는 걸 알게 되었다. 그러면서도 다니엘은 나에게 고백하는 것을 멈추지 않았다.

– 김서윤 진짜로 나랑 다시 사귀자. 내가 진짜 잘할게⋯.

결국 나는 다니엘이 5번째 고백을 했을 때 그 고백을 받아주었다. 나는 다니엘이 싫었던 것이 아니라 다니엘과 또 헤어지게 되는 것이 두려웠나 보다.

– 진짜!!? 진짜지? 고마워. 내가 진짜 잘할게. 내가 그때는 정신이 나갔었나 봐. 진짜 미안해.

– 그래. 알았으면 됐어.

– 근데, 서윤아.

– 응⋯? 왜?

– 진짜 미안한데⋯. 다음 주에 발렌타인 데이잖아⋯.

– 응⋯.

– 내가 모르고 지아라한테 나의 밸런타인이 되어달라고 했어.

– 아⋯.

- 진짜 미안해.

- 응… 괜찮아. 어차피 지아라는 너 안 좋아하니까….

다니엘의 고백을 들어주고 일주일이 지났다. 나는 다니엘이 내 남자친구지만 나보다 지아라와 더 가까운 것 같다는 느낌을 가질 때가 많았다. 나는 다니엘이 지아라를 좋아한다는 걸 안다. 하지만 나 역시도 다니엘을 좋아하기에 둘 사이에 대해 일부러 아는 척하지 않았다. 다니엘은 점점 더 학교에서 나와 이야기하는 시간보다 지아라와 이야기하는 시간이 길어졌다. 나는 왠지 다니엘보다 지아라에게 더 화가 났다. 이제 더 이상 둘의 관계를 모른 체할 수 없었다. 나는 다니엘과 헤어지기로 했다. 다니엘에게 메시지를 보냈다.

- 다니엘…,

- 응? 왜?

- 우리 헤어지자….

- 갑자기?! 왜!?? 내가 뭘 잘못했는데!?

- 너 학교에서 나랑 얘기는 하나도 안 하고 지아랑만 놀고 얘기하잖아. 그리고 나는 네가 아직 지아라 좋아하는 거 알아. 모두를 위해 우리가 헤어지는 게 좋을 것 같아.

- 그건 내가 진짜 미안해. 나는 네가 그렇게 생각하는 줄 몰랐어. 진짜 미안해….

- 좋아. 몰라서 그랬다면 어쩔 수 없지. 그렇지만 그래도 나는 너와 더 이상 만나기 싫어.

- 서윤아…. 내가 진짜 미안해.

다음 날 학교에서 다니엘과 지아라의 모습을 본 나는 더 화가 났다. 다니엘은 어제 일은 아랑곳없이 지아라와 더 이야기를 많이 하고 더 놀고 있었다. 나는 점점 지아라한테 짜증이 났다. '아니 어떻게 내 친한 친구가 어제 헤어진 내 전 남자 친구랑 하하 호호 얘기하며 놀 수가 있지? 그리고 다니엘이 좋아하는 걸 알면서도 어떻게 계속 모르는 척하는 거지?'

나는 지아라랑 놀지도 않고 얘기도 하지 않았다. 숨 막히고 지루하게 일주일이 지났다. 다니엘이 나한테 메시지가 왔다.

– 야, 김서윤.

– 왜?

– 너 지아라한테 화내지 말고 나한테 화내. 왜 죄 없는 지아라한테 그래!!?

– 하… 야! 내가 화내고 싶은 사람은 둘이야. 근데 내가 지금 얘기를 안 하는 거지.

그 메시지를 끝으로 난 다니엘을 차단했다. 진짜 짜증이 났다. 다니엘은 이미 지아라한테 푹 빠져있었다. 나는 지아라와 다니엘을 학교에서 봐도 못 본 체했다. 그렇게 지내던 어느 날 지아라에게 메시지가 왔다.

– 안녕, 서윤아.

– 갑자기?

– 나는 너랑 얘기를 하고 싶었는데, 네가 나한테 화난 걸 알아서 메시지를 못 보냈어. 미안해.

시간이 지나서일까? 지아라의 미안하다는 말이 진심으로 느껴졌다.

– 근데 나도 너한테 왜 화났는지 잘 모르겠어. 내가 좋아하는 다니엘이 너를 좋아하고 너는 다니엘이랑 재밌게 노니까. 그냥 너한테도 화가

났던 것 같아. 나도 미안해.

　- 아…. 내가 다니엘이랑 너보다 많이 이야기하고 놀아서 네가 화가 났던 거구나….

　- 하지만 이제 상관없어 다니엘이 얼마나 안 좋은 친구인지 알았으니까.

　- 음…. 내 생각도 그래. 다니엘이랑 얘기를 하면 할수록 좀 이상하다는 생각이 자꾸 들어.

　- 음…. 일단 우리 내일 학교에서 만나서 이야기하자.

　- 그래. 내일 만나.

　다음 날 나는 버스를 놓쳐서 학교에 뛰어가야 했다. 그래서 학교도 늦게 갔다. 수업에 들어가니까 새로운 전학생이 와 있었다.

　루카스. 새로 전학 온 아이의 이름이다. 루카스는 머리를 탈색했다가 다시 염색했는지 머리가 개털이었다. 그리고 아주 큰 안경을 끼고 있었다. 나는 그 아이의 외모가 뭔지 모르게 어색해 보여 계속 그 아이를 쳐다봤다. 내가 루카스를 보고 있을 때 이리니와 내 눈이 마주쳤다. 나는 빨리 고개를 돌렸다. 내가 루카스를 보고 있다는 걸 이리니가 또 어떻게 소문을 낼까 두려웠기 때문이다. 내 예상은 적중했다. 두려움은 곧 내가 새로 전학을 온 루카스를 좋아한다는 소문으로 내 앞에 나타났다.

　쉬는 시간이 지나자 우리 반 애들 모두가 그 소문을 알게 되었다. 다니엘이 나한테 소리치면서 말했다.

　"야! 김서윤 너 이제 루카스랑 사귀냐?!"

　그때 루카스가 말했다.

　"야, 나 여자 친구 있어!"

"야! 다니엘, 루카스 여자 친구 있다는데 네가 왜 난리야!?"

난 루카스의 말에 용기를 얻어 다니엘에게 한 마디 날려 주었다. 다니엘은 아무 말도 하지 않았다.

다음 시간은 수학이었다. 선생님이 수학 문제를 모둠으로 풀라고 했다. 나는 미아, 루카스, 다니엘이랑 같이 수학 문제를 풀었다. 수학 문제를 끝내고 조금 시간이 남았다. 루카스가 나한테 말했다.

"너… 김서윤 맞아?"

"응, 왜?"

"그… 다니엘이랑 너랑 둘이 사귀고 있어? 다니엘이 너 좋아하는 것 같아서."

"아니야. 전에 잠깐 사귀었는데 지금은 아니야."

나는 다니엘의 얼굴을 보고 다니엘이 화났다는 걸 알았다. 근데 전과는 달리 신기하게도 아무 느낌이 없었다. 나는 다니엘이 나한테 한 행동을 루카스에게 다 말해줬다. 내 이야기를 모두 듣고 난 루카스는 다니엘을 이상하게 쳐다봤다. 다니엘은 변명을 하면서 내가 거짓말을 하고 있다고 말했다. 루카스는 내가 진실을 말하고 있다는 걸 알았지만 그냥 다니엘을 믿는 척했다.

스쿨버스를 타고 학교를 가는 중에 루카스가 내가 탄 버스에 올랐다. 루카스와 난 다니엘에 대해 이야기 나누고 난 후 많이 친해졌다. 다니엘은 나와 루카스가 친해진 걸 알고 우리에게 많이 화가 나 있었다. 그 동안 내가 느낀 감정을 다니엘도 알게 되어 탄산을 마신 듯 속이 시원했다. 나는 늘 그랬듯이 다니엘과 이야기를 안 했다. 모두 내가 루카스를 좋아한다고 생각하고 있었다. 아이들이 어떻게 생각하든 이제 난 아무 상관이 없었다.

'사람들이 생각하는 것과 내가 생각하는 것은 다르니까…'

급식을 먹고 이리니, 미아와 진실 게임을 했다. 나는 이리니가 다니엘을 좋아한다는 걸 진실게임으로 알았다. 학교가 끝난 뒤 나는 미아와 놀이터에 앉아 이야기했다.

"어쩐지…"

"무슨 말이야?"

"아니.. 내가 다니엘이랑 두 번째로 사귀고 있었을 때, 이리니가 나한테 진짜로 다니엘 좋아하냐고 물어본 적이 있었거든. 그땐 별생각 없이 들었는데 지금 생…"

얘기하는 도중 미아가 말을 끊었다.

"이리니가 다니엘이랑 너 사이를 이간질한 거 아니야?"

"아! 그럴 수도 있겠다. 그래서 항상 나에게 다니엘이 지아라 아직 좋아하는 것 같은데…그래도 좋아!? 이런 걸 물어봤던 거였어!!"

"아…. 어쩐지 이리니가 너한테 자꾸 시비를 걸더라니…. 네가 자기가 좋아하는 다니엘과 사귀는 게 싫었던 거구나."

"아마도 그런 것 같아."

"이리니 그렇게 안 봤는데… 소름…"

"나도 이제 이리니가 무서워짐."

나와 미아는 약속이나 한 듯이 이리니와 거리를 두기 시작했다. 그렇게 한 달이 지나고 겨울방학이 찾아왔다. 엄마와 나는 겨울 방학을 할머니가 계신 한국에서 보내게 되었다. 한참 한국의 방학을 즐기고 있을 때, 다니엘에게 메시지가 왔다.

– 서윤아….

– 어…?

– 제발 내 메시지 씹지 말고 한 번 읽어줘.

– 알았어.

– 나 진짜로 너 아직 좋아해. 내가 왜 너한테 그렇게 했는지 잘 모르겠어. 내가 진짜 미안해. 나랑 마지막으로 한 번만 더 사귀자.

나는 다니엘의 마음이 진심인지 궁금했다. 나는 다니엘의 마음을 떠보려고 다니엘한테 알겠다고 했다. 다음날 다니엘에게 메시지가 왔다. 나는 메시지를 보고 다니엘이 우리가 다시 사귀게 된 사실을 이리니에게 말했다는 것을 알게 됐다.

– 김서윤, 너 내가 싫다고 해도 이건 아니지!

– 무슨 소리야?

다니엘이 사진을 보냈다. 나와 이리니가 나눈 대화 내용이 캡처되어 있는 사진이었다. 하지만 나는 이니리 와 대화를 나눈 적이 없었다. 그 사진은 조작된 거였다. 누군가의 이름이 내 이름으로 설정해서, 내가 이리니랑 얘기한 것처럼 보이게 만든 조작된 메시지였다. 나는 그 내용을 읽어 보았다.

– 이리니, 나 지금 다니엘 다시 사귀고 있잖아. 근데 나 진짜 다니엘 너무 싫어!!

– 응…? 너 지금 다니엘이랑 사귀고 있다며.

– 응. 근데 나 진짜 다니엘 너무 싫어. 다니엘이랑 헤어지고 싶어.

어이가 없었다. 나는 이리니를 차단한 상태고, 이리니와 친한 사이도 아니고 더군다나 이리니를 믿지 못하기 때문에 이리니한테 그런 메시지를 보낼 이유가 없었다. 나는 다니엘에게 메시지를 썼다.

– 야! 나 그런 얘기한 적 한 번도 없어. 그리고 나 지금 이리니랑 거리두기 하고 있어.

- 솔직히 난 지금 누구 말이 진짜인지 모르겠다. 근데 하나만 물어보자. 너 정말 내가 그렇게 싫냐!?

- 나 진짜로 이리니랑 얘기한 적 한 번도 없다니까.

그리고나서 나는 다니엘에게 두 달 전, 내가 이리니에게 마지막으로 보낸 메시지를 캡처해서 보냈다. 하지만 다니엘은 내 말을 믿으려고 하지 않았다.

- 야, 넌 네 여자 친구를 믿어야지, 왜 다른 사람 얘기를 믿니?

- 너무 명백한 증거가 있잖아.

- 야, 그냥 우리 헤어지자. 지친다. 그냥 너랑 얘기 안 할래.

- 그래!!!

나는 이리니에게 그 메시지에 대해 따졌다.

- 야, 이리니!

- 왜?

- 너 다니엘에게 보낸 메시지, 뭐야!?

- 아, 그거? 그거 내가 너랑 다니엘 헤어지게 하려고 만든 거야.

- 뭐?

- 우리 언니 전화번호를 너라고 이름 설정하고 우리 언니가 너처럼 말하게 만든 다음에 내가 내 폰으로 그냥 자연스럽게 말한 거야. 흐흐흐

- 너, 남의 이름 도용하는 거. 그거 범죄야. 넌 범죄를 저지르고도 어쩜 그렇게 당당하냐?

- 나? 내가 거짓말할 이유가 없으니까. 난 다니엘이 너랑 헤어지는 게 목적이거든. 이제 내 할 일은 끝났어. 나는 이리니와 나눈 대화 내용을 복사해서 미아한테 보냈다.

- 야, 이리니 뭐니? 진짜 무섭다. 내가 이거 다니엘한테 보낼까?

- 아니, 됐어. 나 이제 다니엘이랑은 어떻게도 엮이기 싫어.

- 참, 나 이리니랑 손절했어. 이제 이리니라면 이름도 듣기 싫어.

- 미아야, 한국은 지금 완전 밤이라서 나 이제 졸려. 자야겠다. 미안.

- 응, 응. 알았어 잘 자~.

- 응!

방학이 끝나고 나는 다시 미국에 갈 것이라 생각했지만, 엄마가 한국에서 일할 수 있게 되어 당분간은 한국에서 살게 되었다고 했다. 솔직히 엄마의 결정이 마음에 들지 않았다. 방학 동안 한국 아이들이 얼마 나 공부를 힘들게 하는지 보았기 때문에 한국 친구들이 하는 것처럼 공부를 잘할 수 있을지 두려웠다. 하지만 나의 생각과는 달리 엄마와 아빠는 우리가 살 집을 구하며 한국에서 살 준비를 끝내고 있었다. 그렇게 나는 어쩔 수 없이 한국에서 살게 되었다. 나는 미국 친구들에게 미국에 돌아갈 수 없게 되었다고 메시지를 보냈다. 미국에 있는 친구들은 인사도 제대로 나누지 못하고 헤어지게 되어 모두 많이 아쉬워했다. 제일 아쉬워하는 친구는 미아였다. 나 역시 마찬가지였다. 하지만 미국 친구들과의 아쉬운 헤어짐도 잠시, 나는 한국 학교 생활에 적응하느라 정신이 없었다. 그러는 동안 핸드폰 번호를 바꾸게 되어 미국 친구들과는 자연스럽게 연락이 끊겼다. 난 애들한테 메시지를 보내고 싶어도 내용이 써지지가 않았다. 그렇게 난 미국 친구들과 사이가 점점 멀어져 갔다.

한국 학교 첫날. 선생님이 내가 미국에서 왔다고 아이들에게 미리 이야기를 해서인지 아이들이 쉬는 시간 마다 나를 찾아왔고 불편하지 않게 학교생활을 도와주었다. 그래서 나는 친구들을 많이 사귀게 됐다.

✦ 5. 현서 ✦

그중 내가 제일 친하게 지낸 아이의 이름은 현서였다. 나는 그 아이와 늘 붙어있었다. 그렇게 4개월이 지났다. 어느 날부터인가 현서를 제외한 반 친구들이 나를 피하기 시작했다. 그래서 나는 다른 반 애들과 자연스럽게 친해지기 시작했다. 나는 우리 반 애들이 나를 따돌리는 것 같아서 현서에게 고민을 털어놓았다.

"현서야 나 학교 다니는 것이 너무 힘들어."

"응!? 진짜!? 왜…?"

"애들이 나를 따돌리는 것 같아."

"아… 서윤아, 뭐 하나 물어봐도 돼?"

"뭔데?"

"너는 우리 반 아이들이랑만 친하게 지내는 게 좋아 아님, 다른 반 애들이랑도 같이 친하게 지내는 것이 좋아?"

"다른 반 애들이랑도 친하게 지내는 게 좋지."

"그래? 그럼 우리 반 애들이 너 싫어하는 것 같다고 네가 작아지면 안 되지."

"그런가?"

"그럼. 그냥 애들이 네 성격을 싫어한다고 하자. 그렇다고 네가 걔네가 어떤 아이들인지도 모르면서 걔네 들이 좋아하는 모습으로 너를 바꾸는 것은 쫌 아니지 않니…?"

"네 말 들어보니까 그런 것 같기도 하다….."

"그냥 그런 거 고민하지 말고 너 자신을 찾아."

나는 현서가 나 자신을 살라고 한 게 너무 고마웠다.

✦ 6. 스케이트 ✦

너 자신을 찾으라는 현서의 말은 나에게 2년 전에 그만두고 한 번도 타지 않은 스케이트를 다시 시작하게 만들었다. 스케이트를 신자, 2년 전에 느낀 그 느낌이 똑같이 느껴졌다. 나는 예전보다 더 많이 더 열심히 연습했다. 난 다른 사람들이 5~6년에 끝내는 것을 1년 만에 끝냈다. 나는 나와 같이 시작한 아이가 악셀을 연습하고 있을 때, 트리플 악셀을 연습하고 있었다. 국가 대표가 되고 싶었지만 그것은 나이 때문에 당장은 할 수 없는 일이었다. 그래도 연습을 게을리하지 않았다.

난 그렇게 학교에서는 공부를 열심히 하고 밖에서는 스케이트 생각만 했다. 국가대표는 17~18살이 되어야 자격이 되었다. 나는 1년을 기다리기로 했다. 스케이트를 타기 전에 땅에서 4회전 도는 것을 연습했다.
땅에서는 4회전을 돌 수 있었지만 얼음에서는 최대가 3회전 반이었다. 나는 계속 연습했다. 그렇게 넘어지는 것을 거듭할 때마다 무릎과 발에는 멍과 상처가 많아졌다. 나는 1년 만에 스케이트 4회전을 도는 사람이 되어 뉴스에도 나왔다. 뉴스에 나오는 말이 모두 다 사실은 아니었지만 그래도 비슷했다.

다음 날 학교에 갔을 때 친구들이 나한테 사인을 해달라고 해서 나는 쉬는 시간에 계속 애들한테 사인을 해주었다. 나는 사람들한테 관심받는 것을 좋아하지 않아 조금 불편했다. 1년 만에 4회전 도는 것이 목표였기 때문에 학교 친구들에게 사인을 할 때에도 4회전 생각만 했다. 내 손은 사인을 하고 있었지만 내 머리와 몸은 4회전을 돌 때의 동작과 4

회전을 오늘 돌 수 있을지만 생각하고 있었다. 나는 4회전 도는 것만 1주일을 연습했다. 그렇게 연습해서 드디어 4회전을 얼음에서 뛸 수 있게 됐다. 너무 기뻐서 그것만 더 연습하다 보니 어느 순간 4회 전뛰는 것이 어렵지 않게 되었다. 연습하면서 피겨에서 금지된 백플립 기술을 배웠다. 그것을 연습할 때마다 다치지 않기 위해 헬멧을 꼭 쓰고 옷을 두껍게 입는다. 트리플 악셀을 뛰다가 크게 넘어졌다. 아파서 계속 앉아 있었는데 갑자기 모르는 사람이 나에게 손을 뻗었다. 나는 누군지도 모르고 손을 잡고 일어났다.

✦ 7. 조민우 ✦

정신을 차려보니 미래 국가대표가 될 조민우가 내 앞에 있었다. 나는 조민우가 내 앞에 있다는 것이 믿기지 않았다. 조민우와 친해지면서 민우와 내가 나이가 같다는 걸 알았다. 우리는 서로 친해지면서 서로 대회에 가서도 도와주고 서로를 응원하기 시작했다. 그렇게 우리는 더 가까워졌다. 그러던 어느 날 나는 민우에게 다니엘과 나의 옛날얘기를 하게 됐다.

"어떻게 그런 애가 다 있어??"

"나도 모르겠어. 근데 진짜 힘들었어."

"그러게…. 많이 힘들었겠다. 우리 그런 생각은 다 잊어버리고 미래의 우리 꿈을 위해 노력하자!"

"그래! 파이팅!"

나는 그렇게 민우와 같이 미래를 위해 연습, 더 연습하면서 조금씩 실력이 늘었다. 민우는 스피드를 연습하고 나는 피겨를 연습했다.

몇 개월 뒤에 베이징 동계올림픽이 열린다는 소리를 들었다. 너무 나가고 싶었지만 내 실력에는 나갈 수 없다고 느꼈다. 연습을 아무리 해도 스케이트 4회전을 돌 때마다 계속 넘어지고 있었기 때문이다. 떨어져도 되니까 참여만이라도 할 수 있길 바랐다. 나는 아침 9시부터 저녁 7시까지 연습만 했다. 그렇게 몇 주가 지났다. 코치선생님께서 나의 노력을 아셨는지 나의 인생을 바꿔 줄 말씀을 하셨다.

"서윤아."

"네?"

"너, 베이징 동계올림픽에 나가고 싶지?"

"네!"

"그럼 올림픽에 나가서 우리 한번 잘해 볼까?"

"네? 진짜요? 잘하겠습니다. 정말 감사합니다!"

나는 그렇게 베이징 동계올림픽에 참가할 수 있게 됐다. 나는 민우에게 소식을 전했다.

"와! 우리 같이 나가는 거네?" 민우가 말했다.

"응. 우리 함께 노력하자고!!"

나는 나보다 더 기뻐하는 민우를 보며 말했다.

나는 스케이트 안무를 짜기 시작했다. 4분의 시간에서 제일 어려운 기술과 성공할 확률이 높은 안무를 만들었다. 그렇게 안무를 짜고 그 안무를 매일 연습했다. 드디어 베이징 동계올림픽이 열렸다. 먼저 스피드 경기가 시작됐다. 나는 대기실에서 민우를 응원하고 있었다. 내 차례가 됐다. 나는 경기가 끝난 후 심사위원과 관객들에게 인사를 했다. 관객들에게 인사를 하면서 다니엘과 비슷하게 생긴 관객을 봤다. 나는 설마 하면서 코치와 함께 나의 점수를 기다리고 있었다.

228.10

참가 선수 중 두 번째로 높은 점수였다. 나는 그렇게 베이징 동계올림픽에서 2등을 했다. 나에게는 1등 같은 2등이었다. 나는 민우에게 다니엘과 비슷하게 생긴 남자를 봤다고 말했다.

"뭐? 걔가 여기 중국까지 왔다고?"

"나도 잘 모르겠어. 걔랑 진짜 비슷하게 생겼는데, 진짜 다니엘인지는 확실하지 않아."

"야, 그럼 한번 가보자."

"뭔 소리야? 걔를 왜 보러 가?"

"어떻게 생겼는지 너무 보고 싶어."

"나는 보고 싶지 않아."

"그럼 넌 내 뒤에 있어. 어딨는지만 말해봐."

"알겠어."

나는 진짜 너무 가기 싫었다. 그런데 민우가 가고 싶다고 계속 말해서 어쩔 수 없이 따라갔다.

'그래… 민우 뒤에 있으면 나를 못 보겠지? 그냥 따라가기만 하면 돼'

나는 그렇게 민우를 따라 경기가 진행됐던 곳으로 갔다. 거기에는 정말로 다니엘처럼 생긴 남자가 있었다. 혼자서 누구를 기다리는 것처럼 보였다.

✦ 8. 다니엘 ✦

"저 사람이 다니엘이야?"

"어. 맞는 것 같아." 나는 민우 뒤에 숨어 있었다. 민우가 그 남자에게 더 가까이 다가갔다. 진짜 다니엘이었다. 다니엘은 나를 보고 인사를 했다.

"안녕?"

"어… 안녕…."

"진짜 다니엘 맞아?" 민우가 말했다.

"어어. 맞아…."

"난 동계올림픽을 보려고 일부러 왔어. 네가 스케이트 선수라니. 정말 대단해." 다니엘이 말했다.

"어? 어…"

"둘은 무슨 사이?"

"그냥 친…"

"나? 서윤이 남자 친구인데." 민우가 말했다.

"남자 친구? 아… 그렇구나…. 만나서 반가웠어. 난 그럼 이만…."

그렇게 말하고 다니엘은 그곳을 떠났다.

"야, 그걸 말하면 어떡해?"

"내가 말 안 하면 저 남자가 너를 다시 괴롭힐 수 있어."

"아… 듣고 보니 그렇네…."

"일단 빨리 가자."

나는 다니엘을 만나는 것은 그게 마지막이라고 생각했다. 다니엘은 나를 만나고 난 후 인터넷에 우리가 사귄다는 글을 올렸다.

다니엘

저는 피겨 선수 김서윤을 좋아하고 있었습니다. 저는 김서윤 선수를 만나려고 미국
에서 중국까지 온 것입니다. 저는 경기가 끝난 후 김서윤 선수의 사인을 받으려고 기
다리고 있었는데 김서윤 선수와 조민우 선수가 저에게 왜 왔냐며 화를 내기 시작했
습니다. 저는 그냥 사인을 받으려고 기다리고 있었다고 말하려고 했지만, 말을 못
하게 하고 둘이 사귀고 있다면서 저한테 소리를 질렀습니다….

ㅠㅠ 저는 너무 무서웠습니다…. ㅠㅠ

라고 쓰여있었다. 그 글을 읽은 사람들이 댓글을 올리기 시작했다.

김 xx : 뭐야? 김서윤 조민우 선수들 뭐야?

이 xx : 둘이 사귄다고?? 진짜??

김 xx : 다니엘 님 진짜 속상하셨겠네요. ㅠㅠ

황 xx : 근데 둘이 사귀는 거가 뭐? 나는 상관없는데.

　댓글이 엄청 달렸다. 코치가 나한테 와서 물었다.

　"서윤아, 이게 무슨 일이야? 너 진짜 조민우랑 사귀는 거야?"

　"아니요."

　"그럼 인터넷에 올라온 이 글들이 다 무슨 소리야?"

　"아, 저도 잘 모르겠어요. 다니엘이 거짓말하는 거예요."

　나는 코치에게 상황을 설명해 주었다.

　"뭐야? 다니엘? 그 사람이 뭔데.?"

　"모르겠어요. 저 이제 어떡해요…?"

　"이게 진실이 아니라는 걸 동영상으로 찍어서 사람들한테 보여줘야
지."

"제가 한번 찍어볼게요…."

"그래."

집으로 가는 길에 민우에게 전화가 왔다.

"여보세요?"

"너 괜찮아?"

"나 괜찮아. 다 오해라고 동영상 찍어서 올리라고 코치가 그랬어."

"내가 미안해…. 내가 괜히 그런 말 해서…."

"아니야. 좀 있으면 괜찮아지겠지…."

"그래. 정말 미안해."

나는 "어…"라고 말하고 전화를 끊었다. 나는 동영상을 찍고 그것을 인터넷에 올렸다. 또 댓글이 달렸다.

김 xx : 뭐야…? 이게 진짜야? 아니면 아까 다니엘 님이 말한 게 진짜야??

황 xx : 다니엘 님이 거짓말한 거네…. 이거 동영상을 찍고 올린 거 보니 사귀는 건 아닌 것 같은데요…?

이 xx : 누굴 믿어야 하지…?

윤 xx : 근데 솔직히 우리가 얼굴도 모르는 사람보다 그래도 누군지 아는 김서윤 선수를 믿는 게 더 좋은 것 같은데…?

나는 사람들이 내 말을 믿어주고 있는 건지 아니면 다니엘 말을 믿는 건지 잘 몰랐다. 그래서 동영상을 하나 더 찍어서 올렸다. 그 동영상에서 다니엘이랑 내가 어떻게 만났는지 왜 여기서 또 만나는 지를 밝혔다.

김 xx : 어…? 그럼 이거 다니엘 님이 김서윤 님이 이제 스케이트 못 타게 하려고 일부러 거짓말한 거…?

조 xx : 에이… 나는 아직 못 믿겠는데….

사람들은 50대 50으로 믿는 사람과 안 믿는 사람이 갈라졌다. 이렇게 하면 되겠지?라고 생각하며 지친 몸을 침대에 뉘었다. 다음날 나는 원래 하던 것처럼 스케이트장에서 연습을 했다. 토요일이어서 생각보다 사람이 많았다. 사람들은 나를 알아보고 연습하는 도중 나에게 소리를 질렀다.

"조민우 선수랑 데이트하러 가지 왜 여기 와서 굳이 연습하냐?"

"조민우가 그렇게 좋냐?"

"왜 죄 없는 사람한테 뭐라고 해?!"

"너 선수 생활 끝이다!"

나는 사람들의 얘기를 무시하려 했지만 그럴 수가 없었다. 스케이트장에서 나와 집으로 갔다. '어떻게 하면 사람들의 오해를 풀 수 있을까?' 생각하면 할수록 드는 생각이 있었다. 나는 무슨 상황이 있을 때마다 매번 그 일을 피해 숨고, 그 일이 없었다는 듯이 살아왔다. 멕시코에서 미국으로 갈 때도 그랬고 미국에서 한국으로 올 때도 그랬다. 이번만은 그러고 싶지 않다. 나는 이번 일이 오해라는 걸 꼭 밝힐 것이다.

'왜 다니엘은 갑자기 나타나 있지도 않은 이야기를 지어내서 나에게 피해를 주는 걸까?' 궁금했다. 나는 다니엘의 연락처를 찾아보았다. 다행히 다니엘의 연락처가 남아 있었다. 나는 다니엘에게 메시지를 보냈다.

- 야. 너 인터넷에 왜 그런 말도 안 되는 글을 올린 거야?

- 김서윤?

- 그래. 나다. 김서윤.

- 아… 몰라.

- 너 오늘 시간 있어? 4시쯤 만나면 좋겠는데, 어때?

- 어디서?

- 스케이트장 앞에서 4시에 만나.

- 좋아.

나는 준비를 하고 스케이트장으로 갔다. 혹시 모르니 다니엘의 목소리를 녹음할 수 있도록 핸드폰 음성 녹음을 켰다. '이 방법이 최선이야.' 나는 속으로 계속 그렇게 말하며 약속 장소로 갔다. 다니엘은 먼저 와 있었다.

"안녕…?"

다니엘이 나에게 웃는 얼굴로 인사를 했다.

"네 덕분에 안녕은 못 하지. 다시 한번 물어보자. 도대체 진짜도 아닌 사실을 왜 올린 거니?"

나는 최대한 침착하게 말했다. 화를 내면 또 이상한 소문을 낼 수도 있으니까.

"어… 그냥 솔직히 네가 지금 잘되고 있다는 게 너무 짜증 나고… 네가 다시 그리워서 그랬던 것 같아…. 진짜 미안해…. 벌써 어쩔 수 없는 일인 것은 알지만…. 나는 그때 아무 생각 없이 글을 올린 것 같아…. 진짜 미안해…."

다니엘의 말은 그대로 녹음이 되고 있었다. 나는 다니엘이 말한 내용 그대로를 인터넷에 올리고 해명 글을 썼다.

다니엘

아니야! 아니야! 저는 그렇게 말한 적이 없어요. 그거 다 편집이에요! 아니야! 진짜 다 걸고 저거 다 주작입니다!! 저렇게 말한 적, 김서윤 선수를 만난 적도 없는데 그것을 언제 말하겠어요. 제가!! 저는 진짜 진심으로 저렇게 말한 적이 없습니다.

어이가 없어도 너무 없었다. 나는 그래서 우리가 주고받았던 메시지를 캡처해서 올렸다. 또다시 다니엘이 댓글을 달았다.

다니엘

아니야! 저것도 주작이잖아요! 그걸 제가 썼는지 아니면 다른 사람의 핸드폰으로 썼는지 어떻게 알아요? 저거 다 거짓입니다. 저 진짜 억울해요⋯. ㅜㅜ

다니엘이 올린 글 밑에는 누구를 믿어야 하는지 모르겠다는 댓글이 달리기 시작했다. 나는 사람들이 내 이야기를 들어주고 믿어줬으면 좋겠다는 생각이 들었다. 그래서 나도 댓글을 달았다.

김서윤

야, 다니엘 나도 이제 지쳤어. 너 그냥 사실대로 말해. 그거 얘기한 거랑 내가 지금 올린 글 다 사실이란 것을. 제발 사실대로 말해. 이거 너 진짜 맞잖아⋯. 님⋯ 저 김서윤 선수입니다. 이 얘기는 다 사실입니다. 제가 먼저 만나서 이야기하는데 제가 녹음을 해서 올린 것입니다. 이것에 대해서는 1도 거짓이 없습니다. 이제 제발 좀 저를 믿어주세요⋯.

글이 올라가자 인터넷 댓글이 쉴 새 없이 달리기 시작했다. 이제 나를 믿어주는 사람이 더 많아졌다.

조 xx : 김서윤 선수 얘기가 맞는 것 같아요⋯.

김 xx : 맞아요. 이거 진짜 다니엘 님 무슨 논란인가요…? 이거 진짜 김서윤 님의 얘기가 맞는 것 같네요! 못 믿어서 죄송합니다….

황 xx : 음… 나는 아직 고민을 좀….(?)

나는 왜 다니엘이 인정을 안 하는지 이해가 안 됐다. 증거도 다 있는데 왜 인정을 안 하는 건지, 진짜 이해가 되지 않았다. 난 지금 다니엘 때문에 스케이트도 못 타고 연습도 못하고 있다. 지금 이 순간 다니엘이 인정만하면 나는 바로 스케이트를 타러 갈 수 있다. 졸음이 몰려왔다. 나는 요즘 다니엘 때문에 새벽 한 시에 잔다. 다니엘과 사람들이 무슨 댓글을 달지 너무 걱정되었다. 며칠 동안 잠을 설쳐서인지 너무 피곤 해서 오늘은 평소보다 일찍 잠자리에 들었다. 나는 아침에 일어나자마자 댓글을 보았다. 다니엘이 달라졌다.

다니엘
아… 맞습니다…. 제가 이거 말한 거 다 거짓입니다…. 죄송합니다. 저는 순간 김서윤 선수가 저보다 더 잘 나가는 게 짜증 났던 것 같네요…. 죄송합니다….

김 xx : 엥? 갑자기 다니엘 님 왜 그래요…?

이 xx : 봐봐 이거 다 거짓인 거. 나는 처음부터 알았어. 어떻게 김서윤 선수와 조민우 선수가 이런 짓을 했겠어요…. ㅋㅋ

내가 댓글을 읽고 있을 때 민우에게 메시지가 왔다.
- 서윤아 너 그 댓글 봤어?
- 어… 지금 방금 봤어.

- 얘 갑자기 왜 그러지? 어제는 다 주작이라고 하더니….

- 그러게. 나도 어이가 없다.

- 너 오늘 스케이트장 올 수 있어…?

- 어. 나 이제 준비하고 가려고!

- 알았어. 기다릴게.

나는 아침밥을 먹고 스케이트장 갈 준비를 했다. 오랜만에 스케이트를 타는 거라 잘 탈 수 있을지 걱정이 됐다. 그래서 오늘은 최대한 쉬지 않고 연습하리라 다짐을 했다. 스케이트장에 도착하니, 민우가 운동을 하면서 나를 기다리고 있었다.

"왔어??"

"응. 뭐 하고 있었어…?"

"복근 운동. 너도 빨리 와서 해."

"알았어. 잠시만."

나는 운동장 10바퀴를 뛰고 물 한 모금 마시고 운동을 시작했다. 처음에는 그냥 간단한 복근 운동, 스쿼트를 했다. 그러고 나서 회전 운동을 시작했다. 오랜만에 해서인지 원래보다 10배는 더 힘든 느낌이 들었다. 나는 넘어지는 것을 반복하다가 2시간 넘게 회전만 했다. 그리고 오랫동안 못했던 다리 찢기를 연습하기 시작했다. 어떻게 한 달도 안 되는 시간에 몸이 그렇게 굳을 수가 있는 건지.

'힘들어도 다리 찢기 연습은 할 걸' 나는 후회했다. 스케이트를 신고 스케이트를 타러 갔다. 오랜만에 타는 거라서 처음에는 한 바퀴 뛰는 것만 연습하다가 좀 괜찮아졌을 때 더블을 연습하고 그렇게 3시간을 계속 연습했다. 크게 숨을 들이마시고 트리플을 뛰기 시작했다. 뛸 때마다 계속 넘어졌다. 울고 싶었다. 하지만 나는 울음을 꾹 참고 최선을 다했다. 민우가 연습하는 나를 보며 조금 쉬었다 하라고 말했다. 민우 말을 듣고 나는 물을 마시려고 대기실로 갔다. 민우가 내가 들고 있는 물통을 뺏어 갔다.

"내 물!"

"뭐야?"

민우가 내 물을 다 마셨다. 싫지 않았다. 나는 정수기에서 물통에 물을 다시 받았다. 민우와 나는 다시 연습했다. 밤 10시가 넘었다.

'1시간만 더 타고 집에 가야지.' 나는 마지막 끝날 때까지 더 열심히 연습했다. 민우와 나는 집에 가기 위해 스케이트장을 나왔다.

민우와 함께 버스를 기다리고 있었다. 우리는 둘 다 힘이 풀려서 아무 얘기도 없이 그냥 멍하니 앉아 있었다. 민우가 발목을 쩔뚝거렸다. 연습하면서 다친 모양이다.

"다친 거야?"

"응. 연습할 때 좀 다친 것 같아. 내일이면 괜찮아질 거야. 걱정 마."

"집에 가면 얼음찜질 꼭 해."

"어어. 고마워."

버스가 왔다. 우리는 버스를 타고 집으로 갔다. 내가 먼저 내려 집으로 걸어가는 도중에 민우에게 메시지가 왔다.

– 야.

– 왜?

– 심심해.

– 어쩌라고?

- 저기 있잖아….

- 있잖아 뭐?

- 나 좋아하는 사람이 생긴 것 같은데… 어쩌냐?

- 니가? 맨날 운동하느라 시간도 없는 애가 언제 누구를 만났대?

- 그 친구는 운동하면서도 만날 수 있어.

-그래? 그럼 됐네. 좋아하면 고백해야지.

- 너도 그렇게 생각해? 근데 고백을 어떻게 해야 할지 모르겠어.

- 음… 일단 만나. 만나서 솔직하게 좋아한다고 말해.

- 아…그렇구나…. 고마워.

나는 민우가 좋아하는 사람이 누군지 너무 궁금했다. 내일 만나면 한 번 물어봐야겠다.

다음 날, 스케이트장에 도착한 나는 준비 운동을 하면서 몸을 풀었다. 높이뛰기도 어제보다 높았고 다리 찢기도 더 내려갔다. 그렇게 1시간 운동을 하고 스케이트장으로 들어갔다. 민우가 스케이트장에 도착해서 뛰고 있었다.

"야! 조민우! 너 왔으면서 나한테 인사도 안 하냐…?"

"아… 미안! 몰랐어! 30분만 뛰고 들어갈게!!"

"알았어! 천천히 들어와!"

나는 그렇게 말하고 스케이트를 타기 시작했다. 30분 뒤 민우가 스케이트장으로 들어왔다. 우리는 각자 스케이트 연습을 했다. 쉬는 시간, 나는 민우가 좋아한다는 그 아이가 궁금해서 민우에게 물어봤다.

"그래서, 그 친구가 누구야??"

"음… 그거. 좀 있으면 알게 될 거야. ^^"

"아, 그냥 알려주라. 알려주면 내가 이거 줄게."

"아니 됐어."

민우는 웃으면서 끝까지 얘기를 안 했다. 나는 너무 궁금하고 답답해서 쉬는 시간마다 민우를 졸졸 따라다니면서 물어봤다. 그때마다 민우는 곧 알게 될 거라는 말만 반복했다.

다음 날은 연습이 없는 날이었다.

오랜만에 집에서 쉬고 있는데 민우에게 메시지가 왔다.

– 야, 서윤아 너 왜 오늘 스케이트장 안 와?

– 응, 나 오늘 연습이 없어.

– 아… 그래? 아… 알았어.

– 열심히 해.

– ㅇㅇ

운동은 하루를 쉬고 난 다음 날이 제일 힘든 것 같다. 어제 하루 쉬고 나니, 스케이트 타러 가는 게 귀찮았다. '그래도 연습을 빠질 수는 없지…' 나는 무거운 몸을 이끌고 버스 정류장으로 갔다. 버스를 기다리면서 핸드폰을 보는데 마침, 민우에게 메시지가 왔다.

– 오늘은 와?

– ㅇㅇ 지금 가는 중.

– ㅇㅇ

스케이트장에 도착해서 늘 그랬듯이 운동화를 신고 뛰기 시작했다.

"안녕!!" 민우가 손을 흔들며 내게 왔다.

"하이!" 나도 민우에게 손을 흔들었다.

"뭐야?"

"저기… 있잖아…."

"…"

✦ 9. 고백 ✦

"나 솔직히 너 좋아해…. 네가 좋아하면 고백하는 거라 해서…."

난 당황스러웠다.

"뭐라고?"

"아니… 부담스러우면 그냥 못 들은 걸로 해. 나는 괜찮아. 그치만 너도 한번 잘 생각해 봐. 나에 대해서."

"어…? 어…"

생각해 보라는 민우 말대로 나는 연습하는 내내 민우가 한 말을 떠올렸다. 나는 지금까지 민우를 친구로만 생각했는데 갑자기 고백받으니 아무 생각이 나지 않았다. '내가 거절을 하면 우리 친구 사이가 어색해질까? 하지만 우리가 사귀는 것이 알려지면 이번엔 진짜 난리가 나지 않을까?' 머릿속이 복잡했다.

나는 몇 달 전 다니엘 사건이 생각났다. 다시 또 그것이 문제가 될까 무서웠다. '사람들은 어떻게 생각할까…?', '이번엔 나를 욕 하겠지?' 나는 머리가 어지러웠다. 한편으로는 '사귀는 걸 들키지 않으면 되지 않을까?'라는 생각도 들었다. 사람들이 다 알고 사귀면서 욕먹는 것보단, 사람들이 모르면서 사귀는 게 나을 것 같았다.

"생각해 봤어?" 민우가 다가와 물었다.

"어."

"니 생각 얘기해 줄 수 있어?"

"음… 근데 우리가 사귀는 걸 사람들이 알면 어떡해?"

"안 들키면 되지 않아?"

"그게 가능해? 언젠가는 알려지지 않을까? 난 다시 욕먹고 싶지 않단 말이야."

"왜 욕먹을 걱정만 해? 너를 더 좋아하는 사람들이 얼마나 많은데…. 도대체 뭘 걱정하는 거야?"

"그래도… 아직 날 안 좋아하는 사람도 있잖아."

"난 네가 다른 사람 눈치 안 보고 네가 하고 싶고, 네가 행복한 것을 했으면 좋겠어." 민우가 말했다.

"그러네 네 말이 맞네…."

나는 민우를 보며 고개를 끄덕였다.

"그치? 역시 너도 나와 같은 생각일 거라 믿었어."

그렇게 말하는 민우 얼굴에 웃음꽃이 피었다.

"그래. 나도 너랑 만나는 거 좋아. 그렇지만 우리 사귀는 건 공개하지 말자."

"그래! 내가 진짜 잘해줄게!" 민우가 말했다.

그리고 우리는 다시 연습을 하러 갔다. 난 스케이트장에 들어가 매번 했던 것처럼 열심히 스케이트를 타기 시작했다.

그렇게 꿈같은 시간이 훌쩍 지나고 대회가 코앞으로 다가왔다.

"안녕하세요!"

난 오랜만에 만난 코치님에게 달려갔다.

"대회 연습 잘하고 있지? 서윤이는 기본기가 탄탄해서 잘할 거야. 오늘도 열심히 달려 보자." 코치님이 말했다.

"네!"

오랜만에 나가는 대회라 예전처럼 자신이 있진 않았지만 열심히 연습해서 이번에는 꼭 1등을 하겠다고 마음먹었다. 나는 매번 대회 출전하기 전에 스스로에게 다짐하는 것이 있었다.

'3등 하지 않기.' 그렇게 생각하면 부담감이 줄어 더 열심히 스케이트를 탈 수 있었다. 그래서인지 2등은 해봤지만 3등은 해본 적이 없었다. 물론 3등 하는 것도 쉬운 일은 아니다. 하지만 이번만큼은 꼭 1등을 하고 싶었다. 나는 코치님에게 점프 동작을 할 때마다 넘어지고 스피드가 안 나는 이유를 물었다. 선생님은 하나하나 다시 가르쳐 주었다. 선생님의 설명을 듣고 혼자 연습했다. 그리고 손으로 발 마사지를 했다. 스케이트를 벗고 요가 매트에 앉았다. 발가락이 너무 아팠다. 핫팩으로 발을 녹이고, 물과 간식을 먹었다. 그리고는 매트 위에서 스트레칭을 했다. 언 발이 녹고 아픈 것이 사라졌다. 나는 다시 스케이트를 신고 스케이트장으로 가서 몇 바퀴를 더 돌고 연습을 마쳤다.

오늘은 학교 기말고사가 있는 날이다. 대회를 앞두고 연습하느라 학교를 자주 빠져서 성적에 대한 기대는 없지만 그래도 틈틈이 혼자서 공부를 해왔다. 일찍 일어나 서둘러 준비를 하고 학교에 도착했다. 아이들이 내 이야기를 하는 소리가 들렸다.

"쟤, 그 스케이트 선수 아니야!?"

"야, 진짜 쟤다!"

"뭐야, 쟤 우리 학교였어.?"

누군가 등 뒤에서 내 이름을 불렀다. 우리 반 민지였다.

"김서윤!"

'어, 민지, 안녕?'

"오늘은 어쩐 일로 스케이트장 안 가고 학교에 왔대?!"

"시험 기간이잖아. 넌 공부 많이 했어?"

"야, 고수는 원래 시험 기간에 공부 안 하는 거야. 시험은 원래 평소 실력으로 보는 거지."

"오!! 그래? 그럼 나도 고수네. 평소에 공부 안 하니까?"

"네네, 고수님!"

시험이 시작되었다. 다행히 평소에 틈틈이 해 둔 공부가 도움이 되었다. 물론 모르는 것이 더 많았다. 시험 때마다 거의 3분의 1은 찍는데, 찍기를 잘하는지 성적은 생각보다 매번 잘 나왔다. 시험이 끝난 뒤 버스를 타고 스케이트장으로 갔다. 스케이트장에 도착하니 왠지 마음이 편했다. 대회가 얼마 남지 않았는데 오늘은 오전 연습을 못해서 스케이트 탈수 있는 시간이 많지 않다. 내일은 2교시부터 시험 시작이니, 시험 보기 전에 와서 연습하고 학교에 가야겠다.

드디어 대회 날이다. 떨리는 마음으로 스케이트장에 들어갔다. 몸을 가볍게 풀고 내 순서가 올 때까지 기다렸다. 내 순서가 왔을 때, 왠지 이번 대회에서 꼭 1등을 할 것 같다는 생각이 들었다. 하지만 결과는 내 생각과 달랐다. 2등이었다. 대회가 끝나고 실망스러운 목소리로 민우에게 결과를 알려 주었다.

"잘했어, 서윤아."

"고마워, 다음 대회는 무조건 1등이야!"

식구들과 저녁을 먹고 집에 돌아와 화장을 지우고 침대에 누웠다. 오늘 하루가 머릿속에 스쳐 갔다. 이번 대회는 작은 실수가 있었다. 그 실수 때문에 2등을 했다. 너무 속상하고 아쉬웠지만 오늘의 실수로 나는 배운 것이 더 많았다. 나는 스스로에게 주문을 외우듯이 반복적으로 얘기를 했다.

'괜찮아. 잘했어. 잘될 거야.'

나는 지난 일이 아니라 앞으로의 일만 생각하기로 했다. 대회는 내년에도 있으니까.

대회까지 일 년이 남았다. 일단 공부에 조금 더 집중하기로 해야겠다. 매번 운이 좋아서 성적은 잘 나왔지만 언제까지 운만 믿을 수는 없다. 이제 며칠만 지나면 나는 17살이 된다. 나는 민우에게 편지를 썼다.

민우야,

나는 멕시코부터 미국을 거쳐 한국에 오기까지 매번 사람들이 하는 말에 지쳐 내가 진짜 하고 싶은 것이 뭔지 몰랐던 것 같아.

하지만, 항상 나를 위로해 주고 응원해 주는 네 덕분에 나는 잊고 지냈던 나를 찾게 되었어. 이제 난 사람들이 나에 대해서 어떻게 생각하든 상관없이 내가 하고 싶은 것을 하며 살 거야. 지금까지 힘들었던 기억은 다 잊고 더 열심히 내 인생을 살 거야.

민우야, 고마워.

2022 to 2099

Chapter1 : Nick

Hi, I'm Lucy, and I want to tell you about my best friend, Nick. We've been inseparable since the day we met in kindergarten. It all started when I tripped and fell during lunchtime. Nick rushed over to check on me and said, "Are you okay? Hold on, I'll go get the teacher." That's when I knew he was someone special. We quickly became playmates, discovering our shared love for books, sleep, and spending time at each other's houses. As the years went by, our friendship grew stronger, and we became like siblings. But everything changed when we reached 6th grade.

Nick is more than just a friend to me, he's my best friend and so special. We share a deep bond and have countless inside jokes. What makes him truly special is the unwavering support and loyalty he offers. Together, we've faced challenges, celebrated successes, and always had each other's backs. Among all the things we enjoy doing together, sleeping holds a special place in our hearts. It's when we feel the most at peace, allowing our imaginations to run wild in dreamland.

While I value and cherish my other friendships, Nick holds a unique position in my life. He's my confidant, my partner in crime, and the one person I can rely on no matter what. Time seems to fly when we're together, and it's hard to believe we've already shared six incredible years of friendship. Every moment spent with Nick is a treasure that I hold close to my heart.

Chapter 2 : My life

Now, let me share a glimpse of my daily routine. I'm someone who cherishes sleep and finds fascination in science. When the school bell rings, I rush home and dive straight into my cozy bed. But before I drift off to sleep, I make sure to wash my hands and have a hearty dinner, or else I risk sleeping through the entire night.

The next morning, my alarm jolts me awake at 6:00 a.m. I allow myself plenty of time to prepare for school. A long, refreshing bath sets the tone for the day, lasting more than 20 minutes. Breakfast follows, providing me with essential fuel for the day ahead. Then comes the notorious task of selecting an outfit, which often feels like a monumental decision. I scrutinize my wardrobe for what seems like an eternity, desperately hoping to stumble upon the perfect ensemble. Finally dressed, I find myself with a brief 15-minute window before setting off for school.

Homework is the bane of my existence. I question its necessity, wondering why we can't complete everything during a class. Nevertheless, I reluctantly dedicate my free time to completing assignments, aiming to finish them promptly.

As I arrive at school each morning, Nick is there to greet me with his trademark smile.

"Hey, Lucy!"

"Hey, Nick! How's it going?"

"I'm good, thanks! What did you get up to yesterday?"

"Bro, I crashed into bed right after school!"

"Haha, your love for sleeping is legendary. Alright, catch you later!"

"Yep, see you after school, Nick!"

When the class finally ended, it was lunchtime - the second thing I loved most after sleeping! I eagerly grabbed my lunch and headed over to Nick's table. We excitedly discussed the dreams we had the night before. Nick shared a particularly interesting dream where he was incredibly rich and able to buy anything he desired. However, just as he was about to hand over the money to the storekeeper, he abruptly woke up! It was a bittersweet dream, simultaneously tantalizing and disappointing to imagine such wealth only for it to vanish upon waking.

After lunch, we trudged back to class, and time seemed to drag on endlessly during lessons, while the fleeting moments of lunch and break time disappeared like a fleeting breath. If only we could reverse the equation, with extended breaks and condensed class time! Finally, the school day came to an end, and we boarded the bus to head home. Utterly exhausted, I washed my hands robotically before succumbing to the allure of my bed. However, as fate would have it, my sleep was restless.

Around midnight, I found myself inexplicably wide awake. Seeking solace, I decided to prepare a late-night snack, settling on eggs as my midnight culinary adventure. Feeling restless, I took my dog for a leisurely walk to fill the silent hours. Yet, upon returning home at 1:00 a.m., boredom still plagued me. To occupy my mind, I delved into the pages of a book, which conveniently doubled as my homework assignment. As I read, the weariness from the late hour crept upon me once again, gently coaxing me back into the embrace of sleep.

The next morning, I roused from slumber at 6:00 a.m. I felt the lingering grogginess of my nocturnal escapades. Skipping breakfast at home, I opted to fuel myself with cereal at school instead. However, as I settled into math class, a formidable challenge presented itself — a battle to keep my eyes from surrendering to heaviness. Seeking respite, I mustered the courage to approach my teacher, Ms. Matt, requesting permission to visit the bathroom and revive my somnolent face. Granted the opportunity, I splashed water onto my weary countenance, yearning for an invigorating effect that never quite materialized. Undeterred, I sipped from the water fountain upon my return, hoping to gain a modicum of alertness. Settling back into my seat, I noticed my classmates diligently engaged in paperwork. Sheepishly, I confessed to Ms. Matt that I had neglected to complete the assignment. Generously, she provided me with a fresh copy, allowing me the chance to redeem myself.

The details of the paperwork escaped my memory, consumed by a haze of weariness that seemed to permeate the entire classroom. Though boredom coursed through my veins, I recognized the necessity of completing the task during class hours to evade the clutches of after-school homework. Summoning every ounce of determination, I persevered. At long last, as I completed the final question, familiar drowsiness settled upon me once more. I attempted to jolt myself awake, resorting to eye rolls and sips of water, but their effects were fleeting. With a mere five minutes remaining until break time, I hesitated to disrupt the class by requesting another visit to the bathroom.

Following the break, I struggled to stay attentive, ultimately succumbing to drowsiness as I dozed off at my desk. It was the gentle tap of my friend's finger on my shoulder that startled me back to wakefulness. A quarter of an hour had passed since the break commenced, and I had unknowingly slept through it. My science teacher noticed my bleary-eyed state and expressed

Surprisingly, I managed to stay awake and focused for the rest of the science class. I found the topics intriguing, and time seemed to pass quickly as I absorbed the lessons.

When lunchtime arrived, I eagerly sought out Nick to catch up with him. Finishing my food swiftly, I hurried over to join him. Today was a rare occasion where our classes coincided during lunch, granting us extra time to spend together. However, as other students began to leave for their respective classes, I knew our time was limited, and I wanted to make the most of it before Nick had to return to his own class.

Given our shared affinity for sleeping, Nick and I often discussed our dreams. Today, he recounted a dream where he received a dog as a birthday present, fulfilling his heartfelt wish to adopt a furry companion. While Nick shared his dream, I realized that I hadn't dreamt recently and didn't have much to contribute.

Chapter 3. Imagine

However, I had an idea to spark a conversation. I proposed imagining a dream set in the year 2099, where we contemplated how animals might look, speculated about advanced robots, and pondered the subjects students would study. Nick playfully suggested a scenario where robots turned into zombies and dominated the world, prompting discussions about survival strategies and potential cures.

"I think it would be really funny," remarked Nick.
"I believe I would create a medicine to help people who turned into zombies," I replied.
"That's actually a good idea!" exclaimed Nick.

Once the school day ended, I pondered the prospects of the year 2099 as I drifted off to sleep. Eventually, my curiosity about zombies led me to watch movies about them, hoping to glean more knowledge on the subject. The next day, I felt surprisingly alert and energized, enabling me to study with greater focus. I confided in Nick about my aspirations and expressed the need to excel in science to address this particular problem.

"But we don't have zombies yet," Nick pointed out.

"Well... I think zombies might appear around the year 2040," I speculated.

"Um, are you sure you want to pursue this?" questioned Nick cautiously.

"Yeah, of course! It would be so much fun!"

"But you could potentially put yourself in danger. Are you aware of that?" warned Nick.

"Well... I don't think so. I'm just developing a medicine," I replied optimistically.

"Still, you should consider testing it on an actual zombie," suggested Nick.

"What? Really?" I hadn't considered the necessity of testing the medicine. The thought that I could potentially put my own life at risk gave me pause. I wasn't sure if I still wanted to pursue this dream. Just as I grappled with my decision, the school bell rang, signaling the start of the science class—the one I had eagerly awaited. However, the topic of discussion turned out to be rocks, which failed to capture my interest. While the class continued, my mind drifted back to contemplating the concept of zombies, causing me to lose track of the lesson at hand.

When science class ended, it was time for math class, which Nick enjoyed but I found challenging to understand. However, I knew that once math class was over, I could finally go home and sleep in my own bed. The thought of it excited me, and I eagerly anticipated getting home quickly. Unfortunately, the bus was crowded that day, causing delays. After everyone else had disembarked, I finally made my way home.

Upon arriving home, all I could think about was going to bed. However, my math teacher had given us a substantial amount of homework, which took me two hours to complete. Exhausted from the workload, I finally finished and rushed to my bed. It felt like heaven as I lay down, yearning for a good night's sleep. In my haste, I initially forgot to wash my hands and brush my teeth but quickly rectified that before settling into bed. Sleep awaited me until the next day.

The following morning, while waiting for the bus, I inadvertently fell asleep. Startled, I woke up at 12:00 PM and hastily made my way to school. To my surprise, the school's door was locked, preventing me from entering. Worried, I called my mom to inform her of the situation.

"Mom...?"
"Yes...? Why aren't you at school? And why are you using your phone?"
"Well, I am at school, but the door is locked, so I can't get in."

"What?! How did that happen?"

"Well... When I was waiting for the bus, I fell asleep, and when I woke up, it was already 12:00 PM, so I rushed, but the door was locked."

"Okay, stay there, I'm coming."

She reassured me, but I expected her to be angry. Surprisingly, my mom told me to get some more sleep and allowed me to stay home until the following day. It felt strange that she wasn't upset with me. She explained that it was my own problem, and I should inform my teacher the next morning about my absence. I didn't anticipate it would be difficult to explain that I had fallen asleep while waiting for the bus, but the next morning, I hesitated to share that story. I went to my history class, and the teacher didn't mention anything about my absence, which struck me as odd. I decided to act as if nothing had happened.

As the school day ended, I was surprised that none of my teachers had addressed my absence. I approached Nick to discuss the situation.

"Hey, Nick!"

"Oh... Hi!"

"Do you remember when I didn't come to school?"

"Yeah! Are you okay?"

"What do you mean?"

"Well, I heard that your mom called the school, saying you were very sick and couldn't come."

"Oh... Actually..."

I proceeded to tell Nick the real reason for my absence, and he found it amusing.

"Oh, really? How did you manage to fall asleep?! Haha."

The school bus arrived, signaling the end of our conversation.

"Okay! Bye!!"
"Bye!"

Upon arriving home, I asked my mom if she had informed my teacher that I was sick and unable to attend school.

"Yeah, I said that because I thought the teachers would be angry with you the next day if I hadn't. Why?"

"No, actually, I was surprised that my teacher didn't say anything to me today. Do you think you said something to my teacher? Anyway, I'm going to do my homework and take a nap. Bye!"

"Okay."

As I settled in to complete my homework, I couldn't help but wonder if my mom had spoken to my teacher. Nonetheless, I focused on my tasks and prepared for a well-deserved nap.

I went to my room and began working on my homework, which included subjects like Math, English, History, and Science. While I enjoyed science, I didn't particularly like doing homework for it. I questioned the relevance of learning about rocks, as it didn't seem useful to me. As a result, I neglected to complete my history homework, assuming I could do it the next day since I didn't have a history class that day. Additionally, I chose not to do my math homework, thinking I could simply say I didn't know the answers. I eventually decided to sleep instead.

The following day, I went to school as usual. During lunchtime, while walking with my friend, a tall boy accidentally bumped into me, causing me to fall. Initially, I felt fine, but once science class began, my leg started to hurt intensely. I informed my teacher about the pain, and they advised me to visit the nurse. The nurse, upon examining my leg, promptly called my mom and expressed concern that it might be broken. Within 10 minutes, my mom arrived at the school, worried about my well-being. We immediately went to the doctor, and it was confirmed that my leg was indeed broken. I had to wear a cast to facilitate the healing process.

Initially, the pain was excruciating, and I couldn't walk properly. However, after a week, I started feeling better and was able to return to school.

"What happened to your leg?" Nick asked.

"Do you remember what happened a week ago?"

"Yeah."

"At lunchtime, a tall boy bumped into me, and I fell. Initially, it didn't hurt much, but after 10 minutes, the pain became unbearable. I went to the nurse, and then the doctor confirmed that I had broken my leg. They put me in a cast."

"Ohh... But why were you absent from school for a week?"

"My leg was in so much pain that I couldn't walk."

"Oh... Okay, bye!"

"Bye!"

As I entered the classroom, everyone noticed my leg and began asking me about it. I recounted the incident to them. After school, my mom came to pick me up, making the journey home more comfortable. Once at home, I had dinner, washed up, and went to bed to rest. My feet were swollen, causing even more discomfort than the previous day. I couldn't even walk with swollen feet, so I needed help from my friends.

When I went into my Social Studies my teacher asked me what happened. I actually needed to tell her everything about what happened to my leg and we started the class. When the class was finished I really wanted to go home because I couldn't even walk well and I couldn't even let my friends help me all day. I asked the teacher to call my mom and after 1 hour my mom could come to my school and I could go to my house and rest. My feet were hurting so bad when I was sleeping so I woke up from my bed a few times to massage my feet and go to sleep again.

When I woke up after that terrible night I really couldn't walk so I asked my mom if we could go to the hospital.

When we arrived at the doctor my doctor said that my leg was swollen too much and he gave me medicine and told me to not walk a lot and it's going to be better if I don't go to school. When I came home I couldn't sleep last night so I went to sleep right after I ate my breakfast and my medicine. Because of the medicine, I could sleep better than last night. It didn't hurt a lot but it was still swollen.

The next day I felt better and my feet were not that swollen like yesterday, but still my feet were hurting at night so I woke up like 3 times every 1 hour. I didn't go to school for a week.

Chapter 4. Robot

The next day I woke up and noticed a robot charging in my room. It was weird because my feet were not burning anymore, I was so happy and saw my feet but they didn't have the cast in my feet. I was so happy but it was weird too that I just didn't have my foot broken But it was so amazing that my leg was not broken overnight. 'How!?' I thought. But the weirdest thing was that there was a weird robot in my room. Since I hadn't seen it before, I assumed my mom had bought it for me that morning, thinking it was a belated birthday gift. However, when I asked my mom, she informed me that the robot had been in our house for over 7 years. I was confused because I had never seen it before. When I arrived at school, I was shocked to discover that the date was X.X.2099! I approached Nick and asked him what was going on, but he looked at me as if I were saying something strange. I spent the next four hours in school feeling disoriented and lost. Looking at my feet that didn't have a cast anymore, happy and weird at the same time. When I returned home, I went to sleep, hoping it was all just a dream.

The following day, the robot was nowhere to be found in my room, and the date had reverted to X.X.2022. I realized that my feet were hurting again like before and had a cast on them. It must have been a nightmare and proceeded with my day as usual, going to school and trying to put the strange experience behind me.

However, the next morning, I woke up to see if the robot was back but there wasn't. Startled, I immediately asked my mom, "What year is it?"
"It's 2022, why do you ask?" she replied.
"Oh, nothing," I said, attempting to conceal my confusion.

As I headed to school, my mind was preoccupied with thoughts of my peculiar dream. During our break, I confided in Nick about the bizarre occurrences.

"Have you ever tried pinching yourself to check if it's a dream?" he suggested.

"That's a good idea, I'll definitely try it next time," I replied, hoping for a solution to the mystery.

When the school day ended, I hurriedly went to sleep, eager to determine if my experiences were reality or mere imagination. However, upon waking up, I found myself once again in the year 2099, and the robot was still present.

"What year is it?" I anxiously asked the robot, feeling bewildered.

"We are in the year 2099," the robot replied, confirming my fears.

I was left contemplating whether it was all just a dream or something far more inexplicable. As a test, I pinched myself, and the resulting pain confirmed that I was indeed living in the year 2099. My mind raced as I tried to comprehend how a simple nap had transported me so far into the future. Desperate to return to 2022, I closed my eyes and took a deep breath, hoping to awaken in my own time.

To my immense relief, when I opened my eyes, I found myself back in my own room in 2022. Without hesitation, I called Nick to share my astonishing discovery.

"Nick! I've figured it out. I traveled from 2099 to 2022 just by taking a nap!" I exclaimed with excitement.

"Really? How did you manage that?" Nick asked, sounding skeptical yet intrigued.

"I pinched myself, just like you suggested, and it genuinely hurt. But when I woke up, I was back in 2022!" I explained, still in awe of the experience.

"Wow, that's incredible. Let's meet up at the park next to our school at 2:00 and discuss it further," Nick suggested.

"Absolutely! See you there," I agreed eagerly, ending the call.

Filled with anticipation, I couldn't wait to meet Nick and delve deeper into the mysteries of my time-traveling nap.

After meeting up with Nick, I explained my desire to find out the cost of things in 2099. He agreed to help, so we set off to inquire with the robot. However, upon reaching my room, we discovered that the robot was nowhere to be found. It was as if it had vanished into thin air. Perplexed, we decided to continue with our game and put the mystery aside for the time being.

As we played, hunger eventually set in, leading me to grab a bowl of cereal to satisfy my appetite. Despite enjoying the meal, my mind remained fixated on the possibilities and adventures that awaited me in 2099. The anticipation kept me awake until 11:00 PM when I finally settled down for the night, eager to resume my time-traveling endeavors.

The next morning, to my dismay, there were no robots to be seen in my room. Sensing something was amiss, I promptly approached my mom and anxiously inquired about the current year. She assured me that it was still 2022. Confusion and frustration washed over me as I had believed my previous journey to 2099 had been successful. I proceeded to school and during our break, I shared the disappointing news with Nick. He too was taken aback by the unexpected turn of events and offered his support in unraveling the mystery.

Throughout math class, my thoughts were consumed by the failed attempt at time travel. I struggled to concentrate, questioning the validity of my theory about napping or sleeping as a means of transportation through time. Determined to explore further, I decided to make another attempt that night. This time, I resolved to go to bed at 10:00 PM, hoping it would yield different results. With that in mind, I closed my eyes and drifted off to sleep, hopeful for a successful leap into the future.

Chapter 5. End of 2099?

However, when I woke up the following morning, I found myself still in 2022. It seemed apparent that my adventure in time travel had come to an abrupt end, leaving me uncertain about what steps to take next. The disappointment weighed heavily on me as I contemplated the impossibility of revisiting 2099. When My mom saw me woke up she told me that we had to go to the doctor to take my cast off.

When I didn't have my cast I felt like I was living in the cloud. I practiced walking every day. But as I practiced walking, I wondered why I couldn't go back to 2099. I thought that if I were to go back, I would study what would be out there in 2099 and then I would turn it into a book and sell it, but the problem is that I don't know how to go back to 2099...

When I could walk As I practiced, I became much more comfortable walking. But that's not the case. I need to know how to go back to 2099... I need to know what is happening there and what kind of weird things are there so I can make an interesting book about it. I tried sleeping and napping and not sleeping too. But none of them worked.

One day, when I had a lot of homework to do while studying, I was so sleepy that I went to take a nap without realizing it. When I woke up I had a robot back in my room. I was so excited and asked the robot again.

"Hi!! What year are we?!"

"Yes, wE aRe In ThE wOrLd 2099."

When I heard that I was so happy and I needed to go outside to know what kind of a virus is in 2099 and I needed to know what was happening to the world. I wanted to know how much trash is in the ocean and I needed to know what kind of animals were extinct.

When I went to my school I realized that elephants and the lion were extinct 10 years ago. We were taking a test about what the lions ate and where they lived. I didn't listen to any of the class so I just wrote things that I just knew. When school was finished I went to my house and I needed to go to sleep so I could go back to 2022. When I woke up I was still in 2099.. I thought it was just because I didn't have a nap when I was doing my homework so I tried again that night. When I woke up after doing a bunch of homework I was still in the year 2099. I was confused and stressed because I needed to write about 2099 in my book so I could start my new book but I couldn't. I needed to know how I could go back.

When I opened my eyes I was still in the year 2099... I really didn't know how to go back... I really needed my laptop that I had in the year 2022. I didn't even know how to use the laptop that I had in 2099. I didn't want to write it in a paper. I really needed to go back to 2022.

I was doing homework for tomorrow but I was so sleepy. Before I knew it, I had fallen asleep, and when I woke up I had my laptop in front of me. It looked just like the one that I had in 2022. I thought 'It will not be true, I tried everything to come back in 2022.' But when I was looking for my robot it wasn't there. I ran to my mom to ask her what year it was today but she told me that it was 2022 and that I was asking her that question every day. It was weird because I didn't ask her that every day. I thought that there was a girl before I came. I thought the girl before I came to 2022 was the girl in 2099, so me and that girl were changing the year we were living in. I wasn't sure about that but I thought that that could be true.

I just went to school. I thought that something was happening again. I could not go to 2022 when I was in the year 2099 but today I can come to 2022 so I can start my book, if I want to write my book I have to go to the year 2099 again, but I wasn't sure if I could go there again.

I didn't know how to go back. But I really needed it so I started to sleep a lot. More than 12 hours. But I couldn't go back to the year 2099. I thought that I could not write my book anymore so I just started my normal life. I didn't sleep a lot and I just studied all the time. So a month passed.

When I went to my school I was so tired so I just fell asleep but when I woke up I was in my room. I thought it was just a dream. I went outside to eat breakfast but there was my robot from 2099. It was weird again. I asked my mom what year it was again.

"It's the year 2099 honey. Why are you asking.? You're asking me that question a lot these days. Is something wrong?!" She said,
"No Mom, I'm just asking because I'm confused.." I said.

It was weird because I couldn't go to 2099 for 1 month. I didn't even know how I could come to 2022 again but I started to see what was in 2099 that there is not in 2022.
Well, I saw cars flying, people were not actually walking because they used a weird thing and they put it on their leg so they don't walk and can go faster to somewhere. But I think that was like a mini car for legs.

I actually had one too. But I didn't really know how to use it so I just put that in my leg and saw what it did, I was just standing but a weird screen came up to my face saying but the location where I was going, When I clicked my school in less than 1 min it started to go by himself to my school. I just needed to be standing on that.

It was really easy for me to go to school after knowing how to drive that mini-car

I didn't know the name of it so I asked my mom but my mom said that it was a Foot scooter. The name was really weird and logical, but I really liked calling it a mini car for legs.

I've been riding my mini car for legs ever since. Honestly, it was the most comfortable and I was able to go as fast as a car. I used to ride it to the convenience store, to school, in everything, and almost all the people used the mini car for legs. It's really very comfortable, and I didn't even have to run on it, so I think people ride it.

I lived a little more than a month in 2099 and honestly didn't want to write the book I was writing or anything else, I just wanted to continue living in 2099. Because in 2099 there was so much to do and so much to do. I really didn't want to go in 2022. However, in 2099, prices have risen too much, there are too many robots, there are many viruses, and people are living as beggars because robots are doing everything that people can do for work. I'm surprised that my family is living in this house right now, and the virus and money problems have become so serious.

Honestly, it's not something that I have to care about, but it hurts me when I see people who are struggling. I was living in a place like that, and I want to go in 2022, but I also want to live in 2099. So instead of hurting my heart looking at people struggling with the virus, and for money, I think it wouldn't be a bad idea to just go and live in 2022, where I originally lived. I also thought that I should write the book I was writing, imagining that people who are reading it are amazed at how life is in 2099.

One year has passed after that, and actually, I stopped going to the year 2099 after it was 2023 and finished writing my book. Sometimes I actually missed 2099, my house, my foot scooter, like I missed everything of 2099, but the book that I wrote was so famous and I made a lot of money. But if I could go back in 2099 I don't want to. In the year 2099, the planet is so bad, and life is so much harder. I'm very happy that I'm living in 2023 after I go to 2099 in 2022. I really want you guys to be happy about what you have right now. I realized that if you have something else, there are advantages but there are also disadvantages too.

Now that I'm in 7th grade and I'm not going to the year 2099 anymore, I am living the life that I had my normal life 1 year ago. I really like the life that I'm living right now. I want you to realize that what you have now is the best.

강민주

너와 나 그리고 멍냥

안녕하세요. 저는 국립국악중학교 1학년 강민주입니다. 저는 한국무용을 전공하는 학생입니다. 이 소설을 쓰게 된 이유는 제가 지금 키우고 있는 길냥이 출신 제니와 댕댕이 뽀숑이를 보면서 고양이와 강아지의 입장에서 세상을 바라보며 그 가운데 일어나는 일들을 소설로 써 보았습니다.

이 소설을 읽고 길냥이를 만났을 때 그 고양이의 목소리가 들리는 경험을 해 보시길 바랍니다.

✦ 1. 나는 고나비 ✦

나는 고나비. 길고양이다. 성은 고 이름은 나비.

사람들이 나를 나비라고 불러서 자연스레 나비가 됐다. 성은 알다시피 내가 고양이여서 그렇다.

나는 태어날 때부터 길고양이는 아니었다. 태어났을 때는 나를 돌봐주는 사람이 있었다. 따뜻한 엄마 품에서 언니 오빠와 함께 살았다. 하지만 내가 다섯 살이 되었을 때 갑자기 내 집사였던 사람이 나를 박스에 넣어 밖에다 버린 후 길고양이 신세가 되어 엄마, 오빠, 언니 그리고 따뜻한 집을 다시는 볼 수도 갈 수도 없게 되었다. 나는 내가 왜 버려진 건지 이유도 모른 채 길에서 떠돌며 살아가야 했다.

고양이들의 삶은 참 불공평하다. 누구는 집에서 맛있는 사료를 먹으면서 집사의 사랑을 듬뿍 받으며 살지만 다른 고양이들은 길고양이라는 이유로 담요 하나 없는 좁은 박스에서 산다. 길고양이는 사람들이 먹다 남은 음식물 쓰레기를 다른 고양이들과 싸워야지만 먹을 수 있다. 세상에 음식물 쓰레기만큼 귀한 음식은 없을 것이다.

길고양이 인생 2개월 차. 이젠 나도 길 위의 삶에 익숙해지는 중이다. 하지만 내가 이렇게 길고양이 삶에 빠르게 적응할 수 있었던 이유는 따로 있다. 이름도 몰랐던 한 소녀, 바로 그 소녀 덕분이다.

내가 소녀를 처음 만난 것은 12월 4일, 추운 겨울이었다. 평소처럼 먹을 것을 찾아다니고 있었다. 그때 누군가 고양이 소리를 냈다. 나는 듣자마자 어설픈 고양이 소리를 내는 사람인 걸 알았지만 호기심 때문에 소리가 나는 곳으로 갔다.

거기서 나는 소녀를 처음 만났다. 소녀는 나에게 오라고 손짓했다. 나는 사람의 손길이 그리워 뛰어가 소녀에게 안겼다. 소녀의 품은 내가 상상한 것과 같았다. 나는 소녀의 따뜻한 품 안에서 이리저리 몸을 비볐다.

한참이 지났다. 날이 어두워지자 그 소녀는 집으로 들어가려는지 나를 바닥에 내려놓았다. 나는 소녀와 헤어지는 게 아쉬웠다.

"야옹야옹"

난 소녀를 보며 가지 말라는 내 마음을 전했다.

소녀도 그런 나를 보고 아쉬워하는 것 같았다. 소녀가 말했다.

"나비야 지금은 밤이 늦었으니까 내일 또 만나자."

그렇게 우리는 아쉬움 속에서 헤어졌다.

✦ 2. 나의 하루 ✦

나는 이른 아침부터 소녀의 집 앞에서 소녀를 기다리고 있었다. 어제 소녀의 뒤를 따라가 소녀의 집을 알아 두었다. 그런데 아무리 기다려도 소녀는 나오지 않았다. 한참을 더 기다려도 소녀가 나오지 않자 나는 소녀를 기다리는 것을 포기하고 돌아서려는데 어디선가 소녀의 목소리가 들렸다.

"나비야~~! 어디 있어~!"

나는 소리가 나는 곳으로 달려갔다. 그곳에 나를 찾고 있는 소녀가 있었다. 소녀는 내가 소녀의 집을 찾아가기도 전에 나보다 더 일찍 나와 나를 찾고 있었다. 우리는 서로를 찾기 위해 길이 엇갈렸던 것이다.

나는 어제처럼 소녀에게 안겨 몸을 비볐다. 그때 갑자기 소녀가 시간을 보더니 벌떡 일어나서 나에게 인사를 하고 뛰어갔다. 무슨 일인지 궁금했던 나는 소녀를 따라갔다. 소녀는 집 주차장으로 가 자동차 손잡이를 잡고 오줌 마려운 고양이 마냥 발을 동동 구르고 있었다. 소녀가 그러고 있는 사이 어떤 사람이 차키로 차 문을 열면서 집에서 나왔다. 소녀는 차 문이 열리자마자 차에 탔다. 아마도 나 때문에 정신이 팔려서 뭔가를 잠시 잊었던 것 같다. 가방을 메고 있었던 걸 보면 아마도 학교에 가는 길인 듯싶다. 나는 소녀가 학교에 지각하지 않기를 바랐다. 소녀가 가고 난 다시 혼자가 되었다. 고양이들은 워낙 성질이 더럽고 독립적이어서 혼자인 고양이들이 많았다. 솔직히 말하자면 친구가 있는 고양이가 더 드물 것이다. 아니, 혼자가 아닌 고양이는 어쩌면 없을 수도 있다. 특히 길고양이는 밖에서 살아남아야 되기 때문에 더욱더 서로가 서로에게 적이 된다. 서로가 적이 되어 친구 하나 없는 외로운 생을 살아야 하는 것이 길고양이들의 생이라고 생각하니 마음이 아팠다.

하지만 이제 나는 괜찮다. 내 친구 소녀가 있기 때문이다. 비록 고양이 친구는 아니었지만 나를 아껴주고, 보호해 줄 수 있는 친구였다. 나는 그 소녀의 이름이 궁금했다.

배꼽시계가 요란하게 울렸다. 오늘은 너무 일찍부터 돌아다녔다. 생각해 보니 오늘 먹은 거라곤 아침에 소녀가 준 간식이 전부였다. 나는 음식물 쓰레기장으로 갔다.

"오늘은 어떤 음식을 먹어볼까?"

"오늘도 치킨이 있었으면 좋겠다."

사실 내가 제일 좋아하는 음식이 치킨이다. 원래 고양이들은 치킨을 먹으면 안 된다. 잘못해서 치킨의 뼈가 박히면 죽을 수도 있기 때문이다. 하지만 길고양이 신분에 그런 걸 따져서는 안 된다. 뼈는 내가 잘 골라내면서 먹으면 된다.

치킨을 먹으면 뼈에 찔려서 쉽게 죽는다는 얘기는 맨날 뼈 하나 없는 고급 사료와 간식, 츄르나 먹는 집고양이들 때문에 만들어진 얘기다. 이런 집고양이들에게 덜컥 뼈가 있는 치킨을 주면 뼈에 찔리는 것은 당연한 일이다. 어쨌든 이제 쓸데없는 이야기는 그만해야겠다. 지금 나에게 중요한 것은 바로 내 점심이니까.

오늘은 내가 한발 늦었다. 이미 먹을 만한 것들은 다른 길고양이들이 거의 다 차지하고 남은 게 없었다. 내가 꼭 가 보고 싶던 '윈디 캐슬'은 오늘도 자리가 없었다. '윈디 캐슬'은 길고양이들의 맛집이다. 그 집에 사는 사람이 치킨 집 사장인데, 팔다 남는 치킨을 항상 집으로 가지고 온다. 그런데 요즘 아내가 치킨을 그만 먹고 싶다고 짜증을 내서 버리는 치킨이 많아졌다. 흔하지 않은 기회였는데 너무 늦게 와서 이미 글러 버렸다. 나는 아무것도 먹지 못한 채 돌아다녔다. 아침부터 일어나서 밥도 못 먹고 돌아다닌 탓에 너무 피곤해서 종이상자 위에서 잠을 잤다.

자는 동안 꿈을 꿨다. 소녀가 오늘 아침 나 때문에 학교에 지각해서 죄송하다며 교실에 들어가는 꿈이었다. 그때였다. 어떤 사람이 나를 깨웠다. 나는 끝나지 않은 소녀의 꿈이 궁금해서 그 사람에게 화가 났다. 아직 잠이 덜 깨서 귀찮았지만 그래도 눈을 떴다. 나는 눈을 뜨자마자 깜짝 놀랐다. 어떤 몸집 큰 사람이 나를 보면서 쭈그려 앉아 있었다. 그런데 다시 자세히 보니 어디서 많이 본 사람 같았다. 그때 그 사람이 나에게 말했다.

"나비야 안녕~ 너 맨날 챙겨주는 민서 엄마야."

그 순간 나는 알았다. 나를 맨날 챙겨주는 그 소녀의 이름이 민서라는 것을. 나는 그 소녀 아니, 민서 엄마라는 말에 좀 전에 놀랐던 마음이 가라앉았다. 그랬다. 내가 어디서 본 것 같은 느낌이 들었던 건 오늘 아침, 민서가 학교에 갈 때 차 키를 들고 나온 사람이 민서 엄마였기 때문이었다. 민서 엄마는 나에게 맛있는 사료와 따뜻한 물을 줬다. 그리고 잘 사는 집고양이들만 먹을 수 있다는 츄르까지줬다. 나는 그 보답으로 민서 엄마에게 다가가 온몸을 비볐다. 그러자 민서 엄마는 나를 꼭 안아주었다. 나를 그렇게 꼭 안아준 사람은 처음이었다. 나는 갑자기 옛날 나의 엄마가 생각났다. 내가 아직 눈도 못 떴을 때, 따뜻한 온기로 나를 안아 주었던 엄마. 나는 그때로 돌아간 기분이 들었다.

그 순간 그 소녀 아니, 민서가 뛰어왔다. 나는 너무 기뻐 민서 엄마 품에서 떠나 민서에게로 달려갔다. 민서가 나를 반겨 주었다. 나도 민서를 반겨 주었다. 민서는 나에게 간식을 주었다. 그러고는 나를 위해 박스를 옆으로 눕히고 그 안에 담요, 핫팩 등을 넣어줘서 나만의 집을 만들어 주었다. 민서와 민서의 엄마가 가고 나는 민서가 만들어 준 집에서 편안하게 잠을 잤다.

✦ 3. 나의 집 ✦

나는 오랜만에 따뜻한 집에서 잠을 잘 수 있었다. 아침에 일어나니 산책하는 개들이 보였다. 내 집은 산책로에 가까이 있어서 아침에는 주로 소형견이나 중형견이 많이 다녔다. 이곳에서 지내며 강아지 산책하는 모습을 많이 봐서인지 나는 개가 무섭거나 두렵지 않았다. 나는 개들은 고양이보다는 조금 모자란 친구들이라고 생각했다. 나는 어느새 강아지 산책하는 모습을 지켜보는 것이 취미가 되어 고양이 종 이름도 모르는 내가 졸지에 강아지 종 이름 박사가 됐다.

"말티즈랑… 푸들… 시츄… 요크셔테리어… 그리고 비숑까지….."

나는 아침만 되면 그렇게 지나가는 개들의 종류를 맞췄다.

밤에는 주로 대형견이 나왔다.

"리트리버… 아프간하운드… 호바와트… 사모예드…"

어느 날이었다. 평소처럼 개들의 이름을 말하며 개들이 지나가는 모습을 보고 있었다. 처음 보는 개가 8살 정도 되어 보이는 주인과 함께 산책을 나왔다. 그 개는 소형견도 아니고 중형견도 아닌 아주 애매모호한 개였다. 꼭 비숑 같았다. 하지만 비숑이라고 하기에는 좀 못생겼다. 나는 모든 개 지식을 짜내면서 생각했다. 하지만 답이 나오지 않았다.

나는 잠시 그 개를 잊어버리고 저녁을 먹으러 갔다. 오늘은 내 박스집 옆집에 있는 곳에서 밥을 먹기로 마음먹었다. 그곳에는 매일 길고양이들을 챙겨주시는 할머니가 계시는데 나를 아기라고 생각하시는지 늘 더 많이 챙겨주신다.

"아이고~~ 우리 이쁜이 나비 왔어?"

할머니가 말씀하셨다. 그리고는 나에게 맛있는 사료를 주셨다.

옛날에 나는 매일 할머니 집에 밥을 먹으러 왔었다. 하지만 지금은… 할머니가 매일 챙겨주시지 못한다. 할머니는 한 달 전 말기암 판정을 받

앉기 때문이다. 지난주에 내가 밥을 먹으러 갔을 때는 할머니가 나에게
이렇게 말씀하셨다.

"나비야 의사 선생님이 길어도 올해를 못 넘길 것 같다고 하셨어. 이
제 나보고 남은 인생 하고 싶은 거 다 하면서 살라고 그러네. ㅎㅎ 그래
서 이제는 너랑 조금 더 같이 있을 수 있어~."

할머니는 덤덤하게 말했지만 실제 할머니 마음은 그러지 않은 것 같
아서 나는 더 슬펐다. 나를 챙겨주시던 할머니를 더 이상 볼 수 없다는
사실이 받아들여지지 않았다. 나는 할머니에게 몸을 계속 비볐다. 그러
다가 할머니가 집으로 가셔서 나도 집으로 갔다.

다음날, 나는 이른 아침부터 할머니에게 갔다. 하지만 할머니는 계시
지 않았다. 아무래도 병원에 가신 것 같다. 나는 다시 집으로 돌아왔다.
돌아왔을 때 내 집에서 누군가 쭈그리고 앉아서 울고 있었다. 자세히 보
니 민서였다.

"민서 왜 그래? 야옹"

물론 민서가 알아듣지 못하겠지만 그래도 걱정되어 물어보았다.

"나비야! 여기 있었구나."

민서가 나를 걱정했다는 표정으로 물어봤다.

나는 민서가 만들어준 집을 봤다. 내 집은 뒤집혀 있고 누군가 발로
찬 자국이 있었다. 민서는 내가 누군가에 학대받았다고 생각한 것 같다.
민서는 안심했는지 나를 꼭 안고 눈물을 흘렸다. 민서는 박스로 다시 나
에게 집을 만들어 주었다. 그 박스에는 '하늘 선물'이라고 적혀 있었다.
그 박스는 아기 물티슈가 들어 있던 박스였다.

"나비야, 너는 하늘에서 준 선물이구나." 민서가 말했다.

✦ 4. 할머니 ✦

오늘은 민서가 학교에 가지 않는 날이다. 나는 아침 일찍 민서의 집으로 찾아갔다. 민서는 평소보다 더 두꺼운 옷을 입고 나왔다. 그러고 보니 벌써 12월이다. 날씨가 갑자기 추워지는 바람에 나도 민서가 만들어 준 집이 아니었다면 추워서 벌벌 떨고 있었을 것이다.

"나비야 많이 춥지?"

민서가 따뜻한 잠바 안으로 나를 감싸며 말했다. 민서는 나에게 참치와 사료를 주고 다시 집으로 돌아갔다. 이제는 숨만 쉬어도 입김이 나온다. 내가 길고양이가 되어 밖으로 돌아다니기 시작한 때가 10월이었다. 나는 거의 3개월이란 시간을 길고양이로 살았다. 벌써 한 해가 끝나가고 있다는 게 믿기지 않는다. 고양이와 사람은 묘하게 비슷한 것 같다. 저번에 이웃집 할머니가 이런 말을 했다.

"시간이 참 빨라. 나이가 들수록 시간이 너무 빠른 것 같아."

할머니의 말은 나의 이야기였다. 아기 때는 몰랐던 시간. 나도 클수록 시간이 빨리 가는 것 같다는 생각이 든다. 갑자기 내 배에서 배고프다는 신호를 보냈다.

'내가 배고픈 것도 시간 때문이겠지?'

나는 곧장 밥을 먹으러 갔다. 나는 이웃집 할머니 집으로 향했다. 할머니 집에 가서 할머니를 불렀다.

"야옹~ 야옹~ 어디있냐옹"

그런데 할머니가 아닌 어떤 아저씨가 나왔다.

"아이고… 네가 나비구나?"

아저씨가 말했다.

"여기 살고 계시던 할머니가 우리 어머니야…. 근데…."

아저씨의 눈이 붉어졌다. 아저씨가 다시 말했다.

"우리 어머니가 얼마 전에… 돌아가셨어."

나는 아저씨의 말을 듣고 충격에 빠져 어찌할 바를 몰랐다. 아저씨는 나를 보며 눈물을 흘렸다. 나는 그 자리를 떠나 내 집으로 왔다. 나는 이런 감정을 어떻게 표현해야 할지 몰랐다. 난 할머니 생각을 하면서 잠이 들었다. 꿈을 꿨다. 꿈속에서 할머니를 보았다. 할머니는 아무 말도 안하고 나를 꼭 껴안아 주기만 했다. 그렇게 나는 꿈에서 할머니 품에 안겼다. 잠에서 깼다. 이제 더 이상 할머니를 볼 수 없었다. 할머니가 가고 나니 시간이 너무 원망스러웠다. 나는 깨달았다.

"사람이든 고양이든 가장 무섭고 두려운 것은 시간이구나."

✦ 5. 새로운 인생 ✦

자고 일어나 보니 민서가 내 앞에 있었다. 밤이었다. 민서는 간식을 담은 케이지를 들고 있었다.

"나비야 여기 안으로 들어와~."

민서가 말했다. 나는 민서 말에 케이지 안으로 들어갔다. 민서는 케이지를 들고 일어섰다. 민서 엄마 목소리가 들렸다.

"민서야, 나비 데리고 차에 타."

10분 정도 가다가 차가 멈췄다. 케이지 사이로 밝은 빛이 보였다. 갑자기 온갖 동물들 냄새가 났다. 민서가 케이지 문을 살짝 열어서 손을 집어넣었다.

"나비야 조금만 참아~."

민서가 말했다. 민서는 손으로 나를 쓰다듬었다.

"나비 보호자님 들어오세요~."

민서와 민서 엄마는 케이지를 들고 방으로 갔다. 그곳에는 어떤 남자가 있었다. 민서는 나를 케이지에서 꺼내 그 남자에게 보여 줬다. 나는 그 남자가 나를 데리고 갈까 봐 두려웠다. 그 남자는 나를 안고 민서 엄마에게 나에 대해 이런저런 이야기를 물어보았다.

"저희 딸이 산책을 하고 있었는데 갑자기 얘가 와서 안겼어요. 그때부터 얘를 챙겨 줬는데 갑자기 날이 추워지니까 걱정이 돼서 데리고 왔어요."

민서 엄마가 말했다. 남자와 민서 엄마는 조금 더 이야기를 나눈 뒤 남자가 나를 데리고 다른 방으로 갔다. 그 방에는 기운이 없어 보이는 고양이와 강아지가 있었다.

'설마… 나도 저렇게 되는 거야?!' 나는 두렵고 무서웠다.

그때 그 남자가 나를 번쩍 들었다. 그리고는 내 발톱을 깎았다. 생각했던 것보다 아프지 않아 미리 걱정하고 떨었던 내 자신이 조금 민망했다. 나는 다시 민서가 있는 곳으로 나왔다. 민서가 나를 보며 말했다.

"나비야, 조금만 참아~ 이제 주사만 놓으면 돼."

'주사라고?!' 나는 순간 당황했다. 나는 주사가 어떤 건지 알고 있었다. 내가 길고양이가 되기 전 아주 어렸을 때 맞아 본 적이 있기 때문이다. 나는 그때 너무 아파서 다시는 맞지 않을 것이라 마음먹었다. 주사는 내 인생에서 내가 가장 싫어하는, 세 가지 중 하나였다.

첫째는 다른 길고양이들의 삥을 뜯는 일진 길고양이 무리이고, 둘째는 나를 버린 옛 집사, 그리고 마지막이 주사였다.

아저씨는 내 오른쪽 앞다리를 잡고 주사를 놓았다. 주사가 내 살 안으로 파고들었다. 나는 자동적으로 숨을 참았다. 역시 주사는 나를 실망시키지 않았다. 오늘 나는 내 인생의 두 번째 주사를 맞았다.

나는 다시 케이지 안으로 들어가 어디론가 향했다. 도착한 곳은 어딘지 익숙한 느낌이 드는 곳이었다. 익숙한 냄새, 익숙한 공기. 민서 집이었다. 나는 케이지에서 바깥 모습을 봤다. 민서가 케이지를 들고 민서 집 안으로 들어갔다.

"나비야." 민서가 케이지 문을 열어주며 말했다.

"우리 가족이 된 걸 축하해."

민서의 집 안은 아늑했고, 민서네 가족들은 따뜻했다.

✦ 6. 나는 강뽀숑 ✦

나는 강뽀숑. 성은 강 이름은 뽀숑.

사람들이 나를 뽀숑이라고 불러서 자연스레 뽀숑이가 됐다. 성은 알다시피 내가 강아지여서 그렇다. 우리 가족은 엄마, 아빠, 첫째 누나, 셋째 여동생, 넷째 여동생, 그리고 나이다. 나는 둘째로 태어났다.

우리 가족은 대대로 이름난 모델 집안이었다. 특히 우리 엄마 아빠는 전 세계적으로 유명한 슈퍼모델이었다. 나의 고조할머니가 국내 최초로 '글로벌 강아지 모델 대회'에서 우승했다. 나는 이런 집안에서 태어났다. 그래서인지 사람들은 나에 대해 엄청난 기대를 하고 있었다. 더군다나 나는 이 집안의 유일한 남자여서 대를 이을 수 있는 강아지는 나 하나뿐이었다.

우리 집안 개들은 7개월이 될 때까지 모델 훈련을 받는다. 카메라를 보며 기다리는 법, 예쁘게 걷는 법, 상황에 알맞게 표정을 짓는 법 등 많은 것을 배워야 했다. 그렇게 7개월이 지나면 우리는 '슈퍼 키즈 모델대회'에 나간다. 그 대회는 예선과 본선이 있는데 이번 대회에서는 나 빼고 다 본선에 올라갔다. 내가 한 실수라고는 고작 기다리라고 하는데 도망가고 다른 강아지랑 싸우고 심사위원 신발에 오줌 싼 것밖에 없었다. 나는 최선을 다했는데 그걸 몰라주는 심사위원이 너무 야속했다.

그렇게 나는 대회 첫 시작부터 결과가 안 좋았고 다른 대회도 모두 결과가 좋지 않았다.

그날도 나는 평소처럼 예탈(예선 탈락)을 하고 집으로 돌아오는 중이었다. 사람들이 나를 케이지에 넣고 어딘가로 향했다. 나는 케이지 틈으로 밖을 보았다. 집이 아니었다. 분명 집이 아니었다. 사람들이 나를 케이지에서 꺼내 강뽀송이라고 적혀있는 목걸이를 걸어 주었다. 그곳에는 나보다 조금 어려 보이는 다른 강아지들이 있었다. 나는 자유를 외치며 다른 강아지들과 놀았다. 나는 매일 신나게 놀고 배불리 먹고 충분히 잤다. 나는 이제 더 이상 모델 연습을 하지 않아도 된다. 나는 모델 연습을 하지 않아도 되는 지금이 너무 좋았다.

✦ 7. 멍? ✦

나는 평소처럼 밥을 먹고 잠을 자고 있었다.

"딸랑~"

어디서 종소리가 났다. 조금 나이가 있어 보이는 두 여자가 나에게 다가왔다.

"어머~ 너무 귀여워~"

"아니야~ 봐! 저기 다른 강아지들이 더 귀엽잖아."

"어머~ 그러네."

두 여자는 다른 강아지들에게로 갔다.

'내 생각에는 내가 제일 귀여운데….'

"어머~ 얘는 어쩜 이렇게 예뻐~"

두 여자가 한 강아지 앞에 서서 말했다.

"와, 진짜 예쁘다!"

"우리 애로 할까?"

"그래~"

두 여자가 강아지를 데리고 갔다. 그리고 다시는 돌아오지 않았다.

그렇게 점점 하나둘씩 강아지들이 이곳을 떠났다. 그 순간 어떤 아저씨가 나에게 다가왔다.

"에휴~ 요놈 참 불쌍하다."

"그러게 말이여~"

"얘는 어떻게 해야 하지?"

"휴… 일단 기다려 봐야지…."

아저씨들이 나를 보고 지나가면서 말했다.

다음날 너무 피곤해서 늦잠을 잤다.

"딸랑~ 딸랑~"

나는 반쯤 감은 눈으로 소리가 나는 곳을 쳐다봤다.

"우와~ 너무 귀엽다~"

어떤 소년이 나를 보며 말했다. '귀엽다…' 나에겐 너무 소중한 말이었다. 나는 내 인생에서 처음으로 칭찬을 들었다.

✦ 8. 이게 맞아? ✦

나는 점점 멀어지는 그 소년을 보고 짖었다.

"멍! 가지 마 멍!"

하지만 그 소년은 그냥 가 버렸다. 일주일이 지났다.

"딸랑~ 딸랑~"

그때 그 소년이다. 그 소년은 검은색 옷에 까만 모자를 쓰고 있었다. 무슨 이유인지는 모르겠지만 엄청 수상해 보였다. 그 순간 소년의 주머니에서 핸드폰이 울렸다. 소년이 전화를 받았다.

"아빠~ 나 애들이랑 스카로 공부하러 왔어~ 아빠, 보고 싶어…. 다음 달에는 볼 수 있는 거 맞지? 아빠 사랑해…."

소년은 아빠랑 통화한 것 같았다. 전화 내용이 별로 마음에 들지 않았다. 소년은 아빠와 떨어져 있는 것 같았다.

"이름이 뽀송이네…."

소년은 내 이름표를 보고 말했다.

"아저씨, 얘로 할게요."

소년은 나를 가리켰다.

그 순간 아저씨가 나를 꺼내어 소년 품에 안기게 했다. 아저씨가 말했다.

"얘는 대대로 내려오는 모델 집안 출신이라 조금 비싼데…."

"얼만데요?"

"한… 200…?"

"200이요?"

소년이 놀라며 지갑을 뒤졌다.

소년은 지갑에서 가지각색의 지폐를 꺼냈다. 그리고 동전까지 탈탈 털었다.

아저씨가 말했다.

"200은커녕 100도 안 되는데?"

"아… 죄송합니다…. 나중에 다시 올게요…."

그 소년이 나가기 직전 아저씨가 말했다.

"학생, 혹시 모르니 전화번호 좀 줄래?"

"아… 네…."

나는 다시 케이지 안으로 들어갔다.

그 소년이 가고 몇 달이 지났다. 소년의 눈에 들었던 그 한 번을 빼고 나면 나는 여전히 사람들의 관심을 받은 적이 한 번도 없었다. 나는 그 소년이 보고 싶었다.

"아이고 얘는 어떻게 사람들이 눈길 한 번을 안 주네. 하긴 워낙 못생기게 타고 난 데다 말썽까지 부리니… 그러니까 여기까지 왔지…. 나도 곧 이 일을 그만둘 텐데….”

그때 아저씨가 무언가 생각난 듯 무릎을 탁 쳤다.

“아! 그때 그 학생!”

아저씨는 어딘 가에 전화를 했다.

“아! 그때 그 강아지 사려던 학생 맞지? 지난번에 학생이 데려가고 싶어 했던 애가 아직도 입양을 못 가서…. 내가 싸게 입양시켜 줄 테니까 오늘 안에 올 수 있어? 응~ 이따 봐~.”

몇 시간 후 그 소년이 왔다. 그 소년은 숨이 턱까지 차서 헐떡이고 있었다.

“아저… 씨… 그… 강아지… 어디… 있어요?”

아저씨는 나를 꺼내 그 소년의 품에 안겨 주었다.

✦ 9. 소년 ✦

“띡… 띡… 띡… 띡”

나는 그 소년과 함께 작은 집으로 들어갔다. 바닥에는 이곳저곳 이상한 종이가 널브러져 있고 작은 책상과 개어져 있는 이불 등등. 평생 으리으리 하고 좋았던 집에 살았던 나는 이것도 집이라는 사실에 정말 놀랐다.

“우리 집이야… 조금 좁지만… 우리 둘이 살기에는 충분해!”

“알겠다. 멍!”

그 소년과 함께 산 지 3일째 됐을 때였다. 집 안을 둘러보는데, 내 눈에 띄는 무언가가 있었다. 사진이었다. 그 사진에는 정말 행복해 보이는 세 명의 사람이 있었다. 그중 한 명은 소년이었다. 바로 옆에는 좀 전에 소년과 함께 있던 여자의 독사진이 있었다. 다른 사진들도 있었는데 다른 사진에는 그 여자 모습이 어디에도 없었다. 다른 사진 속 소년의 표정은 행복해 보였던 첫 번째 사진과 달리 뭔가 슬퍼 보였다. 더 이상한 건 그 소년의 행동이었다. 매일 일어나자마자 제일 먼저 하는 일이 여자 사진에 뽀뽀하며 "사랑해요."라고 말하는 거였다. 무슨 의미인지는 모르겠지만 좋은 상황은 아닌 것 같았다. 이상한 것은 이것뿐만이 아니었다. 그 소년은 아빠에게 매일 전화해 보고 싶다고 했다.

"아빠! 보고 싶어⋯. 우리 언제까지 이렇게 살아야 해?"

"음... 잘 모르겠어⋯. 아빠가 상황이 좀 괜찮아지면⋯."

"알았어⋯. 아빠 사랑해⋯."

원래 가족은 다 같이 함께 있어야 하는데⋯. 아무래도 많이 수상했다. 내 생각에는 가정 형편이 안 좋은 것 같다. 그때 소년이 들어오며 내 이름을 불렀다.

"뽀숑아! 잘 있었어?"

"아! 그러고 보니 내 이름을 알려주지 않았네? 내 이름은 김준수야. 성찬중학교에 다니고 있어. 우리 가족은⋯."

그 소년.. 아니 준수가 갑자기 내가 이상하게 여긴 사진을 집어서 나에게 보여줬다.

"이 분은 내 엄마고⋯. 이 분이 내 아빠야⋯."

그렇게 말하고 있는 준수의 얼굴이 어딘가 슬퍼 보였다. 준수가 나를 보며 말했다.

"뽀송아… 너는 나랑 오래오래 같이 있어야 해…."

"멍! 뭉!"

나는 큰 소리로 대답했다.

✦ 10. 첫 만남 ✦

요즘은 준수가 많이 바쁜 것 같다. 며칠 동안 나랑 잘 놀아주지도 않고…. 너무 심심하다. 창밖에는 눈이 오고 있다. 눈송이가 떨어지는 걸 보면서 멍 때리고 있는데 준수가 방 안에서 나와 창문에 기대고 있는 나에게 말을 걸었다.

"뽀송아 심심해? 산책이라도 나갈까?"

나는 그 말을 듣자마자 꼬리가 떨어져 나갈 만큼 꼬리를 흔들어 대며 나가고 싶은 내 마음을 격하게 표현했다.

"음… 그래. 나가자!"

준수는 패딩을 걸쳐 입고 나를 안고 나갔다. 밖으로 나오니 하얗게 물든 세상이 보였다. 준수는 천천히 걸으며 나에게 말했다.

"요즘 내가 많이 못 놀아줘서 미안해… 사실 내가 요즘 봉사활동을 하고 있거든. 유기 동물 보호센터에서…."

그러니까 준수가 나랑 못 놀아준 이유는 다른 동물들을 돌보느라 바빠서였다.

"아니, 사실은 내가 하려고 한 게 아닌데 각 지역 학교마다 몇 명씩 뽑아서 봉사를 하는데 애들이 평소에 내가 동물들을 좋아한다고 막 추천하는 거야. 그래서 내가 가게 됐어…. 오늘 저녁에도 또 가야 해…."

나는 조금은 아쉬웠지만 어쩔 수 없는 상황이라고 생각했다.

그때 준수의 폰이 울렸다. 나는 아빠라고 생각했다. 하지만 내 예상은 아주 많이 빗나갔다.

"어… 어… 여보세요? 아… 그… 혹시… 제가… 봉사를… 어떻게 하는지 몰라서… 어… 음… 어… 그래서 전화했었는데… 어! 고마워."

준수는 안절부절 어쩔 줄을 몰라 했다.

"사실 내가 어제 봉사활동 갔을 때 실수를 좀 많이 했어…."

그렇다. 준수는 동물을 좋아했지만 아는 것은 많이 없었다. 저번에도 내 배변 패드를 뒤집어 깔아서 내 쉬아 가 온 데 다 퍼진 적도 있었다. 준수가 나에게 말했다.

"그래도 민서가 잘 알려줘서 괜찮았어."

민서가 누군지는 모르겠지만 준수가 살짝 얼굴을 붉히며 말했다. 준수한테 한 번도 보지 못한 모습이었다.

✦ 11. 뭐지 냥? ✦

민서는 요즘 조금 바쁘다. 계속 어딘가에서 다른 개, 고양이 냄새를 묻혀서 온다. 민서 말로는 나 같은 길냥이랑 다른 개들을 도와준다는데…. 흠… 어쨌든 마음에 안 든다.

"나비야~ 삐졌어?"

"냐! 옹!"

"내가 미안해⋯. 그러면 나랑 기분 전환도 할 겸 같이 나갈까?"

"좋다 냥!"

민서는 나를 가방에 넣고 밖으로 나갔다. 오랜만에 마셔보는 바깥공기였다. 나는 가방 밖으로 얼굴을 내밀었다. 저 멀리서 우리를 향해 손을 흔들며 걸어오는 사람이 보였다. 일단 나는 경계하며 숨었다.

"안녕!"

"어⋯ 음⋯ 안녕⋯!"

"왜 그렇게 어색해 해~ 나비야! 나와 봐 내 친구 준수야."

나는 고개만 빼꼼 밖으로 내밀었다. 준수라는 사람은 민서보다 훨씬 컸는데 민서보다 소심해 보였다. 그때 어디선가 개가 한 마리 튀어나왔다.

"오! 뽀숑이도 잘 지냈어?"

민서는 뽀숑이라는 강아지를 쓰다듬어 주면서 말했다.

"뽀숑아, 너무 흥분하지 마!"

"아니야 괜찮아~ 아! 혹시 내가 저번에 체크해 달라는 거 해줬어?"

"아! 맞다! 미안해. 못했어. 내가 너무 정신없었나 봐⋯."

"그럴 줄 알아서 내가 만나자고 한 거야. 우리 같이 하러 가자!"

"어⋯ 그래."

민서는 준수와 함께 걸어가면서 많은 이야기를 주고받았다.

"너는 어느 중학교 다녀?"

"어, 나 성찬남중 너는?"

"나? 나는 문영여중에서⋯. 너 강아지 이름이 뽀숑이라고 그랬지?"

"응"

"너는 뽀숑이를 어떻게 만났어?"

"아⋯ 뽀숑이⋯ 입양카페에서 데리고 왔어."

"그랬구나… 우리 나비는 길고양이였는데….”

둘 사이에 잠시 정적이 흘렀다.

"음… 너는 이 봉사, 다른 사람 추천으로 들어온 거야?”

"응”

"아, 그렇구나. 누구?”

"친구들… 내가 평소에 동물을 좋아한다고.”

"나는 우리 엄마 추천으로 들어왔어! 내가 엄마한테 봉사하고 싶다고 엄청 졸라서 결국에는 들어왔어!”

둘 사이에는 또 정적이 흘렀다. 그때 내 코로 어디선가 처음 맡아보는 냄새가 들어오기 시작했다.

"다 왔다. 자, 이제 같이 체크 시작할까?”

"응…!”

민서와 준수는 강아지들이 있는 곳으로 가서 하나둘씩 사진을 찍고 무언가를 적었다.

"근데, 이런 거는 왜 하는 거야?”

"아~ 이 동물들도 우리 나비랑 뽀송이 같이 사랑받을 수 있는 가족이 생기도록 도와주는 거야. 우리가 이렇게 사진이랑 특징들을 적어서 인터넷에 올려주면 가족이 되어주고 싶다는 사람들이 찾아와”

"오, 그럼 우리 되게 좋은 일 하는 거네?”

"뭐, 그렇다 할 수 있지.”

"근데 이렇게까지 했는데도 가족이 될 사람이 없으면?”

"그러면…”

민서가 말을 잇지 못했다.

"혹시…”

"맞아⋯. 안락사되거나 조금 큰 개들은 보신탕집으로 넘겨지기도 해⋯."

준수가 나를 보며 말했다.

"너도 강아지인데⋯. 쟤들은 너무 다른 삶을 사는 것 같아⋯."

맞는 말이다. 철장 안에 갇혀 있는 강아지들을 보면 정말 불쌍하다.

"그러니까 우리가 더 열심히 봉사해야 하는 거야. 우리가 없으면 이 강아지들은 뽀숑이나 나비처럼 가족이 생길 수 있는 희망조차 없어지는 거니까! 우리 얼른 일하자!"

"그래!"

"초코 사진 찍어 줄 수 있어?"

민서가 까만 강아지를 가리키며 말했다.

"알겠어!"

✦ 12. 너의 비밀 ✦

준수와 민서는 동물들 사진을 찍고 그 사진을 인터넷에 올렸다. 나는 준서와 민서가 바쁘게 움직이는 모습을 보며 유기 동물 하나라도 더 올리고 싶어 하는 둘의 마음이 보였다.

"안녕, 멍?!"

하얀색 걸레 같은 개가 나한테 말을 걸었다.

"그래⋯ 안녕⋯ 야옹"

"너는 종이 뭐야 멍? 아! 고양이도 종이 있나?"

"있지… 멍청아… 난 코리안숏헤어야."

"난 프랑스에서부터 온 아주 귀한 피, 비숑 프리제야! 비록 나는 프랑스에서 오진 않았지만 어쨌든 귀한 몸이야. 멍."

"그… 그렇구나."

"우리 집은 대대손손 다 너무 멋지고 잘생겨서 모델을 하고 있어!"

"근데 넌 왜… 이래?"

"……"

생각지도 못했던 답변이었다. 나는 그래도 예의상 "오! 정말 멋지다!", "어쩐지 잘생겼더라~." 이런 답을 예상했는데…. 그리고… 자세히 보면 나도 나름 잘생겼는데….

"왜? 넌 네가 잘생겼다 생각해?"

"그렇다 멍…"

"근데, 너희 가족이 다 모델인데 너는 지금 왜 여기… 있냥?"

"그건… 비밀이야 멍…"

"알겠다 냥"

"근데… 너는 어디 출신이야?"

"나? 나는… 길거리 출신…."

"엥? 길거리 출신이라는 게 있어?"

"사실 난 길고양이였어…."

"민서가 아니었으면 나도 여기 철창 안에 갇혀서 나를 사랑으로 아껴줄 사람을 기다리고 있었을 거야…."

나비가 부러운 눈빛으로 우리를 쳐다보고 있는 철창 안 동물들을 보면서 말했다. 그때 어디선가 우리를 부르는 목소리가 들려왔다.

민서와 준수였다.

"뽀숑아, 나비야 여기 있었어? 우리 이제 일 다 끝났어."

"생각보다 일찍 끝났는데 우리 얘네들 데리고 좀 놀다 갈까? 혹시 어디 가고 싶은데 있어?"

민서가 준수에게 말했다.

"음… 잘 모르겠어…."

"그럼 우리 애견 카페 갈래?"

"애견 카페는 나비가 못 들어가지 않아?"

"나비는 혼자 있는 거 좋아하니까 집에 두고 가자. 나비야, 괜찮지?"

"야옹!"

"그러면 우리 집에 갔다가 이따 한 4시쯤 다시 만나자!"

"그래!"

그렇게 나는 다시 집으로 갔다. 집으로 들어가자마자 준수가 나한테 말했다.

"뽀숑아, 오늘 민서랑 봉사하면서 뭐랄까…. 정말 좋았어! 아니 민서랑 같이해서 좋았다는 게 아니라 동물들을 도울 수 있어서 좋았어…!"

준수가 말실수라도 한 듯 나한테 해명했다. 아무래도 좀 수상하다.

"뭐… 민서랑 대화를 나누다 보니 시간이 더 빨리 간 것 같긴 하네…. 뽀숑이 너 오해하지 마라."

오해는 내가 아니라 준서가 하고 있는 것 같다. 아무래도 무언가 있는 것 같다. 우리는 4시쯤 애견 카페에 갔다. 민서가 기다리고 있었다.

"안녕!"

"미안… 오래 기다렸어?"

"아니야 나도 방금 왔어~."

준수가 내 목줄을 풀어 주었다. 그래서 나는 자연스럽게 민서 무릎 위로 올라가 앉았다. 이건 내가 생각해도 센스가 좋았던 것 같았다.

"너는 어쩌다가 나비를 입양하게 됐어?"

"아, 그게~ 나비가 길냥이였을 때, 내가 밖에서 계속 챙겨 주다가 날이 너무 추워져서 입양하게 됐어. 너는 뽀송이를 어쩌다 입양했어?"

"음… 사실…"

준수가 말을 버벅거렸다.

"왜?… 무슨 비밀이라도 있어?"

"사실… 난 내가 외로워서 뽀송이를… 입양했어."

"외롭다고?" 민서가 놀라며 물었다.

놀란 건 나도 마찬가지였다. 나도 준수가 나를 입양한 이유가 외로워서인 줄은 몰랐다.

"2년 전에 엄마가 돌아가셨어…. 그래서 아빠는 나를 홀로 키우셔야 해서 나랑 따로 지내면서 내 생활비를 보내주고 계셔…. 그래서 지금은 나 혼자 살아…"

"아…. 그랬구나. 혼자 많이 외로웠겠다…."

"근데…! 이제 많이 나아졌어. 혼자 사는 것도 익숙해지고, 엄마가 없는 것도 익숙해지고…. 외로운 것만 빼면 괜찮아."

"좋아. 앞으로는 내가 너의 외로움까지 없애 줄게! 우리 이제 같이 봉사하는 사람 말고 친구 하자!"

"그래… 그러자… 정말 고마워…."

갑자기 준수의 눈시울이 붉어졌다.

"너 설마 울어?!"

민서가 당황한 표정으로 물었다.

"아… 아니야."

"괜찮아, 나도 너맘 잘 알아… 너만큼 힘들지는 않겠지만 나도 아빠가 돌아가셨어…. 엄마랑 아빠랑 이혼하셨는데 3년 전쯤에 차 사고로 돌아가셨다는 말을 들었어…. 비록 부모님은 이혼하셨지만 나도 혼자 많이 슬펐어…. 그래서 슬픔을 잊으려고 봉사도 열심히 하고 학교생활도 더 열심히 했던 것 같아. 그러다 보니 정말 조금씩 잊히더라…!"

"그랬구나…. 너도 많이 힘들었겠다…."

"지금은 정말 괜찮아! 오히려 더 좋아졌다고 해야 할까? 뭐든 열심히 해서 성취감을 느낀다는 건 정말 중요한 것 같아!"

"나도 너처럼 빨리 극복할 수 있었으면 좋겠다…. 근데 요즘 봉사하면서 내 외로움과 슬픔이 조금 나아진 것 같긴 해. 지금 생각해 보니 너의 도움이 컸던 것 같아. 고마워."

"우리 더 자주 연락하고 지내자. 서로가 서로에게 도움이 되도록 말이야."

"그래! 그러면…."

그때 갑자기 애견 카페 직원이 와서 물었다.

"저희 곧 마감 시간인데…."

"아! 그래요? 죄송합니다!"

그렇게 준수와 민서는 나를 데리고 밖으로 나갔다.

"우리 얘기하느라 마감 시간인 줄도 몰랐네…."

"그러게…."

"오늘은 늦었으니까 집으로 가자."

"그래. 안녕!"

"안녕!"

✦ 13. 너를 위해 ✦

'띠리리리링'

알람 소리가 들렸다. 그것도 모르고 저기 주인이라는 놈은 일어나질 않는다. 아무리 이른 아침이라고 해도 이렇게 큰 알람 소리가 몇 분 동안 울리는데… 이럴 때 쓰는 강아지 용어가 있다. '밥그릇이 없다.' 인간들은 이럴 때 '어이가 없다.' 뭐 이렇게 말하는 것 같다. 하여튼 난 더 이상 알람 소리가 시끄러워 들을 수가 없어 준수를 깨우러 갔다..

"멍! 뭉! 일어나라! 멍!"

"어…? 지금 몇 시지?… 8시…? 아!!! 맞다!!"

내 생각에는 12월 25일, 크리스마스가 이유인 것 같다.

"민서야 혹시 이따가 시간 돼?"

준수가 전화로 물어봤다.

"어, 오키! 알았어!"

준수가 전화를 끊으며 나에게 말했다.

"뽀숑아…. 우리 준비하고 나가자!!"

✦ 14. 너와 나 그리고 멍냥 ✦

"민서야, 안녕?"

"안녕!"

"밖에서 기다리고 있었어? 추웠을 텐데… 미안해… 이거라도 써."

준수가 패딩 주머니에 있던 핫팩을 꺼내서 민서에게 건넸다. 핫팩은 또 언제 챙겼는지… 나도 추운데 나도 하나 주지….

"어! 아니야! 괜찮아."

"아니야, 그래도 이거 하면 좀 따뜻해져."

"고… 고마워!"

"추울 텐데 얼른 들어가자."

"그래"

우리는 카페 안으로 들어갔다. 준수가 민서에게 다짜고짜 어떤 물건을 건넸다.

"뭐야…!?"

"올해… 정말 고마웠…. 그래서 크리스마스 기념으로 준비했어.ㅎㅎ"

"진짜!? 너무 고마워…. 사실 나도 선물 있는데….ㅎㅎ"

"오, 진짜?!"

민서가 선물을 주며 말했다.

"내가 만든 강아지 쿠키야. 뽀송이가 좋아하는 사과 맛으로 만들었어…!"

"너무 고마워…. 내 껀… 나비 목도리야…! 음… 많이… 부족한 내 실력으로 만들었어…! 네가 만든 쿠키에 비하면 내가 너무… 못 만들었네….ㅎㅎ 미안해…."

"아니야~ 너무 잘… 만들었는데…?! 고마워!"

"그렇게 말해주니 더 고맙다…."

"음…. 그럼… 난 엄마가 기다려서 먼저 가볼게!"

"그래. 잘 가! 안녕!"

"안녕!"

민서가 들어왔다. "나비야! 나왔어!"

"보고 싶었다옹"

"나비야! 이리 와봐. 준수가 너 주려고 목도리 만들었대!"

"웬 목도리 냐옹…? 아이… 목도리 불편한데…."

민서는 나에게 목도리를 해주기 위해 봉투에서 목도리를 꺼냈다. 그 순간 봉투 안에 있던 편지가 목도리와 함께 딸려 나왔다.

"어…! 편지네…?"

민서가 소리 내어 편지를 읽었다.

To. 민서

민서야 안녕? 나 준수야.

요 몇 년 어머니가 돌아가시고, 원래 내 성격답지 않게 자꾸만 우울해지고 소심해졌는데. 그런 나를 항상 배려해 주고 이해해 주는 너를 보면서 점점 용기가 생기고 더 밝아진 것 같아. 유기 동물 보호소에서 내가 너무 어리숙해서 많이 답답했을 텐데…. 기다려준 네가 너무 고마웠어…! 다음부터 내가 너한테 고마웠던 것만큼 나도 네가 나한테 고마워할 수 있게 노력할게! 우리 서로가 서로에게 꼭 필요한 사람이 되자! 메리크리스마스…!

From. 준수

편지를 읽는 민서의 목소리가 점점 작아지더니 민서는 나를 안 듯 편지를 가슴에 안고 한참을 가만히 있었다. 뭔가 좋은 일이 생길 것 같은 예감이 든다…. 냐옹

꿈쓰는 아이들

1판 1쇄 발행   2024. 04. 08

지 은 이   이다연, 이태은, 장진혁, 정서우, 김윤, 강민주
발 행 인   박윤희
기　　획   CA 공글
책임편집   성승제
편　　집   전원선, Albert Chang
발 행 처   방과후이곳
디 자 인   디자인스튜디오 이곳
일러스트   팀.분주혜 (인스타그램 @boonzoohye)
등　　록   2018. 10. 8 신고번호 제 2018-000118호
주　　소   서울 송파구 송파대로44길 9(송파동)
팩　　스   0504.062.2548

ISBN 979-11-979492-2-7(03800)

홈페이지   https://bookndesign.com
이 메 일   bookndesign@daum.net
블 로 그   blog.naver.com/designit
유 튜 브   **도서출판이곳**
인스타그램   @book_n_design

방과후이곳   방과후이곳은 아이들을 위한 "도서출판이곳"의 임프린트 브랜드입니다.

이 도서의 국립중앙도서관 출판예정도서목록은 서지정보유통지원시스템 홈페이지(http://seoji.nl.go.kr)와 국가
자료종합목록시스템(http://www.nl.go.kr/kolisnet)에서 이용하실 수 있습니다.